講談社文庫

# 焦茶色のパステル

## 新装版

岡嶋二人

講談社

# 黒死館のイメジュ

小栗虫太郎

白水社

# 目次

# 焦茶色のパステル

1

喫茶店『ラップタイム』の壁に、大きく引き伸ばした馬の写真が掛かっている。その馬の尻尾《しっぽ》が面白い形をしているのに、香苗《かなえ》は気付いた。

ショルダーバッグからスケッチブックを取り出し、カウンターの上へ拡げた。6Bの鉛筆で馬の尻尾を描く。

疑問符を右倒しにしたような格好に、尾の先が跳ね上がっている。その尻尾が作り出した弧の中に、ぼんやりと四角いものが見えている。背景の白い建物が、すっぽりと尾にくるまれているのである。香苗は、その建物を紅水晶に見立てている。淡い橙《だいだいいろ》色の石で、小粒だがとても味わいがある。客の一人が、何になるかしらと預けていったもので、なかなかデザインが決まらなかった。

石の色からすれば、金よりは銀が合う。銀かプラチナだ。山路頼子《やまじよりこ》はプラチナがいいと言うだろう。そのほうが、代金を高く請求できる。ブローチを考えていたが、ペンダントもいい、と香苗は思った。

量感をつけて、石を惹《ひ》き立たせるために、スケッチに少し手を加えた。

「何ですか、それ」

カウンターの向こうから、マスターの真岡良太郎《まおかりようたろう》が香苗の手元を覗《のぞ》き込んだ。

「だめよ」

香苗は、笑いながらスケッチブックの上を押さえた。

月曜日の昼過ぎ。『ラップタイム』は空《す》いている。客のあまりいない店の中は、ずいぶん広々として見えて気持が良かった。

この店には、競馬《うま》が好きで堪《たま》らないという連中が集まってくる。同じビルの四階に『パーフェクト・ニュース』という競馬予想紙を発行している会社があるのも、その一因だろう。月に何度かは、ここで競馬の「研究会」なる集まりが開かれる。むろん、香苗はそんな会合に出たことはない。馬のことなど、まるで訳《わけ》が分からない。しかし、それでも香苗は、この『ラップタイム』が好きだった。

週末の混んでいる日は避けるが、週の初めの数日、『ヤマジ宝飾』へ顔を出した日は、必ずここでコーヒーを喫《の》む。店が、というより、このカウンターが好きなのかも知れない。厚さが三十センチほどもあるクルミ材で、磨き込まれた色合いと感触がなんとも言えない。広いカウンターの上にスケッチブックなど拡げていると、それだけで安心してしまうようなところがある。

「隆一《りゅういち》さんから、何か聞いてませんか」

真岡が声を掛けた。タンブラーをくるくるっと拭き、それを光に透かすように持ち上げてから、棚の上へ並べている。

「何かって？」

「馬のことで、相談に乗って貰っていることがあるんですよ」

「知らないわ」

香苗はぶっきらぼうに答えた。

隆一が馬のことなど話してくれる訳がない。香苗が訊《き》いたとしても、煩《うるさ》い顔をするだけだ。

「確かめといてくれるって、そう言ってたんですよ。そのままになってるから、どうなったかなと思って」

香苗は、黙ってスケッチブックの上に目を落とした。

「訊いてみてくれませんか。いや、僕だけの話じゃないもんで、他のやつらを待たせちゃってるし」

「自分で訊いたらいいじゃないの」

「そりゃ、そうなんですけど、あれっきり見えないもんですから。忘れられちゃったんじゃないかな」

「馬のことでしょ。忘れる訳ないわよ」

私のことならともかく、と言いたいところを香苗は抑えた。

自分が不機嫌になっているのが分かる。

「いや、実は、柄《がら》じゃないんだけど、僕、馬を持とうと思ってるんですよ」

真岡は香苗の気持にはお構いなく、一人で照れながら言っている。それを誰かに聞かせたくて仕方がなかったらしい。

「馬を持つって……真岡さんが？」

「ええ、もちろん、僕一人じゃないんですけどね。あ、いらっしゃい」

男が二人入ってきた。ぐるりと店の中を見回し、香苗を認めて近付いて来た。香苗はその二人を知らなかった。

一人は四十五、六。一人は、それより少し若い。

「大友香苗《おおともかなえ》さんですか」

老《ふ》けて見えるほうが言った。その口調は、どこか相手を身構えさせるようなものを含んでいた。

2

午後、二階で彫金教室の準備をしていると、教室の戸口に綾部芙美子《あやべふみこ》が顔を覗かせた。

「香苗」

と小声で呼ぶ。ポニーテールに束ねた髪が、ぷらん、と肩先に掛かり、頭だけ教室の中へ差し入れている。こわごわ部屋を見回し、

「いる?」

と親指を立て、山路頼子の在室を訊いた。

「私だけよ」

香苗がそう答えると、芙美子はへっへっへと笑いながら、部屋の中に入って来た。

「ウチとオタクの社長同士が夫婦ってのも、やり難《にく》いね。気を遣《つか》ってかなわんわ」

芙美子はそう言いながら、作業台の上のバーナーを取り上げた。調節バルブを弄《いじ》くり回し、香苗の方へ向けて「手を上げろ」などと言いながら、一人ではしゃいでいる。香苗は彼女の手からバーナーを取り上げ、ゴム管を差し込んで鞴《ふいご》につないだ。

綾部芙美子はこの山路ビルの四階にある『パーフェクト・ニュース』に勤めている。

香苗が嘱託契約で入っている『ヤマジ宝飾』は一階、『ラップタイム』の隣にある。

山路亮介《やまじりようすけ》というのが『パーフェクト・ニュース』の主筆であり、社長。その妻頼子は『ヤマジ宝飾』の店主であった。

香苗は、自分でデザインした装身具や小物を『ヤマジ宝飾』へ納めるかたわら、店が開講している彫金教室の講師を務めている。

準備を終えてひと息吐《つ》くのを待っていたように芙美子が訊いた。

「ねえ、さっき刑事が行ったでしょ。何だったの？」

香苗は首を振った。

「訳が分からないのよ」

『ラップタイム』のテーブル席へ移り、刑事は香苗に、

「大友隆一《おおともりゆういち》さんは、ご主人ですね」

と訊いた。話をするのは専《もつぱ》ら年上のほうの役目らしく、もう一人の刑事は、時折メモを取りながら黙ったままでいた。

「今、どちらにおられますか」

「さあ、今朝早くから出掛けましたけど、行き先を申しませんもので……」

「お帰りは？」

「それも……。どこか遠方だと思いますけれど」

「旅行の支度でもされて出られたんですか」

「いえ、そんな大袈裟《おおげさ》なものじゃありませんけど、昨晩《ゆうべ》、電話が掛かって、明日《あした》の急行でそちらへ伺う、というようなことを言っておりましたから」

「電話ね。どこからの電話だったか、分かりますか」

「さあ……、私が電話を取りまして、名前を伺ったような気が致しますけど、ちょっと取り紛れておりまして」

「ああ、覚えておられない？」

「申し訳ありません。あの、主人に何か？」

「電話は、男の方だったですか」

「え、あ、はい」

「初めて聞く声でした？」

「ええ、ウチに掛けられたことは、これまで無かったように思いますけど」

「そうですか。——一昨日《おととい》、ご主人は？　お宅におられました？」

「いえ、土曜日は、いつも競馬場です」

それが隆一の仕事なのだ。隆一は、競馬評論家という肩書きを持っている。さほど売れてはいない。

「競馬場、ああ、なるほどね。府中《ふちゅう》ですね」

「はい」

「どなたかとご一緒だったんですかね」

「さあ……、私は何も聞いておりませんもので……」

「ご主人は、お仕事の話をお宅でされませんか」

「はい、何も」

「私もです。そうですか。多いですよ、そういうお宅は」

慰めてくれたつもりなのだろうか。だとしたら、一体、何を慰めたのだろう。

「それで、一昨日《おととい》ご主人が帰られたのは、何時頃でした？」

「……八時頃だったと思いますけど」

「八時頃ね。そうですか」

「あの、何か……」

「いえね、ちょっとご主人にお会いして、伺いたいことがあるんです。大友隆一さんは、東陵《とうりょう》農業大学のご出身ですね」

「はい……」

「柿沼《かきぬま》さんて方、ご存知ですか。柿沼幸造《かきぬまこうぞう》さん」

「いえ、知りません」

「ご主人のお知り合いだと思うんですが」

「さあ……、聞いたことがありませんけど」

「そうですか。東陵農大の講師をされてた方でしてね。ご存知ないですか……」

「その方が、何か？」

「先週の月曜にね、ご主人は茨城県の伏砂《ふくさ》に行かれてるんですね。東陵農大に。そこで柿沼さんと会っておられるんです」

「…………」

「大学の人の話だと、何か内密な話があったようなんですがね。どんなご用件だったのか、伺いたいと思いましてね」

「…………」

「ご存知ないようですね。そうですか。いや、また伺うかも知れませんが、ご主人、お戻りになったら、ここへご連絡を頂きたいんですが」

そう言って、刑事は香苗に名刺を差し出した。

「はい……、あのう、一体どういう」

「ああ、その柿沼幸造さんが殺害されましてね。一昨日《おととい》の昼頃だったですがね」

「サツガイ？」

芙美子が声を上げた。その言葉の響きが、どこか外国語のように聞こえた。

香苗は作業台に腰を乗せ、足を宙に揺らせている。芙美子はその作業台の周りをぐるぐる歩き回っている。

「どんなふうに殺されたんだろう」

「知らない。聞かなかった」

「土曜の昼頃って言ってたわね。ウチの人間、誰か会ってる筈《はず》よ」

「会ってる？」

「隆一さんとさ」

「ああ……」

隆一に人を殺すようなことが出来るとは思えない。殺人は感情的な犯罪だと、香苗は思っている。激しい感情を持った人間だけが、人を殺す。隆一は冷たい。彼が人に与える温か味のある印象は、あれは作り物なのだ。隆一には、喜びも、怒りも、悲しみも無い。すべて偽物《にせもの》だ。彼には、コソ泥とか、詐欺《さぎ》のような偽物の犯罪が似合っている。

隆一に、人は殺せない。

「東陵農大なんて大学、あったんだねえ。隆一さん、そんなとこ出てたのか。誰か他に出身者、いるかなあ……」

芙美子が呟《つぶや》き、香苗は彼女を見た。

「いそうもないな。ロクな奴いないからな、ウチには」

「いたら、どうしようっていうの？」

「だって、何か話が聞けるかも知れないしさ。必要とあれば、紹介状貰って、大学に行ってみることだって出来るじゃない」

「何の必要よ」

「香苗、興味ない？　自分のダンナが警察に追われててさ。現在のところ行方不明ってんでしょ」

「追われてる訳じゃないわ。興味ない」

教室の戸口に人影がした。

「おはようございます」

生徒の一人が入って来た。香苗は作業台から下りて、「いつも、あなたが一番なのね」と、生徒に言った。

芙美子は香苗に目で、あとで、と合図し、こそこそと部屋を出て行った。歩きながら喋《しゃべ》っている芙美子の声が部屋に残った。

「妻の証言。わたくしは、何も存じませんでした……」

# 3

教室を終えたのは三時半だったが、後片付けを済ませた香苗が『ヤマジ宝飾』の事務室へ下りた時は四時が近かった。店の奥に狭苦しい部屋があって、『ヤマジ宝飾』ではそこを事務室にしている。

香苗は、パートの須藤直子《すどうなおこ》に断わり、机の上に日報を書くための隙間《すきま》を作って貰った。在庫品は一応、裏のマンションの一室を倉庫代わりにして、そこへ置くことになっているのだが、結局、事務室も倉庫とたいして変わりがない。机だろうが床だろうが、品物のケースが積み上げてある。無断で動かすと叱《しか》られる。

「社長は？」

店を覗いてみて、香苗は直子に訊いた。

「メーカーさんに行きましたよ。ちっとも良いものを寄越さないから、自分で見て来るって。もう、帰って来るんじゃないですか」

香苗は頷《うなず》き、日報を書き始めた。直子がまだそこに立っている。香苗は顔を上げた。

「店のほう、いいの？」

「警察の人が来たんですって？」

睫《まつげ》をパタつかせて、直子が訊いた。

もう、止《よ》してよ、と香苗は手を振った。

直子は、ぷいとむくれて店へ出て行った。短大を出たばかりだと言う。綺麗《きれい》な素顔を化粧で塗り潰《つぶ》して台無しにしている。

香苗は溜息を吐《つ》いた。

日報を書き上げたところへ、芙美子が入って来た。手に大きな茶封筒を抱えている。

「忘れてたんだ。これ」

と封筒を香苗に渡して寄越した。

「なに？」

「隆一さん宛てに来たラブレターの山」

香苗は封筒の口を開けて中を覗いた。

「ファンレター、バーの請求書、どっかの雑誌社からの絶縁状、等、等、等。あ、速達もあるって言ってたな」

香苗は封筒を自分のロッカーに放り込んだ。

隆一は『パーフェクト・ニュース』に記事を書いて載《の》せている。自分の名刺を持たず、会社で作って貰ったものを配り歩くので、仕事関係の郵便物は殆《ほと》ど会社に届く。

芙美子は、それを持って来てくれたのだった。

香苗は、芙美子と自分のために紅茶を入れた。ふと気が付いて言った。

「ねえ、芙美子。『パーフェクト・ニュース』は今日、休みじゃないの？」

「私以外は、全部お休み」

誰かが置いていったクッキーの缶《かん》を掻き回しながら、芙美子は言った。

競馬関係の会社は、大抵のところが月曜休日制を取っていると、香苗は聞いていた。土曜と日曜にレースが行なわれるためだ。中央競馬会や厩舎《きゆうしや》などが月曜に休みを取ってしまうために、予想紙もそれに倣《なら》ったという訳だろう。取材先が休みでは、仕事にならない。

「なんで、あんただけ？」

「明日《あした》と明後日《あさって》、休みを貰ったのよ。九州にいる従妹《いとこ》がさ、いよいよ繁殖入《はんしよくい》りするっていうんでさ」

「繁殖入り？」

「お嫁に行くのよ」

香苗は吹き出して、危うく紅茶を溢《こぼ》すところだった。

仔馬を産むための牝馬《ひんば》のことを、繁殖牝馬という。競走馬が引退すると、優秀な牡《ぼ》馬《ば》は種馬となり、牝馬は繁殖入りする。

なるほどなあ、と香苗は思った。結婚は、女にとっては繁殖入りか。その通りかも知れない。

「それでまあ、データの整理とか、やっとかなくちゃならないことが山ほどある訳よ」

「九州か。いいなあ」

「よかないわ。トンボ返りだもの」

そう言って、芙美子がクッキーの大きな欠片《かけら》を口に放り込んだ時、山路頼子が帰って来た。ハンカチで首筋の汗を押さえている。外はまだ暑いらしい。

「大友さん、お疲れさまでした。あら、綾部さん」

「お邪魔しております」

と言ったつもりだろうが、芙美子の言葉は口の中のクッキーに遮《さえぎ》られて、半分も外へ出ていない。

「あなた、どうして？　だって、今日《きょう》は……」

山路頼子は壁のカレンダーに目をやった。

芙美子は紅茶でクッキーを流し込み、

「ええ、そうなんですけど、コキ使われてるんです」

頼子は困ったような顔で笑った。上品な顔立ちで、高価な物を身に付けていても嫌味がない。仕事ではかなりきつい口をきくが、そのきつさが顔には出ない人だ。ただ、香苗には、今日《きょう》の頼子の表情が、どこか引き攣《つ》っているように見えた。疲れているのだろう。

店の様子を見に行く頼子の後ろ姿に舌を出し、芙美子は、さて、と腰を上げた。

「香苗、今日《きょう》は? 夜、空《あ》いてる?」

香苗が頷いた時、電話が鳴った。

「大友さん、ちょっとお願い」

店の方から頼子が声を上げた。

香苗が机の上の電話に手を伸ばしかけたのを、横から芙美子が取った。目で香苗に笑いかけながら「はい、『ヤマジ宝飾』でございます」と作った声を出した。相手の声を聞いて、表情が変わった。

「あ、社長……。はい、私です」

芙美子は香苗に、やべえ、という顔をしてみせた。電話は山路亮介だったらしい。

「はい、やっております。大友さんの奥さんに届け物がありまして、こちらに。――え? フィールドラップ……。それ、ほんとですか? 一体、どうして……。はい、奥様ですね。今、お呼びします」

芙美子は受話器を耳から外し、「旦那《だんな》様からです」と店の方へ声を上げた。

頼子が事務室に戻って来た。芙美子の声の調子に、すでに何かを感じたらしく、硬い表情で受話器を取った。

「はい」

香苗は芙美子を見た。芙美子が難しい顔をしている。

「どうしたの？」と小声で訊いた。

「ウチの会社の馬が怪我《けが》をしたって……」

そのまま黙って頼子の電話を見ている。

「牧場へですか？　これから、いらっしゃるの？　でも、明日《あした》は会議があるんでしょう。そう。――大丈夫ですか。分かりました。すぐに出ますから」

受話器を置く頼子に、芙美子が声を掛けた。

「どうなんですか」

「脚を折ったらしいわ。牧場から、今報《しら》せがあったんですって。よく分からないけど、主人の調子だと、かなり酷《ひど》いようね」

「たいへんだ……」

「大友さん、悪いけど、ちょっとお店をお願い出来るかしら。私、これから家まで車を持ってかなきゃならないわ」

「車を？」と芙美子が訊いた。「社長、車で行くんですか？」

「乗り物に弱いでしょう。汽車とか飛行機とか、まるで駄目なのよ。車だって、自分でハンドル握ってないと酔っちゃう。——休みだからと思って、私が乗って来ちゃったからねえ……」

そう言いながら、頼子はバッグから車のキーを取り出した。

「あ、忘れてた。申し訳ないけど、二人とも、ちょっと手を貸して。車の中に品物を置きっ放しにしたままなのよ」

ビルの脇に、小さな駐車場がある。九月に入ったとはいえ、陽射しはまだ夏である。コンクリートの照り返しが眩《まぶ》しい。

頼子は一番奥に停めてあるシルバー・メタリックのクラウンへ真直ぐ歩いて行った。トランクと後ろのドアを開け、中から荷物を取り出して、香苗と芙美子に渡した。大きな手提げの紙袋で、五つあった。

「じゃ、お願いするわね」

「はい、分かりました」

紙袋を両手に提げたまま香苗は頷いた。

乗り込もうとする頼子に芙美子が言った。

「お宅の模様替え、なさったんですか？」

え、と頼子が面喰《めんくら》ったように芙美子を見た。

「いいえ、どうして？」

「いいえ、ちょっと。そんな気がしたもんですから。何でもありません」

頼子は訝《いぶか》しげに芙美子を見たが、「じゃ、お願いね」と、車をスタートさせた。

クラウンが見えなくなると、香苗は訊いた。

「今のどういう意味？　模様替えって何よ」

「何でもない。どうでもいいけど、やけに重いね、これ」

「そう？　こっちは軽いよ。たぶん、そっちは置き物なんかね」

「きたねえなあ……」

事務室に戻り、紙袋を置くと、なんとなくホッとした。

「車だと……七、八時間ってとこか。今からだと、向こうに着くのは夜中だな」

芙美子が呟いた。

「どこなの、牧場って」

「幕良《まくら》」

「幕良って……」

「東北よ。私も行ってみたいな」

芙美子は本当に行きたそうな顔をした。

「怪我した馬って、どんな馬？　強いの？」

「まだレースに出たこと無いんだ。二歳馬だからね」

「ふうん。でも、かなりショックだったみたいじゃないの」

「そりゃそうよ。四千万もした馬だもの」

「四千……？　そんなに？」

香苗にしてみれば、むしろそのほうがショックだった。まだレースにも出たことの無い二歳馬が四千万。やはり、競馬は訳が分からない。

「さてと、仕事しよう」

芙美子は背筋を伸ばした。こんなポーズをとる時、芙美子って美人だな、と香苗は思う。

「晩メシ、一緒に食おうよ」

「いいわよ」

「決めた」

芙美子はニヤッと笑って床を蹴《け》る真似《まね》をした。

「カシャーン！　ミスフミコ、ただ今、スタートいたしました」

そう言って、事務室を飛び出して行った。

## 4

五時過ぎまで、香苗は店にいた。

香苗は、店では一応「デザイナー」という扱いになっているが、こうした客との応対も厭《いや》ではなかった。アクセサリーなどというものは、頭の中だけで創《つく》れるものではない。それを買いに来る客がどんなものを求めているか、常に知っておかなければならない。高価な石をふんだんに使ったコレクション用のものを作る気持など、香苗にはまるで無かった。客は、パーティバッグを買い、それに合ったブレスレットを探しにやって来る。バーゲンで見つけてきたブラウスに、どんなブローチが似合うか、店を覗くのだ。店に来る客を見ていると、いつでも発見がある。それが楽しかった。次のものを作る原動力になった。

五時を少し過ぎた頃、外回りに出ていた営業が戻って来た。

「どうも、申し訳ありませんでした」

営業は、山路頼子に代って、香苗に礼を言った。それで、香苗は解放されることになった。頼子はもう少しかかるだろう。よろしく仰《おっ》しゃって下さい、と香苗は店を出た。

店の裏の階段の前で、香苗は少しためらった。芙美子の仕事が終わるまでには、まだ間がある。どうしようか。しばらく戸惑い、そして決めた。『パーフェクト・ニュース』に行ってみることにした。

香苗は、その会社の内部をまだ一度も見たことがない。結婚する前も、その後も、隆一は一度も会社を見せてくれなかった。何か、怖い場所であるかのような先入観が、香苗の中にはあった。

事実、香苗にとっては、競馬そのものが怖い。買った馬券が、たった一分か二分のレースで、ただの紙切れになったり、逆に、何倍、何十倍のお金になったりする。紙切れになるのも怖いし、何十倍になるのも怖い。どこか信用できないような感じがする。芙美子は、それは香苗の偏見だよ、と言ったが、そんなものと違う。もしかしたら、競馬というものが、あるいは馬券というものが、あまりにも生々し過ぎるからかも知れない。どぎつ過ぎるのだ。皮まで剝《む》かれて肉が露出したままの人間を見せられているような感じがする。「競馬ってのは、馬券だけじゃないよ」とも芙美子は言った。でも、彼女だって決して、馬券抜きの競馬など考えない。

四階は、フロア全体を『パーフェクト・ニュース』が独占している。社名の入ったガラスのドアを恐る恐る開けた。何かを高速で連打しているような、ジャーッ、ジャーッ、という音が、広い部屋のどこからか聞こえてくる。日暮れにはまだ間があるのに、部屋の中は薄暗い。雑然と並んだ机の列が、蛍光灯の光で白っ茶けて見える。

「芙美子……、いる？」

その声が、壁に吸い込まれてしまったような錯覚を、香苗は持った。芙美子の声がして、ようやくホッとした。

「いるよ」

部屋の向こう側がアコーデオン・カーテンで仕切られていて、声はその中から聞こえた。香苗は声のした方へ歩いた。

「頼子女史は戻ったの？」

カーテンの中は三畳ほどの広さで、そのスペースの大半を紙が埋めていた。細かい数字でびっしりと埋まった長いデータシートの隙間に、芙美子と機械が割り込んでいるような感じに見えた。

「まだだけど、営業の人が帰って来たから」

「ああ、そうか。ちょっと待ってね。すぐ区切りつくから」

芙美子は脇に置いたカードを見ながら、数字をコンピュータにタイプしていた。何行かを打ち込む度《たび》に、横のプリンタが、ジャーッ、と音を立てて紙を送り出す。芙美子の目の前にあるブラウン管に、数字が書き込まれていく。彼女の指の動きはリズミカルで、見ていて飽きなかった。

しばらくして「よし」と芙美子が立ち上がった。プリンタのデータシートに目を通し、間違いが無いのを確かめてから、初めて香苗の方を向いた。

「向こうに行こうよ。こっち狭いから」

「あら、いいのよ。邪魔しに来たんじゃないんだもの。続けてて」

「そんなこと言わないで、ちょっとは休ませてよ」

芙美子は部屋に戻り、机の上に置いた自分のバッグから煙草を取り出して火を付けた。煙草を口にくわえたまま、部屋の隅の流しへ行き、コンロにヤカンを掛けた。

「香苗、いつにするの？」

インスタントコーヒーの蓋《ふた》を捩《ねじ》りながら、芙美子が言った。芙美子が訊いたことの意味はすぐに判ったが、香苗はしばらく黙っていた。

「私んとこは、いつでもいいよ。身体ひとつで出ておいで」

「そういう訳にはいかないわよ。荷物がずいぶんたくさんあるもの」

「『ラップタイム』のマスターに手伝わせるよ。砂糖は？」

「ひとつ。――少しずつ自分で運ぶから、いいわ」

芙美子がコーヒーカップを持って来た。

「あつっ」とコーヒーを啜《すす》った。「そういうの、みみっちいよ。いっぺんにやっちゃいなよ、どうせならさ。隆一さんは、何て言ってるの？」

「話を聞こうとしないもの」

「ふうん……。でも、香苗、ちゃんとさせなきゃ駄目だよ、こういうことは」

「うん……」

「別れるなら、はっきりと、けじめ付けなきゃ。私んとこに来るのは全然構わないけど、あとで隆一さんが怒鳴り込んでくるようなの厭《いや》だからね」

「そういうこと、出来る人じゃないわ」

「度胸が無いってこと？」

「違う。自分が惨《みじ》めに見えるようなこと、絶対にしないの」

「そういうの、度胸が無いっていうんじゃないかなあ。惨めになることが分かってても、何かやるって勇気が無いんでしょ」

香苗は答えなかった。黙ったまま、手に持ったカップの中を眺めていた。コーヒーの表面に、蛍光灯の歪《ゆが》んだ曲線が動いている。

「じれったいんだよね、香苗。香苗らしくないよ。もっと、こう、ぱかっと割り切ってもいいんじゃないの？　どうもよく分かんないんだな、何考えてるんだか。……ねえ、未練があるの？」

「未練？　無いわ」

「そうかなあ。私には、まだどっかで隆一さんにしがみついてるようなとこ、あるような気がするんだけどね」

「そんなことないわ」

そんなことない、と香苗は口の中でもう一度繰り返した。

芙美子が二本目の煙草を揉《も》み消して立ち上がった。

「まあ、まず片付けちまうわ。あと、三、四十分で終わるからさ。話はその後だ」

芙美子はアコーデオン・カーテンの中へ去り、香苗だけが部屋に取り残された。

「じれったいか……」

香苗は呟いた。

じれったいという芙美子の言葉は、香苗自身も自分に対して感じている。でも、どうにもならないのだ。頭で考えれば、いつだって結論は同じところへ行く。隆一に対する気持は、もうずいぶん前から離れてしまっている。しかし、男と女が別れるということは、芙美子が考えているような簡単なものではない。じゃ、さよなら、そう言って出て来ることが出来たら、どんなにいいだろう。でも、そうはいかないのだ。

突然、電話が鳴り始めた。びくっとして、香苗はカーテンの方へ目を向けた。

「香苗、ちょっと出てよ」

カーテンの向こうで芙美子が言った。

「私が？」

「交換台みたいな声出してさ、『パーフェクト・ニュース』は本日営業致しておりませんとかさ。適当に言やいいよ」

「やだ、そんなの……」

「いいから、大丈夫だからさ」

カーテンの向こうを睨《にら》み付け、仕方なく受話器を取った。

「もしもし、そちら『パーフェクト・ニュース』ですか？」

言葉にかなり訛《なまり》のある男の声だった。

「はい。ただ、今日は休みで誰もおりませんが」

「あー、そうですか。すると、大友隆一さんのことをご存知の方もおられないですか」

「……………」

一瞬、言葉に詰まった。妙な不安が走った。

「あー、もしもし？」

「はい。あの、わたくし、大友の家内でございますけれど、何か……」

「奥さん？　あ、奥さんですか。それは丁度良かった。えー、こちらは幕良《まくら》警察ですが、先ほど、五時頃ですが、大友隆一さんが幕良牧場で撃《う》たれましてね……」

「え……」

「銃でですね、胸を撃たれました。かなり重傷で、今、幕良の中央病院で手術を受けております。出来れば、奥さんにすぐ、こちらへ来て頂きたいのですが。あー、もしもし？　奥さん？　聞いとられますか。もし？……」

## 5

それから八時間あまり後、香苗は幕良駅のプラットホームに降り立った。

午前二時。風のあまり無い、晴れた夜である。ホームにスーツケースを下ろし、香苗は辺《あた》りを見回した。

電話の係官は、香苗に列車の時刻を教え、迎えに誰かをやりますから、と言っていた。迎えに、というのは、どこに迎えに来てくれるのだろう。それを訊き忘れていた。

列車から降りた客は、香苗のほかには二、三人しかいない。地元の人間ばかりなのだろう、何のためらいもなくホーム中央の階段へ歩いて行く。

ホームのすぐ脇まで、黒い山が被《かぶ》さってきている。虫の声が絶え間なく辺りを埋めている。香苗の後ろで、列車がガクンと音を立て、ゆっくりと動き出した。

不意に、何かに急《せ》き立てられたように、香苗はスーツケースを手に取った。急ぎ足で階段を上り、陸橋を渡った。電灯の光が、頼りなく通路を照らしている。静けさが胸を締め付ける。泣きたいような気持だった。幕良という、その存在すらも知らなかった東北の駅に、たった一人でいることが、心細くて仕方なかった。

改札を抜けると、待合所のベンチから二人の男が立ち上がった。

「奥さん」

一人は山路亮介だった。知った人間の顔に、ようやく香苗は救われたような思いがした。どうやら彼のほうがひと足早かったらしい。もう一人の男が香苗に黙礼した。

「幕良署の刑事さんです」

と山路が男を紹介した。

「七尾《ななお》と申します」

訛《なまり》の少ない、低く落ち着いた声だった。

「乗り遅れたのかと思いましたよ」と山路が言った。「今の急行を逃《の》がすと、次は到着が四時過ぎになりますからね」

「とにかく参りましょうか」

七尾刑事はそう言い、「お持ちします」と香苗のスーツケースへ手を伸ばした。

「すみません」

香苗は刑事に荷物を預けた。

刑事が先に立ち、三人は駅を出た。駅前に、昼間ビルの駐車場で見たばかりのクラウンが停まっていた。山路が後ろのドアを開け、香苗がそこに乗った。刑事はスーツケースを香苗の横に置き、自分は助手席に着いた。

車を出しながら、山路が「お宅に寄って来られたんですか」と訊いた。

「はい……。とにかく、主人の下着とか着替えだけは、と思って……」

助手席の刑事の顔が辛《つら》そうに歪《ゆが》んだ。言葉が跡切《とぎ》れた。

暗い街の通りを、車は走っていた。山路も刑事も黙っていた。二人の男の沈黙が意味するものを、香苗はぼんやりと予感した。

「主人は……」

香苗の言葉に、刑事が小さく頷《うなず》いたように見えた。ゆっくりと助手席で身体を回し、香苗の方へ向き直った。

「亡くなられました。六時二分、ということでした」

悔《くや》みの言葉をつなげようとしたのか、刑事は軽く息を吸い込んだ。だが、何も言わず、気が咎《とが》めたように、そのまま身体を元に戻した。

隆一が、死んだ。

頭の中で、そう言ってみた。それが、どういうことなのか、香苗にはよく分からなかった。そこにあるのは、死、という言葉だけで、それ以上のものは何も無かった。

「勝手にしろ」

不意に隆一の声が聞こえた。

香苗は暗い車窓に目をやった。こんなに暗い街ってあるものだろうか、とそんなことを思った。所どころに街灯は立っているものの、それは却《かえ》って街の闇を深めているだけのように思えた。建物には灯りが無かった。歩く人は一人もいない。車さえ、走っていない。こんな街の風景を、香苗は見たことが無かった。

「そんなに、俺が嫌いか」

また、隆一の声がした。

ふと、香苗は、芙美子の届けてくれた隆一宛ての郵便物を、事務室のロッカーに入れたままにしてきたことを思い出した。

## 6

病院は、想像していたよりずっと近代的な建物だった。建てられてから、まだ間が無いのだろう。玄関口は照明灯に明るく照らされて、そこだけ、何か映画のセットのように見える。車が数台、石段の下に寄り固まって停まっていた。玄関脇の壁に取り付けられた赤色灯が、くるくると回転を続けていた。

スーツケースはシートに残したまま、香苗はバッグだけ持って車を降りた。玄関で靴を預け、簀《す》の子の上でスリッパに履《は》き替えさせられた。

入ってすぐのところが広い待合室になっている。そこにいた人たちの目が一斉《いっせい》にこちらを見た。ざわめきのような話し声が、不意に跡切れた。十二、三人はいる。ビニール張りのソファに腰を下ろしている婦人を除けば、あとは全員男だった。

婦人が泣いているのに、香苗は気付いた。四十五、六だろうか、割烹着《かっぽうぎ》を着て、その裾《すそ》を鼻に押し当てている。

男たちは婦人を取り囲み、小さなメモにしきりに何か書き込んでいた様子だった。カメラを持った男も数人いる。どのカメラにも、大きなフラッシュが付いている。

香苗は、男たちの視線が全て自分に注がれているのに気付いた。獲物を見定めるような気味の悪い視線だった。

七尾刑事が小さく舌打ちした。まるでそれが合図だったかのように、男たちがこちらへ向かって歩いて来た。香苗は訳の分からない恐怖を感じて、息を止めて彼らを見つめた。

「大友隆一さんの奥さんでいらっしゃいますか」

男たちの中の一人が訊いた。香苗は助けを求めるように、山路と刑事を見た。

「事件の報《し》らせはどこで受けられました？」

「あとだ」七尾刑事が遮《さえぎ》るように言った。「今、着かれたばかりじゃないか。それに、締め切りだって、とっくに過ぎてるんだろう」

刑事は男たちを押し除《の》け、香苗の通れる隙間を開けさせた。香苗は逃げるように男たちの囲みから抜け出した。

「いや、奥さん、ほんの少しだけですから」

男たちの言葉に構わず、七尾刑事はずんずんと香苗を歩かせる。階段の辺りまで来て、ようやく男たちを振り切った。

「まったく……」

刑事が横で呟いた。

霊安室は地下にあった。部屋の前に、白衣の男と制服の警察官が立っていた。三人の姿を認めると、警察官は直立の姿勢を取った。敬礼は、七尾刑事だけに対するものではなく、自分にも向けられているのが、香苗に感じられた。

警官がドアを開け、身を引いて待った。部屋の中から、微《かす》かに線香が匂った。白衣の男が、まず七尾刑事を、そして香苗を部屋へ入れた。山路は「いや、私はこちらで」と入室を辞退した。白衣の男が入ると、ドアが閉められた。

移動ベッドが二台、部屋の中央に置かれ、それぞれに白布が被《かぶ》せられていた。その白布が人の形に盛り上がっているのを見て、香苗は急に恐ろしくなった。足が動かない。

「奥さん。どうぞ」

白衣の男が香苗に、前へ、と促《うなが》した。

「どうぞ」

香苗はむりやり、自分をベッドの脇へ押しやった。

白衣の男がベッドの向こう側で合掌《がっしょう》した。香苗の横で七尾刑事も手を合わせている。

顔の覆《おお》いが取られた。

香苗は、思わず後退《あとずさ》りした。顔を背《そむ》け、目を閉じた。息が出来ない。動悸《どうき》が全身を打っている。目を瞑《つぶ》っても、それは消すことが出来なかった。

「ご主人に間違いありませんか」

横で刑事が訊いた。

香苗は、目を閉じたまま頷いた。何度も、何度も、壊《こわ》れたバネ仕掛けの人形のように、香苗は頷き続けた。何度も、何度も……。

気が付いた時、香苗は霊安室の外の長椅子に腰掛けていた。側で、山路が何か言っている。言葉はまるで聞き取れなかった。

自分の顔が涙で濡れているのに気付いた。

涙……？

なぜ、泣くのだ。と香苗は自分に訊いた。

バッグを探った。目の前にハンカチが突き出された。山路が、これを、と言っている。香苗はそれを受け取り、頰を拭《ぬぐ》った。しばらく、そのままハンカチを握り締めていた。

香苗はぼんやりと、スーツケースに入れた隆一の下着のことを思っていた。電話で報《し》らせを受けた後、まず頭に浮かんだのがそれだった。列車に遅れてはならないと、車を拾い、急いでアパートへ帰った。慌てて下駄箱の上に置いた花瓶を倒しそうになった。思い付くまま、隆一の物をスーツケースに詰め込んだ。下着、パジャマ、靴下、歯ブラシ、電気カミソリ……。汚れているかも知れないと、ワイシャツと上衣、ズボンまで入れた。そんな自分が、悲しいほど哀れに思えた。

『妻』なのだ、と香苗は自分を思った。私は『大友隆一の妻』なのだ。

今、香苗を捉《とら》えているものは、隆一の死に対する悲しみではなく、自分が夫の死の間際に見せた、妻としての行動だった。妻という役割が、これほどまでに自分を支配していることが、香苗には驚きだった。

スーツケースに夫の下着を詰めている……それが、結婚してから今日までの、私の姿だったのだ。

男たちが所在無げに立っていた。香苗は「どうもすみません」とハンカチを山路に返した。

「大丈夫ですか、奥さん」

立ち上がった香苗に、山路が言った。

「取り乱してしまって……」

「いや、当然ですよ。私も、牧場で、このことを聞いた時はびっくりしました。ショックだったですよ。まして、奥さんなら……」

七尾刑事が近付いて来た。

「お疲れでしょう。今日は、ゆっくりおやすみ下さい。お送りします」

「失礼とは思いましたが、一応、宿を取りました」と山路が付け加えた。「私が常宿にしているところです。安心して泊まれる旅館ですから」

香苗は刑事と山路に頭を下げた。

一階へ上がり、三人は玄関へと歩いた。

香苗は待合室を通るのが厭だった。また、あの男たちに取り囲まれるのかと思うと、考えただけでも、ぞっとした。

「ちょっと、ここで待っていて下さい」

七尾刑事が香苗に言った。刑事は一人で待合室の方へ歩いて行った。新聞記者たちが、刑事の周りに集まった。かなり長い間、刑事は彼らに話をしていた。男たちが不満げに時々視線をこちらへ向ける。しばらくして、彼らは刑事に恨み言を言いながら、病院を出て行った。香苗は刑事の心遣《こころづか》いに感謝した。

待合室には、先ほどの婦人と、男が三人だけ残っていた。三人は、年齢も風貌《ふうぼう》も、それぞれまちまちだった。恰幅《かっぷく》の良い初老の男がいる。紳士然としていて、仕立ての良い縞《しま》の三つ揃えを着込んでいた。その隣にかしこまるように立っている中年の男。額が広く、その下の目がどことなく不安を感じさせる。獰猛《どうもう》な印象を与えるような、そんな目をしていた。最後の一人は一番若い。二十代半ばだろう。彼は婦人の横に腰を掛けていたが、怒ったような表情で、香苗を見つめていた。

初老の男が立ち上がり、ゆっくりとこちらへやって来た。

「織本栄吉《おりもとえいきち》さんです」と山路が香苗に教えた。「ここの市長さんですが、幕良牧場のオーナーでもあります」

織本は懐《ふところ》から名刺入れを出し、一枚引き抜いて香苗に差し出した。

「織本です。この度はとんだ事で、誠に何と申し上げてよいやら……」

織本は香苗に頭を下げた。顎《あご》を胸に引き付けるような、妙なお辞儀《じぎ》の仕方だった。

「私の牧場で、こんなとんでもない事が起こるなど、今でも信じられません。どうか、気をお落としになりませんように」

織本は再び頭を下げ、それから七尾刑事の方へ向き直った。

「君、ちょっと向こうで……」

と七尾を待合室の隅へ連れて行った。

そう言えば、隆一は牧場で撃《う》たれたと、電話の係官は言っていた。香苗はそのことに気が付いた。

ソファに掛けている三人が香苗を見ていた。自分が晒《さら》し者になっているように思えて、香苗は落ち着かなかった。

「あの方は深町《ふかまち》さんの奥さんです」

山路が小声で言った。

「深町さん……？」

どこかで聞き憶えのある名前だった。

「ご存知なかったですか。深町さんは、幕良牧場の場長さんでした。奥さんの隣にいる若い方は、甥御《おいご》さんです」

香苗は、あ、と思って山路を見返した。霊安室にベッドが二台あったのを思い出した。

「ええ、深町さんも亡くなられたんです。ご主人と一緒に……」

牧場で、二人の男が銃弾に倒れた――一体、何があったのだ？

香苗は、初めてそれを思った。

隆一は、牧場で何をやっていたのだろう……。

その時、香苗は深町という名前を思い出した。

あれは、電話で聞いたのだ……。

7

昨夜、いや、今ではもう一昨日になる。――日曜日の夜だった。

隆一は、もう二時間近くも机に向かったままでいた。背を丸め、大学ノートに小さい文字を書き込んでいる。一対の罫《けい》の中に二行も詰め込むような小さな字。2Hの薄くて硬い鉛筆。それを神経質に細く尖《とが》らせて、一画一画、刻み込むように書く。そんな些《さ》細《さい》なことでさえも、香苗を苛《いら》つかせる。

香苗が好んで使うのは、先の丸くなった6B。罫からはみ出すような気儘《きまま》な文字を書く。どうしても、そうなってしまうのだ。

いつだったか、買物から戻ると、隆一は香苗の日記を読んでいた。日記帳のページを指で弾《はじ》き、こんな使い方は紙が勿体無《もったいな》いと言った。香苗は声を上げ、隆一の手から日記を奪い返した。その夜、香苗は自分の日記帳や手紙の類《たぐい》をすべて燃やした。それからは、日記など書いたことがない。仕事に使うメモやスケッチブックは常に持ち歩くようになった。

「どうするつもり？」

と香苗は繰り返して言った。

ああ、と隆一は口の中で答える。

香苗がそこにいるのを知っていながら、それでも仕事を止《や》めなかった。香苗に背を向け、その背中で、仕事をしているのが分からんのか、と言っている。そんなことは、分かっている。いつだってそうだ。香苗が話しかけようとする時、隆一はいつも何かをやっている。新聞を読んでいる。飯を食っている。テレビを視ている。頭を空《から》にするために、畳の上へ長まっている。

「話があるのよ」

「ああ……」

「こっちを向いてくれない？」

「ちょっと待ってくれ、あと少しだから」そして、そのあとに「お茶」と付け加えた。

「大事な話なの」

「分かってる……」

「分かってやしないわ。少しの間ぐらい、それを止められない?」

　隆一が鉛筆を放り出した。乱暴に椅子を回し、香苗の方を向いた。そのまま黙っている。なんだ、早く言え。眼がそう言っている。

「どうするつもりなの？」

「何が」

「私たちのこと」

「なんだ、まだそんなことを言ってるのか」

香苗は、黙ったまま、隆一を見つめる。

「そんなに、俺が嫌いか」

香苗は呆《あき》れて夫を見た。

どうしてこうなのか。なぜ、そういう見方しか出来ないのか。好きとか嫌いとか、問題はもうそんなところには無いのだ。

女が男を好きならば、全てを容認出来る筈だと、隆一は考えている。それが出来ないのは、愛が無いからだ。愛する努力が足りないからだと。

お前は身勝手だ、と隆一はよく言った。自分のことしか考えていない。俺には仕事がある。俺の仕事は、お前がしているようなお稽古事《けいこごと》の延長じゃない。そりゃ、俺にも至らないところはあるだろう。不満もあるに違いない。しかし、俺は俺なりに、出来るだけのことはしているじゃないか。

「出て行くわ」

「出る？　出てどこへ行く」

「どこでもいいでしょう」

「よくはない。心配だ」

ああ、やめて頂戴。と香苗は心の中で叫んだ。そういうあなたが、一番厭なのだ。見せかけだけの優しさなんて、もうたくさん。自分本位で、傲慢《ごうまん》で、押し付けがましい優しさ。そうであることを、自分で気付かない無神経さ。

「一体、何が気に入らないんだ。急にそんなことを言われても、俺にはまったく解らないよ」

「急じゃないわ」

「なに？」

「ちっとも急じゃないと言うのよ。何度も言ったわ。あなたが取り合ってくれないだけよ」

「そんなことはない。君がちゃんと話せば、俺だって聞くさ」

「うそよ」

「何が嘘だ。今だって聞いている。言いたいことがあるなら、言えばいいだろう」

「…………」

「なぜ、言わない。それじゃ、分かる訳がないじゃないか。一体、何だと言うんだ。俺が悪いことをしたと言うなら謝るよ。だけど、言ってくれなきゃ、何も分からない」

「謝って貰おうなんて思ってないわ」

「じゃ、何だ。いい加減にしてくれよ。話があると言ったのはそっちだろう。俺は仕事があるんだ」

隆一は椅子を回しかけた。

「私、出て行く、と言っているの」

「それじゃ分からんと言ってるじゃないか」

電話が鳴った。

二人とも、動かなかった。二度、三度と電話は鳴り続ける。隆一は出ようとしない。香苗が家にいる限り、電話を取るのは彼女のほうだと決めている。なぜだか、香苗には分からない。

「はい、大友でございます」

「あ、夜分すいません。深町と申しますが、ご主人はご在宅でしょうか」

「少々、お待ち下さい」

黙ったまま、受話器を隆一のほうへ差し出した。隆一はそれを受け取り、香苗に背を向けた。

「はい、替わりました。あ、先日はどうも。いえいえ、こちらこそ」

香苗は、立ったまま隆一の背中を見ていた。

隆一の背中。いつも、そこばかり見せられてきたような気がする。いくぶん猫背で、肉のない背中。肩胛骨《けんこうこつ》が飛び出していて、スポーツシャツの上からでも、はっきりと見える。

結婚した当時、まだ一緒に出歩くこともあった頃は、香苗は隆一の背中を見ながら歩いた。大股でどんどん先へ行ってしまう隆一を、香苗はいつも追いかけていなくてはならなかった。今ではもう、二人で外へ出ることも無い。香苗は家の中で隆一の背中を見ている。隆一が香苗に向き合うのは布団《ふとん》の中だけだ。それも、勝手に乗り掛かってきて、終わればすぐに背を向ける。

言いたいことがあるなら言えと、隆一は言った。言えと言うなら、山ほどある。あるけれど、いざ言おうとすると、香苗は戸惑ってしまう。そのひとつひとつが、あまりにも些細なことに思えてくるからだ。取るに足らない小さな事柄に思えてくる。そして、それを許すことの出来ない自分が、なんと偏屈な女だろうかと、嫌気が差してくる。

でも、そうではないのだ。取るに足らない小さな事柄が、まるで磯のフジツボのように、香苗の身体を埋め尽くし、締め付ける。これを、どう隆一に説明すればよいのか。

香苗は、結婚して自分が変わったのが分かる。以前は、こんなにも自分を厭な女だと思ったことは無かった。何日も何日も、自己嫌悪に苦しんでいるようなことは無かった。隆一といると、悪いのはいつも自分のほうだという気持にさせられる。惨めになり、自分が厭になる。

どうしてだろう。前は、こんなことは無かったのだ。今だって、店に出ていたり、芙美子と話したりしている時には、自分が厭になるようなことは無い。それが、アパートの部屋に座っていると、もうそれだけで、香苗は堪《たま》らない気持になってしまうのだった。

「はい、そうですね。じゃ、明日の急行でそちらに伺います。いや、直接参ります。ええ、出迎えなどはなさらないで下さい。そうですね。では、その時に」

隆一が電話を終えた。そのまま、机のノートに向かった。

「まだ、話が終わってないわ」

「今度にしてくれ」

隆一は、ふと思い付いたように抽斗《ひきだし》を開け、中からカメラを取り出した。裏蓋《うらぶた》を外《はず》してフィルムを詰め、それを鞄《かばん》の中へ押し込んだ。立ち上がって書類棚の前へ立ち、何通かの綴《つづ》りを引き抜いた。それをまた鞄に詰めた。使い古して、あちこちささくれ立った、黒い豚皮の鞄だった。

それが済むと、隆一はまた、ノートに文字を刻み始めた。

「私、出るわ」

「勝手にしろ」

隆一は背中で香苗にそう言った。

それが、隆一が香苗に言った最期《さいご》の言葉になった。翌朝、彼は黙って幕良《まくら》へ発《た》ったのだ。

8

いつの間にか、窓の外が明るくなっているのに、香苗は気付いた。

山路亮介が常宿にしているという『常磐館《ときわかん》』の一室で、香苗は眠れぬままの朝を迎えた。備え付けの浴衣《ゆかた》に腕を通してはみたものの、布団《ふとん》の上に座ったまま、何を考えるともなく時が過ぎた。

移動ベッドの上の隆一の顔が、目の前に付いて離れない。頭髪に入れられていた櫛《くし》目《め》の跡が、妙に香苗の記憶に残っている。

香苗は布団から立って、窓側の障子を開けた。細長いサンルーム風の板張りがあって、小さなテーブルと籐《とう》の椅子が置かれている。窓には薄手のカーテンが引かれ、陽の光を部屋全体に散らしていた。

カーテンを開けると、窓の下になだらかな傾斜が街へ向かって伸びているのが見えた。この旅館は市の北側の丘陵地に建っていると、山路が教えてくれた。眺めは超一流ですよと言った言葉に嘘はなかった。

こうして見ると、幕良は山に囲まれた盆地の町だということが分かる。街の中心からすこし南へずれた辺りを、東西に川が流れている。川の向こうは畑で、そこから次第に山陵地に入る。牧場は市の南側と聞かされたから、きっと正面の山の向こう側だろうと、香苗は勝手に想像した。

それにしても、さほど大きな町ではない。昨夜、駅から病院までがずいぶん遠く感じられたのは、あれは底知れぬような街の暗さと、自分の不安によるものだったのだろう。

「失礼致します」

女性の声がして、部屋の襖《ふすま》が細目に開いた。

「もう、お目覚めですか」

和服姿の仲居が顔を見せた。

「あら、おやすみになれなかったんですか」

仲居は、布団が敷かれた時のままになっているのを見て、そう言った。

「昨夜《ゆうべ》は遅くて、ご迷惑だったでしょう。ごめんなさいね」

「いいえ。そんなこと、ちっとも……。あの、どう致しましょうか」

布団をどうしたものかということらしい。

「片付けて下さい」

「よろしいんですか？　でも、少しはおやすみにならなければ……」

香苗は、窓の外へ目を返した。

明らかに、仲居は昨日《きのう》の事件のことを知っている様子だ。あからさまではないにしても、香苗を見る彼女の目には、客に対するもの以外の何かがある。

香苗はふと気付いて、部屋を片付けている仲居に言った。

「針と糸を貸して頂けるかしら」

「はい。何かお繕《つくろ》い物ですか。でしたらお出しになって下されば……」

「いいえ、たいしたものじゃありませんから。それと、新聞を」

「新聞……でございますか。はい、かしこまりました」

仲居は一瞬、戸惑ったような表情を見せた。その戸惑いの意味するものは、香苗にもよく分かる。それも自分への思い遣《や》りなのだろう。新聞には「事件」のことが載《の》っている。夫を亡くしたばかりの妻には、あまりにも刺激が強すぎるのではないか——。

しかし、香苗はその記事を読みたいと思った。昨日《きのう》、牧場で何が起こったのか、香苗は何も知らない。隆一は撃たれて死んだ。それだけしか知らない。あるいは、知らないでいるほうがよいのかも知れない。だが、それは許されないことのように、香苗には思えた。

仲居が新聞を持って来るまでの間に、香苗は顔を洗い、着替えを済ませ、髪を整えた。窓を開け、空調装置を通さない風を部屋に入れた。乾いた熱い風だった。

床の間に置かれた電話が鳴った。

「はい」

「東京からお電話が入っております。おつなぎします」

東京から……。誰だろう。思い当たる前に相手が出た。

「香苗？」

芙美子だった。嬉しくて、思わず涙が出そうになった。今、一番聞きたかったのが、芙美子の声だった。

「芙美子……。どうしたの。従妹《いとこ》の結婚式に行くんじゃなかったの」

「これから出るところ。それどこじゃないよ。びっくりしたよ。新聞見て」

「新聞……」

「まだ、見てないの?」

「うん」

「隔離《かくり》されてる訳か。――おい、香苗、大丈夫か?」

「大丈夫」

「よし。それならいいや。私また、周りの連中から、奥さん気を落とさないで、とか、いろいろ言われて、香苗もどこかおかしくなってるんじゃないかと思ってさ」

「まさか」

「私、お悔みの言葉とか、そういうの嫌いだから言わない。お葬式も出ない。勘弁してね」

「芙美子にお悔みなんか言われたら、それこそ、私、おかしくなっちゃうわ」

「ま、そうだね。あ、ウチの社長に会った?」

「うん。昨日《きのう》から、ずっとお世話になりっぱなしなの。この旅館も、山路さんに取って頂いて」

「いいチャンスだからさ、せいぜいたかっときなさいよ」

「高そうな旅館なの。気が滅入《めい》っちゃうわ」

「名士気取りなんだよね、あの人。ま、ある意味じゃ、幕良にとっては名士に違いないんだけどさ」

「ある意味？」

「ダイニリュウホウが、そこの牧場にいるのよ」

その馬の名なら、香苗も知っている。数年前、日本中を沸かせた競走馬だった。

「ダイニリュウホウって……あの？」

「ダイニリュウホウがいると、どうして山路さんが名士になるの？」

「……厭になっちまうね、この競馬音痴は。あのね、ダイニリュウホウってのは、山路亮介氏の持ち馬なんです。おわかりになる？　つまり、そのダイニリュウホウが幕良にいるってことはさ、幕良が有名になるってことなのよ。——あ、いけね。こんなこと言ってる場合じゃなかった」

香苗はふと気付いて訊いた。

「どうして、私がここに泊まってるって分かった？」

「社長が、会社の人間に電話してきたんだって。東京に帰るのちょっと延ばすからって」

「あら、そんなこと、駄目よ」

「いいのよ。ほかのことじゃないんだし。それに、社長なんかいないほうが、ウチの連中も喜ぶしさ」

香苗は、山路が、今日《きょう》牧場へ連れて行ってくれると言っていたのを思い出した。それを聞いた時は、彼の仕事まで気が回らなかった。

「ま、香苗の声聞いて安心したよ。私、飛行機の時間があるから、これで切るね。帰って来る時、電話して」

「うん。どうもありがとう」

私も芙美子の声が聞けて嬉しかったと言おうとしたが、芙美子はさっさと電話を切っていた。

良い奴だな――受話器を戻しながら、香苗は改めて、そう思った。芙美子の言う通り、香苗は昨夜から気持がおかしくなりかけていた。今の電話で救われた。

あれから――

病院で、香苗は、取り敢《あ》えず岡山にある隆一の実家に連絡を取った。電話がタライ回しにされ、香苗は同じことを何度も繰り返さなくてはならなかった。最後に義弟が電話に出て、あとのことは全てこちらで取り計らうから、と言ってくれた。

隆一の遺体は司法解剖を受けなければならないのだと、香苗は刑事から聞かされた。死体検案書を作って貰うのに、一日ほど掛かるという。そのあと、病院の霊安室で仮の通夜を行ない、身内の者だけで密葬をするということになった。

ようやく電話を終えたが、そのあとがまた大変だった。病院を出たとたん、香苗は記者たちに取り囲まれた。写真を撮られ、矢継《やつ》ぎ早《ばや》の質問を受け、彼らは香苗が半ばヒステリー状態になるまで、解放してはくれなかった。

山路の車で、この旅館に着いた時は、すでに午前四時を過ぎていたのである。

連絡を受けた親戚たちの到着は、今日《きょう》の夕方頃になる。まだまだ、これからだわ。それを思うとうんざりした。

仲居が新聞と裁縫道具の入った小箱を届けてくれた。

「あのう、山路様が、もし差し支えが無ければ、朝食をご一緒にと言われてますけど」

「そう……。食事は、どちらで？」

「一階の食堂に用意してございます」

「じゃあ、二十分ほどで参りますと、伝えて下さい」

「かしこまりました」

仲居が出て行くのを待って、香苗は籐椅子に腰を下ろした。

新聞を拡げた。

事件は、第一面と社会面に跨《また》がって報道されていた。

9

牧場で銃を乱射

二人が死亡、馬も巻き添えに

六日午後五時ごろ、幕良市日の里町の幕良牧場（織本栄吉牧場主）の放牧場で、何者かが銃を発砲、二人が死亡するという凶悪事件が起きた。犯人はそのまま山林に逃走したとみられ、幕良警察署では県警の応援を要請、ただちに捜索を開始すると共に、市内の厳重警戒に当たっている。

撃たれたのは、同牧場の場長深町保夫さん（四六）と、牧場を訪れていた東京都世田谷区上野毛二丁目、競馬評論家大友隆一さん（三五）で、深町さんは右脚と胸に二発、大友さんは胸に銃弾を受けた。二人はすぐ市内の中央病院へ運ばれたが、大友さんは同日午後六時すぎ、深町さんも七日午前一時ごろ、それぞれ出血多量で亡くなった。

事件が起こったのは、同牧場の南側の放牧場で、深町さんは大友さんを案内して、馬を見せているところだった。当時二〇〇メートルほど離れた場所で作業をしていた牧夫の話によると「いきなり鉄砲の音が何発も聞こえて、馬たちが走り出したんです。どこで音がしたのか、それも分からなくて慌てましたけど、場長がお客さんと南の放牧場のほうへ歩いて行ってたのを思い出して駆けて行きました。びっくりしましたよ。二人とも血だらけで倒れていて、馬もでしょう……」と声を震わせていた。

深町さんたちが見ていた二頭のサラブレッド（八歳牝馬、当歳牡馬）も、犯人の撃った流れ弾に当たって死んだ。二頭は親子だった。

幕良署の調べによると、犯人は放牧場の南側にある柵外の茂みから撃ったもので、そのまま後ろの山林に逃げ込んだと思われる。事件の背景など詳しいことはまだわかっていないが、警察では附近の地理に詳しい者の犯行とみて、犯人の割り出しを急いでいる。

社会面のほうも、具体的に書かれているだけで、内容としてはあまり変わらない。ただ、そこに大きく載せられた写真が目を惹いた。放牧場の現場を撮影した生々しい写真だった。

地面の上に撃たれた二頭の馬が横たわっている。その向こう側に低く柵が続いている。その奥の茂みに白い矢印が打ってあった。写真の下に説明書きがある。

犯人が発砲したと思われる地点（矢印）と死んだ二頭の馬。パステル（手前・当歳牡馬）とモンパレット（八歳牝馬）＝6日午後5時40分、幕良牧場で

記事の中に、織本栄吉氏の談話が載せられていた。香苗は、病院で会った恰幅の良い初老の紳士を思い出した。

織本栄吉幕良牧場主・幕良市長の話　深町君との付き合いは、私が牧場を譲り受けて以来のことですから、もう七年にもなります。深町君はその前から牧場長をされていて、私の代になってからも、とても良くやってくれました。仕事熱心な人で、それだけに今度のことが残念でなりません。大友さんにはお会いしたことがありませんでしたが、東京からわざわざ訪ねて頂いたのに、こんな事になって、ご家族のお気持を思うと心が痛みます。この上は、一刻も早く犯人を捕えて頂きたいと思います。

香苗は紙面の下の方に、関連記事が載っているのを見つけた。おそらく締切り間際

になって差し込まれたものなのだろう。小さな記事だった。

《場長宅から猟銃が盗難》

幕良牧場での狙撃事件を調べている捜査本部は、事件の起こる前日の五日午前深町保夫さんから幕良署に猟銃の盗難届が出されていたことを明らかにした。この銃は深町さんが愛用していたレミントン七四二自動ライフルで、一階居間の飾り棚に掛けてあったもの。五日未明、仕事に出ようとしていた深町さんが居間をのぞいたところ、窓が破られており、銃が無くなっているのを発見した。捜査本部では、この銃が今回の犯行に使用された可能性もあるとみて、銃の発見を急いでいる。

10

山路を待たせていることに気付いて、香苗は慌てて新聞を畳んだ。部屋の隅に置いたスーツケースを開け、隆一のズボンを引っ張り出した。薄茶色のコットンパンツで、香苗はさほど好きではないが、この際贅沢《ぜいたく》は言っていられない。仲居の持って来てくれた裁縫箱を開け、ズボンの丈《たけ》を測って裾《すそ》をまつり始めた。これから牧場へ行くというのに、スカートではちょっと具合が悪い。男物のズボンの仕立てが自分に合う答もないが、少しブカブカのストレート・パンツだと思えば、気にもならない。

列車で七時間余りもかかるところへ来るのに、自分の着替えを一枚も入れて来なかったことが、なんとも滑稽だった。スーツケースの中身と言えば、それこそ隆一のものだけなのだから。時間をみて、どこかで下着ぐらいは仕入れておかなくちゃならないな、と香苗は考えた。

ズボンの加工を終え、香苗はさっそく身に付けて鏡台の前に立ってみた。まあ、これならさほど悪くはない。思い切って裾を踝《くるぶし》の上まで短くしたのが、却ってニュー・ルックのように見える。鏡に向かったついでに顔を直し、それからハンドバッグを取り上げた。

一階の食堂へ下りると、山路はすでに食事を始めていた。

「悪いと思ったんですが、腹が減ってましてね。先に始めさせて貰ってます」

「遅くなってすみません」

山路の隣に、赭《あか》ら顔の男が席を取っていた。四十代の半ば、いや五十に近いかも知れない。派手な柄のポロシャツを着て、どことなく尊大な印象を受けた。香苗は、この男と山路が今まで話をしていたらしいと感じた。

「あ、ご紹介します」

と山路が言った。赭ら顔の男が立ち上がった。胸が厚く、腕も太い。大きな男だった。

「宮脇《みやわき》さん。この『常磐館《ときわかん》』のご主人です」

「どうも奥さん。この度はご愁傷《しゅうしょう》様なことで、さぞお心落としのことでしょう」

宮脇は腰を屈《かが》めた。おそろしく型通りの挨拶だなと思いながら、香苗は黙って頭を下げた。この手の言葉を、これからどれだけ聞かされるのだろうか。いっそのこと「お悔みの言葉、辞退致します」と書いたプラカードでも持って歩きたいような気持だった。

食事が運ばれてきた。食欲はあまり無かった。まず、お茶だけ飲んだ。

「山路さん、さっき芙美子から――綾部さんから電話を貰って聞いたんですけど、お帰りの予定を延ばされたって……」

「ああ、綾部君から。そうですか」

「お仕事のほう……」

「いや、構いません。私がいても、どうということはありませんからね」

「でも、ご迷惑をお掛けしているようで」

「とんでもないですよ、奥さん。せめて、お通夜までは、いさせて下さい。大友さんには、ずいぶんお世話になったんですから。――それより、召し上がって下さい。しっかり食べておいたほうがいいですよ。そうしないと身体が持ちません」

と山路は言ってくれたが、香苗は焼き魚を二、三度突ついただけで箸を置いた。それを見て宮脇が立ち、茶を入れ替えてくれた。

「ああ、奥さん、これから牧場へ行きますが、この宮脇さんもご一緒されるそうですから」と山路が言った。

香苗は不思議に思って宮脇を見た。

「深町場長には、ずいぶんお世話になってましたので、ご挨拶に行こうと思っていたんです。山路さんが行かれるというので、図々しく便乗させて頂こうという訳でして」

宮脇は弁解するように言った。

「それと、私の馬を殺《や》られましてね」

「馬……」

新聞の写真が蘇《よみがえ》った。

「あの親子は宮脇さんの？」

「いえ、仔馬のほうです」

「パステル……」

「あ、ご存知でしたか」

「新聞で見ました。可哀相《かわいそう》に……」

「ほんとです。許せませんな。——まあ、そんなことで、牧場でいろいろ片付けなきゃならない話もありましてね」

「じゃあ、そろそろ支度をしますか」

と山路が軽く膝を叩いた。

「僕の車を、玄関の方へ」

「あ、持って来させます」

そう言って、宮脇は山路から鍵を受け取り、席を立った。

車中では、助手席に宮脇が、香苗は後席に着いた。宮脇は背広に着替えて来ていた。

車は坂を下り、街へ入った。初めて見る街の風景だった。背の高い建物は中心部に幾つかあるだけで、あとはゆったりした間隔で商店が並んでいる。道の前方に小高い丘があって、緑の間に石垣が見える。

「城山公園と呼んでいます」と宮脇が教えた。「てっぺんに城の址《あと》があります。なに、大きな石が幾つか転がってるだけですがね」

幕良市は、この城山公園を中心に出来上がっているようだった。車は公園を迂回《うかい》して、南への道をとった。すぐに川の流れが見えてきた。面舞《もまい》川という名を教えられた。

「山路さん」と宮脇が言った。「俺、ちょっと気になってるんだがね……」

「何が？」

「新聞にさ、深町君のところから銃が盗まれてたって、出てたろう。レミントンの自動銃って言うと、もしかしたら、あれ……」

「うん。僕が彼に贈ったやつだと思うよ」

「やっぱり」

「厭な気分だよ。まだ、それでやったのかどうか、判ってはいないらしいけどね。もしそうだとしたら、あれを贈ったことを一生後悔しなきゃならない」

「いや、山路さんがそんなふうに考えることはないけどさ。あのレミントンは、確か、ダイニリュウホウの記念に」

「うん。六年前になるよ。有馬《ありま》記念に勝って、四冠を達成した時の記念にと思って贈ったんだ……」

車が川を渡った。前方に、大きく山が迫っている。

「昨日《きのう》の夜、警察が来てね、狩猟会の名簿を見せろと言うんだね。いや、そんなもの、ちゃんと向こうにある筈なのさ。知っててそれを見せろって来るのは、俺を疑ってるってことじゃないか。洗い浚《ざら》い、銃を出させせられたよ」

「へえ。いや、僕も刑事に聞かれたけど。銃まで調べたの？」

「まあ、口調は柔らかくね、どんな銃を持ってるんですか、とか言って、一度拝見したいって、そんな感じだったけどね。要するに、あれは最近発砲した形跡があるかどうかを調べてるのさ」

「ふうん。……今、会員は何人？」

「山路さんも入れて、二十六人、かな」

「じゃあ、その全員が、きっと同じ目に遭《あ》ってるよ」

「かなわないな」

車はふた手に岐《わか》れた道を右へ進んだ。そこに『幕良牧場』と書かれた矢印形の看板が立っていた。道は雑木林の中へ緩《ゆる》やかにカーブしながら入って行く。

香苗は、二人があまりにもありふれたことのように銃を話題にしているのに驚かされた。話では、山路も宮脇も狩猟会の会員であるらしい。山路は競馬の予想紙を発行し、馬を持っている。宮脇も馬主だという。いわば、常に動物を相手にしているのではないか。その同じ人間が、動物を殺すための銃を持っている。信じられなかった。彼らの中では、それがどんな形で両立しているのだろう。一方で馬の首を撫《な》で、一方では鳥や兎《うさぎ》に銃を向ける。

香苗は、隆一の中にも、この種の無神経さがあったことを思い出した。見せかけだけの優しさ。見せかけだけの同情。見せかけだけの思い遣《や》り。隆一も、山路も、宮脇も、決して気付いてはいないのだ。それが見せかけだということを。

香苗は堪《たま》らなく不愉快な気分になって、窓の外へ目を移した。

雑木林の中を、車は薄い土埃《つちぼこり》を上げながらゆっくりと登って行った。前方にまた看板が見えた。馬の形に作られている。胴のところに「幕良牧場入口・この先500メートル」と書かれていた。車はその道へ入って行った。

やがて、右側の林が跡切れ、起伏のある草原に変わった。柵の向こうで、数頭の馬が、首を上げてこちらを見た。

11

放牧場の片隅に細い杭が打たれ、歪《いびつ》な菱形の縄張りがしてあった。西洋凧の凧《たこ》――ダイヤ凧というのだろうか、上から見ればそんな格好に見える。何もかも運び去られ、ところどころ牧草まで刈り取られているが、その縄囲いだけが周囲と馴染《なじ》まぬ姿で取り残されていた。

ここで――二人の男と二頭の馬が死んだ。

「大友さんは、この辺りでした」

七尾刑事が言った。

凧で言えば、上部の三角形の中心から、やや上の位置にあたる。誰がしてくれたものか、そこに小さな花束が置かれていた。

あたりを埋めている蟬《せみ》の声が、不意に止んだような、そんな錯覚が香苗を捉えた。

隆一が倒れたという辺りの草を、ぼんやりと眺めた。むやみやたらに掘り返され、潰《つぶ》された草の根が、今は乾いて萎《しな》びている。死体の取り払われた剝《む》き出しの地面が、香苗に奇妙な現実感を抱かせた。

事件が起こってから、十六時間近くが経っている。ベッドの上の隆一の顔が、また香苗の記憶に甦る。思わず肩を抱き締め、その拍子に、持っていたハンドバッグが落ちた。

遠慮勝ちな刑事の手が、それを拾い上げ、土くれを払い除けた。

「すみません」

刑事からバッグを受け取り、香苗は目を少し離れた牧草の上へ向けた。凧形の縄張りの一番下の尖った辺りに、もうひとつの花束が置かれている。

「あそこに、深町さんが倒れていました」

深町の花束と、隆一のそれとは、五メートルほど離れている。

「この状態から想像すると、大友さんと深町さんは二頭の馬を挟むようにして立っておられたわけですね。大友さんはこちら側で馬のすぐ脇に立っていた。深町さんは、少し離れた向こう側にいた」

七尾刑事の言葉には、どことなく自分に言い聞かせているような響きがあった。

縄張りをあちこちから眺め回っていた山路が、刑事の横へ戻って来た。

「犯人が撃ったのは、どこからですか」

「向こうです」

刑事が柵の向こうの木立ちへ目を向けた。香苗たちの立っているところから、南へ三十メートルほど行ったところに、胸ほどの高さの白木の柵がある。そこで放牧場が終わり、そこから雑木林が山の下へ続いている。

「あそこに、ちょっと高い樺《かば》の木がありますね。あの根元に薬莢《やっきょう》が落ちていました」

山路はその方へ歩きかけた。気付いたように振り返り、刑事に「いいですか？」と尋ねた。

「何です？」

「行って見て来ても構いませんか」

「ああ、どうぞ。この辺りの検証は済んでいますから」

山路は頷いて歩いて行った。柵を潜《くぐ》り、雑木林に入ってこちらを見た。木立ちのあちこちに移動し、そこから見える放牧場の角度を試している。

七尾刑事は黙ったまま、その山路の動きを眺めていた。

香苗は周囲を見渡した。放牧場は、思っていたよりもずっと起伏が激しく、見える範囲が限られている。車で入って来た門も、事務所の建物も、カラフルなカマボコ形の厩舎《きゆうしや》も、ここからでは見えない。牧場を、何となく大草原のイメージで考えていた香苗には、ちょっと意外だった。

放牧場は全部で七つに区切られていると、香苗は説明を受けた。いま立っているここは、その中でも一番南の端にある。普段なら、ここで離乳前の仔馬が、母馬に付き添われて遊んでいる。パステルも、やはりそうだったのだ。今は、この柵の中には一頭の馬もいない。捜査のために、ほかへ移されたと聞いた。

山裾から吹き上げて来る風が、柔らかく頬に当たる。その風に乗って、つくつく法《ぼう》師《し》のさざめきが、草の上を渡っていた。

山路が二人のところへ戻って来た。

「うまい場所を見つけたものだ」

呆れたような口調でそう言った。

「何がですか」

刑事が聞き返した。

「あそこから狙《ねら》われたら、ちょっとここでは逃げようがないですね」

「ほう……」

「林を後ろに背負っているから、自分が逃げるには都合が良い。ところが狙われるほうには逃げ場が無い」

そう言って周囲を見回した。

「隠れるような場所はどこにもありません」

「なるほど。しかも、ここは人気《ひとけ》のあまり無いところで、事務所からも離れている。銃の音がしても、人が来るまでに逃げる時間は充分にある、と」

「犯人は、よほど前から計画を立てていたということですね」

「ということでしょう。確かに、仰《おっ》しゃる通り、あそこは絶好の場所ですよ。ちょっと、良すぎるほどね……」

香苗は、おや、と思って七尾刑事を見た。いささか投げ遣《や》りに言った最後の言葉が、何かを含んでいるように思えた。

良すぎるほど……。この刑事には、それが気に入らないらしい。

ふと、刑事が顔を上げた。その視線を辿《たど》って振り返ると、放牧場の間の小径《こみち》を歩いて来る二人の男がいた。一人は宮脇、もう一人は牧夫だろう。開襟《かいきん》シャツにカーキ色の作業ズボンを履《は》いている。子供のような顔立ちをしていた。高校生ぐらいかな、と香苗は思った。二人は柵を潜《くぐ》り、放牧場の中に入って来た。

「何ですか？」

刑事が二人に声を上げた。

「墓をですね……」

宮脇が言ったが、あとはモゴモゴとよく聞こえない。

「ハカ？」

「馬の墓を、立ててくれたというんで、見せて貰おうと思ったんです」

「そんなもの……どこに？」

「あそこ」

牧夫が指を上げた。柵の外に、なるほど細長い板が二本立ててある。放牧場の西側の柵の、すぐ向こうだった。

「いつ、作ったの？」

「今朝《けさ》さ。警察の人にも断わったよ」

「ああ、そうか。聞いてなかった。へえ、どれ、じゃ、私もお参りさせて貰うか」

牧夫はにこりと笑い、皆の先に立った。

香苗はこの少年に好感を持った。隆一や深町の倒れた場所に花を供えてくれたのも、彼じゃないか——。そんな気がした。そうだったら嬉しいと思った。

墓標には『モンパレットの墓』『パステルの墓』と書かれていた。少年の書いたものだとすぐに想像がついた。

「ふうん……」

宮脇が物足りないような声で、墓標を見た。もっと違うものを想像していたらしい。こんなに素敵なお墓なのに、と香苗は宮脇を憎《にく》たらしく思った。何か言葉をかけてあげたくなって、少年に訊いた。

「ここに、馬を埋めたの？」

「いや、違うよ。あんな大きなもの、大変じゃないか。たてがみだけさ」

「たてがみ……」

そうか、と香苗はなぜか安心した。馬が死んで、そのたてがみを墓に納める。とってもきれいで、そしてちょっぴり物悲しい。この子、馬が好きなんだな。香苗は幕良に来て、初めて爽《さわ》やかさに出逢ったような気持になった。山路や、宮脇の言葉に憂鬱《ゆううつ》にさせられていただけに、なおさらだった。

「刑事さん」と宮脇が言った。「銃は、見付かったんですか」

「ああ、先ほど、発見したという連絡を受けましたよ」

「それで……」

「山の麓《ふもと》の茂みの中に棄てられてあったそうです」

「いや、何だったのですか」

「レミントンです」

「じゃあ……」

刑事が頷いた。山路が思わず唸《うな》った。

「あの銃が深町さんのお宅にあるということを知っていたのは、山路さんの他に誰がいますか？」

刑事が二人に等分に訊いた。宮脇が答えた。

「いや、狩猟会のメンバーなら、誰だって知ってますよ。道具のことは、一番の話題になるものですからね」

「というと、この牧場の関係者では、織本市長と、それに鶴見《つるみ》事務長さんもご存知だったという訳ですね」

「待って下さい。刑事さん、そりゃいくら何でもあんまりだ。それじゃ、まるで狩猟会の会員の中に犯人がいるように聞こえるじゃないですか」

「決め付けちゃいませんよ。事実をお訊きしているだけです」

「いいですか、狩猟会の会員になるにはですね、厳しい審査があるんです。ご存知でしょう。皆、良識のある人たちばかりなんだ」

刑事が困ったような顔で笑った。

「分かってますよ。ご心配には及びません」

良識……と香苗は考えた。良識って、何だろう。

「それよりも、刑事さん」と宮脇はいくぶん声を低くした。「今、事務所で聞きましたけど、深町場長は、前々から誰かに狙われてたそうじゃないですか」

山路が、え、と宮脇を見た。

「狙われてた？　何だい、それは」

「いや、自動車に細工がしてあったと言うんだけどね」

「よく解らんな。どういうことだね」

「先週、そんなことがあったそうです」と刑事が宮脇の言葉を取った。「深町さんは、事故を起こされてるんですよ。街に出る途中の山道で、ブレーキが効かなくなったんですね。それで、道を大きく外れて、木にぶつけてしまった。調べてみると、ブレーキパイプが切断されていたんです」

「ブレーキパイプが……」

「今、そっちのほうも調べています」

「ということは、そのパイプを切った人間が、今度の……？」

「いや、どうかまだ判りません」

刑事はゆっくりと、また縄張りの方へ歩き出した。

「どういうことなんだ？　深町さんは、誰かから恨まれてたのかね……」

山路がそう言いながら刑事の後を追った。

三人の男たちが離れて行くのを、香苗は馬の墓標の前で見送った。横で少年が淋しげに立っていた。

「なんでえ……」

少年はそう呟いた。柵を潜り、小径を厩舎の方へ戻り始めた。

何となく、香苗は少年について行った。少年が眩《まぶ》しそうな顔で香苗を見た。

「訊いてもいい？」

少年と並んで歩きながら、香苗は訊いた。

「何だよ」

「パステルって、どんな馬だったの？」

「黒鹿毛《くろかげ》のさ、可愛げのねえ馬だったよ。ぴんぴこぴんぴこ跳ねてばっかりいてさ、ちっともじっとしてねんだ。オレ、好きだったけどね」

「黒鹿毛って……？」

「毛の色さ。焦茶色《こげちゃいろ》の毛の馬のこと、黒鹿毛って言うんだ」

焦茶色の仔馬、パステル——。

「パステルって、誰が名前付けたの？」

「勇次郎《ゆうじろう》さん」

「誰？」

「場長の甥」

香苗は、病院の待合室を思い出した。泣いている深町夫人の横に、怒ったような表情で腰掛けていた、あの青年……。

何となく、ほっとした。この名が、宮脇によって付けられたのでないことが、大きな発見のように、香苗には思えた。

砂地の小径《こみち》が、坂を登り、視界が急に開《ひら》けた。前方にカマボコ形の厩舎が赤い屋根を並べている。その向こうに事務所があった。放牧場のあちこちで、馬がのんびりと草を食《は》んでいた。

ふと、香苗は足を止めた。

放牧場の向こうに、白く小さな建物が見える。

少年が不思議そうに香苗を見た。

「あの家……」

少年は香苗の目の先を追った。

「ああ、場長の家だよ」

どうしてだろう、と香苗は思った。あの建物に記憶がある。でも、そんな筈はない。ここへ来たのは、これが初めてなのだ。

「オレ、行くよ」
そう言って少年は厩舎の方へ駆けて行った。

12

二頭の仔馬が、首を絡めるようにして噛みつき合っていた。ぱっと一瞬離れては、身体ごと相手にぶつかっていく。草の上へ倒れ込み、脚をばたつかせて跳ねるようにして起き上がる。ぶるん、と首をひと振りすると、また性懲《しょうこ》りもなく飛び掛かっていく。

牧柵に凭《もた》れながら、香苗は馬を眺めていた。図体こそ大きいが、その仕草は小犬のじゃれ合いと変わらない。

「こちらでしたか」

後ろで山路の声がして、香苗は振り返った。その声に驚いたのか、二頭の仔馬がぱっと駆け出した。尾を振り、跳ねるように走って行く。それが楽しくて仕方がないといった走り方で、見ているこっちまで浮き浮きしてくる。

「可愛いでしょう」と山路も馬を見ながら言った。「そろそろ離乳の時期なんです。今は、まだあんな具合ですけどね、来年の今頃になると、彼らにも本格的なトレーニ

ング が始まります。この幕良は、東北でもあまり雪の積らないところですがね、でも冬に、雪の中を白い息を吐きながら、若駒たちが走っているというのも、また良いもんですよ」

一頭の馬が、ゆっくりとこちらへ近付いて来た。仔馬に比べると遥《はる》かに大きく、香苗はちょっと怖くなって、身体を柵から離した。これほど近くで実物の馬を見たのは初めてだった。そんな香苗を見て、山路が笑った。

「事務所へ行って、ちょっと休みませんか。お茶でも入れて貰いましょう」

事務所というのは、厩舎の間を抜けた広場の向こう側にあった。

香苗たちが入って行くと、机に向かっていた男が顔を上げた。病院の待合室で、織本栄吉の隣に立っていた男だった。極端に表情のない平板な顔。そのくせ眼だけは、どこか油断のならないような、不気味な光を持っている。その眼が、不遠慮に香苗を眺め回した。

「宮脇さんたちは？」

と山路が男に訊いた。

「応接室におられます」

低く響く声だった。山路より、優に一オクターブは低い。

山路は頷き、奥のドアに歩いた。香苗はその後に従った。男の視線を背中に感じる。

「奥さん」

山路がドアを開けた時、男が香苗を呼んだ。まるで威嚇《いかく》を受けたように、香苗は立ち竦《すく》んだ。香苗が振り向くまで、男は何も言わなかった。

「鞄を、受け取られましたか」

「…………」

言われたことの意味が分からなかった。

「ご主人の鞄ですが」

「主人の……いいえ」

「そうか。どこへやったのかな……」

応接室から、七尾刑事が出て来た。

「その鞄というのは、何ですか」

「大友さんが持っておられた鞄です」

「そんなものがあったんですか」

「場長と放牧場へ行かれた時、その応接室へ置いていったものです」

「鶴見さん、どうして、そういうことをもっと早く言ってくれないんですか」

「刑事さんは訊かれなかったでしょう」

鶴見さん、と刑事が呼ぶのを聞いて、香苗はこの男も狩猟会の会員なのだと気付いた。放牧場で、七尾刑事は牧場内の会員を二人数えた。織本栄吉と、この鶴見事務長だった。

「まあ、いいでしょう。それで、今、その鞄はどこにあるんですか」

「分かりません」

「……分からない？」

「昨日《きのう》は、ここにありました。事件の後、応接室のソファの上にあるのを見つけたんです。あとでご家族の方が見えたら渡そうと思って、私のこの机の上へ移しました。そのあとゴタゴタしていてすっかり忘れていたんです。今、奥さんを見て思い出しました。ここに無いので、誰か他の者が気を利《き》かせて渡してくれたのかとも思ったんですが……」

「そこは何です？」

七尾が応接室とは反対側のドアへ目をやった。

「食堂です。そこにはありません。さっき見ましたから」

「他の方に訊いてみてくれませんか」

鶴見は黙って立ち上がり、事務室を出て行った。

香苗は、鶴見という男に、生理的な嫌悪を感じていた。病院の待合室で最初に見た時からそうだった。その感覚は、彼のあの眼から受ける印象によるものだ。残忍で、獰猛《どうもう》な性格を思わせる気味の悪い眼。

「奥さん、ご主人の鞄というのは、どんなものですか？」

応接室に戻りながら七尾刑事が訊いた。香苗は後について部屋へ入り、ソファに腰を下ろした。目の前に宮脇が座っていた。その隣に刑事が座り、山路は一人掛けのソファのほうへ着いた。

「使い古しの黒い鞄です。このぐらいの……」と香苗は手で大きさを示した。「ずいぶん前から――私と一緒になる前から使っていて、色は褪《あ》せているし、皮はささくれてしまっています」

「ああ、それなら私も知ってます」と山路が言った。「大友さんは、いつもその鞄を持ち歩いておられた。トレードマークのようなものでしたね」

「中には、何が入っていたんですか？」

「さあ……私には分かりません。仕事の資料なんかだと思いますけど。それとカメラを確か入れてました」

「なるほど。――資料とカメラね……」

少しの間、刑事は黙っていた。ワイシャツの胸ポケットから手帳を出し、小さなシャープペンシルで何か書き込んだ。

「奥さん。大友さんは、昨日《きのう》、どんなご用件で、こちらに来られたんですか？」

「私、主人の仕事のことは何も知らないんです。一昨日《おととい》の夜、深町さんから電話を頂いて、それで急に……」

「深町さんから……？」

「ええ、アパートに電話がありました」

「それは、いつ頃ですか？」

「夜の……九時過ぎだったと思いますけど」

「深町さんから電話があったのですか。ご主人が深町さんに掛けられたのではなくて？」

「はい、私が電話を取りましたから……」

七尾刑事は合点のいかぬような顔で頷いた。黙って何か考え込んでいる。

この刑事は、事件に何らかの仮定を持っている。──香苗は、そう直感した。狙撃地点が絶好の場所であることに対して、放牧場で刑事が見せた不満げな態度と、その仮定はどこかでつながっているらしい。

刑事は、電話が深町から掛かったものではなく、隆一が掛けたものであってほしかったようだ。そのことと、犯人が狙撃に絶好な場所を選んだということに、どんな関係があるのだろう。

深町からの電話……。

ふと香苗は、『ラップタイム』で刑事の訪問を受けたことを思い出した。柿沼という東陵農大の講師が殺害され、そのことで刑事が隆一を訪ねて来たのだ。つい昨日《きのう》のことなのに、すっかり忘れてしまっていた。あれは……今度のことと関係があるのだろうか？

いずれにしても、刑事には話しておいたほうが良さそうだと、香苗は思った。

口を開きかけた時、部屋に鶴見事務長が入って来た。

「誰も知らないようです」

抑揚《よくよう》の無い声で、鶴見は刑事に告げた。

「誰も……。そうですか。鶴見さんが鞄を事務室のほうへ移したのは、いつですか」

「事件が起こって、一応ひと段落着いた時です。警察の方たちを放牧場へ案内して、救急車が行ったそのあとです」

「鞄を最後に見たのは？」

「その時です」

「あなたは、それからどうしたんですか？」

「織本先生に報告の電話を掛けて、指示を受けました。刑事さんからいろいろご質問を受け、そのあと先生が来られたので、一緒に病院へ参りました」

「その時、鞄はありましたか」

「分かりません」

「ここへ出入りした人間は？」

「全く分かりません。入ろうと思えば、誰でも入れます。夜間、ドアに鍵を掛けますが、それまでの間は、開いている訳ですから」

「事務の方は、鶴見さんを入れて三人でしたね」

「そうです。今、深町場長のお宅へ行かせています」

「分かりました」

刑事は頷いた。鶴見はそれで部屋を出て行く訳でもなく、そのままそこへ立っていた。

七尾刑事は、山路の方へ向き直った。

「大友さんが来られたのは、山路さんの会社のお仕事だったのですか」

「いや、それは聞いていません。違うと思いますよ。大友さんはウチだけではなく、よその仕事もされてた筈ですから、他社のものかも知れないですね」

「そうですか。山路さんも見えたので、『パーフェクト・ニュース』の仕事でと思っていたんですが、違ったのですか」

「私は、自分の馬のことで参ったのです。昨日《きのう》、深町さんから電話を頂きましてね。

会社が休みで、家におったのですが、馬が怪我をしたというので、慌てて車を飛ばして来た訳です。ところが、馬どころの話ではありませんでした」

「馬というと、何ですか」

「フィールドラップという馬です。二歳の牡馬ですが、期待を掛けてました」

「というと……」

山路は首を振った。

「殺《さつ》処分を受けました。右の前脚を折ったんですが、どうにも手当ての仕様が無い状態だったようです。残念でした」

香苗は山路の言った言葉にショックを受けた。手当ての仕様が無いといっても、ただ骨を折ったというそれだけで殺処分……。酷《ひど》すぎる、と思った。あまりにも、酷い。

「フィールドラップの怪我の知らせは、いつ頃だったのですか」

「ええと……あれは、何時頃だったろう」

山路が首の辺りを掻いた。

「三時半頃です」

と鶴見が口を挟んだ。刑事が鶴見を見た。

「三時半頃。午後三時半ですね」

「そうです。私はここに一人でおりました。場長が入って来て、フィールドラップが怪我をした、と言ったのです。場長はその後、電話で獣医さんと山路さんに事故の連絡を取りました。それが三時半頃です」

「なるほど……。その時、大友さんは？」

「大友さんが見えたのは、それから一時間ほど後です。前に刑事さんに訊かれた時、四時半頃と申し上げています」

刑事の確認の質問を皮肉ったつもりか、鶴見は無表情にそう付け加えた。

「そうでしたね。分かりました」

七尾刑事は頷いて、また手帳を眺めた。

しばらくの間、誰も口をきかなかった。香苗は、どのように柿沼講師の殺害事件のことを切り出せばよいか迷っていた。外の広場で、馬が嘶《いなな》いた。鶴見がクーラーの調節つまみを「強」へ回した。

13

香苗は、柿沼講師の件を、他の誰もいないところで刑事だけに話したかった。人の耳のある場所でそれを持ち出すのは、何となく憚《はばか》られた。それが、また人の口の端《は》にのぼり、あれやこれや詮索《せんさく》されるのは厭だ。

そう思ったが、なかなかその機会は無かった。しばらくすると、七尾刑事は、呼び出しに来た警察官と一緒に、事務所を出て行った。

仕出し弁当の昼食を済ませ、香苗は建物の外へ出た。山路が案内しましょうと言ってくれたが、一人で歩いてみたいからと断わった。もしかすれば、どこかで刑事に会えるかも知れないという気持もあった。

鮮やかな赤い厩舎《きゆうしや》の屋根を眺め、その下で藁《わら》を運んでいる牧夫たちの仕事に見とれた。さっきの少年がいないかと思って、あちこち覗いてみたが、とうとう見つからなかった。巨大な馬が、牧夫に手綱《たづな》を取られて、ゆっくりと香苗の前を横切って行った。

楡《にれ》の木が点々と続く放牧場の間の小径を、香苗は歩いた。知らず知らずのうちに、自分が深町場長の家の方へ向かっているのに気付いた。どこかで、まだ気になっていたらしい。木陰を抜け、白い建物の前に出た。

小さな二階建ての角張った家である。左手の車寄せに、小型トラックが停まっている。壁の高い所に、蟬《せみ》が一匹翅《はね》を休めていた。

やはり、この建物には見覚えがある……。不可解だった。香苗はその記憶を呼び戻そうとした。しかし、考えているうちに、却《かえ》ってそれは曖昧《あいまい》になってきた。勘違いだったかも知れない。

香苗は家の周りをぐるっと回ってみた。反対側の小径から厩舎の方へ戻ろうと足を運びかけた時、人の話し声が聞こえた。

男と女が何かを言い争っている。どこから聞こえているのだろうと、香苗は辺りを見回した。

「叔母《おば》さん、そんな大事なこと、どうしてさ……」

「だって、勇次郎さん。あんただって分かるでしょう。あの人は、もういないんだよ。その上、こんなこと、人に知れたら、あたしたちどうすりゃいいのよ……」

深町場長の夫人と甥だと分かった。香苗は、何かいけないことを耳にしたように思って、その場を離れ、小径の方へ向かった。向かう方向の判断が逆だった。風向きの具合でそうなったのかも知れない。灌木《かんぼく》が切れたとたんに、家の裏口に立っていた二人が見えた。ぎょっとしたような表情で、二人が香苗を見た。香苗はとっさに、場を取り繕わなければならないと思い、今気が付いたという顔で、足を止めた。二人に向かって頭を下げた。

深町夫人がぎごちなく、挨拶を返した。甥の勇次郎は、じっと香苗を見つめている。

思い切って、香苗は二人に近付いた。

「ご挨拶が遅れました。大友の家内でございます」

深町夫人はほっとしたような表情になり、それから慌てて「こちらこそ、病院では失礼を致しまして」と言った。

その言葉が、香苗には意外だった。病院の待合室で、深町夫人はずっと割烹着の裾を鼻に押し付けたままだった。香苗とは一度も目を合わせてはいない。しかし、彼女はちゃんと香苗のことを見ていたらしい。

「あの……、お入りになりませんか」

夫人がおどおどした口調で言った。

「上がって下さい」と勇次郎が言った。「僕、奥さんに伺いたいことがあるんです」

「勇次郎さん……！」

深町夫人は、驚いたように彼を見た。

「二階のほうがいい。下は煩《うるさ》い連中がいるから。僕の部屋へ行きましょう」

そう言うと、勇次郎はさっさと裏口から家の中へ入って行った。夫人だけが、うろたえたように「だって、こんなところから……」と、裏口と香苗を見比べた。

勇次郎の部屋に入って驚かされたのは、壁のほぼ一面を埋めているレコードだった。手作りを思わせる仕切りの多い棚に、びっしりとレコードジャケットが並んでいる。その横の壁には、大きなスピーカーの間に、プレーヤーやアンプが積み上げてあって、そこにも数枚のレコードが散在していた。

「凄い……」

思わず香苗は声を上げた。

勇次郎は照れたように笑い、カーペットの上の雑誌を掻き集めて部屋の隅に積んだ。

「これだけが趣味なんです。叔父貴《おじき》には、いつもしかめ面《つら》をされてたけど」

「クラシック……？」

レコードジャケットを眺めながら訊いた。

「ええ、そいつはリストです。リストの『ハンガリアン・ラプソディ』は大好きで、それだけでも八枚持ってます」

「同じ曲を八枚？」

「もちろん演奏は別ですよ」

「ああ……」

深町夫人が、お茶を持って入って来た。

「どうもすいません。こんな部屋に……」

夫人が謝った。

「とんでもありません。素敵なお部屋」

「ありがとう」と勇次郎は賛辞を素直《すなお》に受けた。

ほんの少し、沈黙が流れた。

香苗は深町夫人が、自分の視線を避けているのに気付いた。こうして見ると、夫人はなかなかの美人だった。丸顔で、肌が白い。笑顔になると、すごく魅力的だろうなと、香苗は思った。しかし、今の彼女には、笑う余裕はないようだった。

勇次郎が何かを言いかけ、そしてためらったように口を閉じた。勇次郎のレコードを聞きながら、香苗はここで事件のことを忘れたかった。

出来るなら、全部忘れてしまいたかった。無理だということは知っていた。

「パステルって名前、勇次郎さんがお付けになったんですって？」

「え？　あ、誰に聞きました？」

「名前は分からないけど、お墓を作った男の子」

「ああ……コウちゃんか」

「良い名前」

「優しすぎるって言われたけど、僕、音の響きで選んじゃうほうだから。ダイニリュウホウ、なんての、駄目なんだな」

そう言って、勇次郎は茶を一口含んだ。和《なご》んでいた目の柔らかさが不意に消え、真《ま》顔《がお》になった。

「奥さん。大友さんは、どういう用件でここに見えたんですか？」

「勇次郎さん……。そんな不躾《ぶしつけ》な……」

夫人は、むしろ哀願するような声で言った。

香苗は黙っていた。

「大友さんは競馬評論家でしょう。何かの取材だったんですか」

「私、知らないんです。主人の仕事のことはまるで」

どうして、みんな同じことばかり訊くのだ。知らない。私は何も知らないんだ。

「私のほうこそ伺いたいぐらいです。深町さんは、どんな用件で、主人をお呼びになったのか……」

「え……？」

勇次郎は、何かに打たれたように、香苗を凝視した。

「叔父さんが……。叔父が大友さんをここへ呼んだんですか？」

またた……。香苗は奇妙な苛立ちを覚えた。この勇次郎も、深町が隆一を呼んだことに驚いている。勇次郎が見せたショックは、七尾刑事のそれよりも、ずっと激しかった。

うっ、という声を立てて、深町夫人が立ち上がった。口元を押さえ、彼女は逃げるように部屋を出て行った。

香苗には、この二人の、そして、七尾刑事の考えていることが全く解らなかった。

それきり、勇次郎は口をきかなかった。気まずく、長い時間が流れた。香苗は、この部屋が息苦しくなった。

「私、これで……」

そう言って立ち上がった時も、勇次郎は「ああ、どうも……」と口の中で言っただけだった。

14

香苗が牧場から『常磐館』へ帰ったのは、それから二時間余り後であった。

取り敢えず畳の上へ座ったが、さて何をしようという考えも浮かばない。隆一の両親たちの到着には、まだだいぶ時間がある。少し横になっていようかと思っても、眠れないことは分かっている。街に出ることにした。じっとしているのは、いかにも自分が惨めな感じで、厭だった。

旅館の脇から街の方へ、遊歩道のようなものが作られていた。細い道の真ん中に石が一列に敷いてある。その両側は土の地面が露出していた。石敷きの道は却って歩き難く、香苗は土の上を歩いた。

道端に小さな花を見つけては立ち止まり、木の根にしがみついている甲虫を探し当てはその上に屈み込んだ。陽射しが暑く、髪が炎《や》けた。香苗は強い陽射しが好きだった。ぼんやりと薄日の射しているようなのは嫌いだった。

道が妙な具合に折れ曲って、舗装された道路へ出た。小型のトラクターを載せたオート三輪が、香苗の前を横切って行った。香苗は、その古い車体を珍しい思いで見送った。

香苗は、道の脇で埃を被っている小さな地蔵や、薄暗い雑貨屋の板塀に貼り付けられた蚊取線香の広告板に目を止めた。かと思えば、泥壁に挟まれた路地からカーリーヘアの女の子が走り出て来たりするのが面白かった。暑さにもめげず、皮ジャンでキメた男の子が、彼女をバイクの後ろに乗せて走り去った。

ディスコがあるのか、と香苗は思った。踊りたいな。そう思っただけで、何となく浮き浮きした。踊りに行ったことなんか、ずいぶん昔のことだ。

街が次第に賑《にぎ》やかになる。小さなスーパーストアを見つけ、香苗はそこで下着を買った。レジの横に、銀紙で包んだチョコバーを見つけ、発作的にそれも買った。下着の入った紙袋をぶら下げ、チョコバーを齧《かじ》りながら、香苗は幕良の街を歩いた。自転車に乗った中年の男が、物珍しげに香苗を眺めていた。香苗は、宮脇の言葉を思い出し、城山公園に行ってみようと思い付いた。

街の中心部に、突然盛り上がったような小山がある。石垣の上には、びっしりとつつじが植え込まれている。頂上の辺りはすっかり緑に蔽《おお》われていて、その合間から、時々、人の頭が見え隠れした。

石段を上り、小山を半周する小径を歩いて、また石段を上った。想像していたよりも、ずっと公園は綺麗だった。整備され、小さな噴水まで作られている。なんだか、がっかりした。

街を見下ろす位置にベンチが設《しつら》えてあった。腰を下ろし、チョコバーの残りを平らげた。目の下に四、五階建てのビルが幾つか並んでいる。その向こうに建設中の大きな建物があった。剝き出しの鉄骨に「新幕良市庁舎・来秋完成予定」と大きな看板が貼り付けてあった。目を遠くへ上げれば、丸味のある山並の稜線が、どこまでも続いている。

嘘みたいだ、と香苗は思った。自分が今、幕良にいるのが信じられないような気がする。隆一が牧場で撃たれ、それなのに、こんなところで街を見下ろしながらチョコバーを齧《かじ》っている。どういうんだろ、と香苗は自分が可笑《おか》しくなった。こんなところを隆一の両親が見たら、彼らは卒倒してしまうかも知れない。

香苗は、ふと七尾刑事の深刻な目付きを思い出した。

「柿沼さん……確か、柿沼幸造さんとお聞きしたと思いますけど」

そう言った時、刑事は、今にも摑《つか》み掛かってくるのではないかというような表情で香苗を見つめた。彼は香苗から訊くだけのことを聞いてしまうと、すぐさま仲間の方へ駆けて行った。深町場長の家を辞した後の、放牧場でのことだった。

一体、隆一に何が起こったのだろう――。

香苗は、自分の知っている限りの事柄を頭の中で並べてみた。事件は、どうやら深町場長の周辺から起こったものらしい。先週も、深町は命を狙われた。車のブレーキパイプを何者かが切断していた。大事故に至らず、次に犯人は深町の家から銃を盗み出した。昨日《きのう》の夕方、彼はその銃に撃たれて死んだ。隆一と二頭の馬が、その巻き添えを喰った。――違うのだろうか？

隆一は単なる巻き添えではなかったのだろうか？　深町が電話を掛けてきたことに対する七尾刑事と深町勇次郎のあの反応の意味は何だろう。

先週の土曜日、東陵農大の柿沼講師が殺害された。その数日前、隆一は大学を訪れ、柿沼講師と何か密談をしていたという。そのことが、放牧場の狙撃事件に関係があるのだろうか。隆一は、何をやっていたのだろう。

机に向かっている隆一の背中。隆一はとうとう背中しか見せてはくれなかった。

好きだったんだよ、と香苗は小さく呟いた。どうして、いつまでも好きでいさせてくれなかったの？　なぜ、私を恋人のまんまにしといてくれなかったの？

隆一は答えなかった。隆一は、死んだのだ。

「いいわ」

香苗は声に出して言った。ベンチから立ち上がった。噴水の脇で孫を抱いていた老人が驚いて香苗を見た。

いいわ。あと少しだけ奥さんでいてあげる。でも、その後は、私に私自身を返してね。

香苗は城山公園を下り、幕良駅に向かった。あと三十分ほどで、列車が駅に着く。隆一の両親と弟夫婦がそれに乗っている筈だった。

15

十日余りが過ぎた土曜日の夕方、香苗はようやく東京のアパートへ帰って来た。ようやく、と言うのは必ずしも正しくはない。あの事件以後、香苗は気持のどこかで、アパートに帰るのを避け続けていた。

幕良で隆一の骨揚《こつあ》げを済ませ、香苗は義父母と共に岡山へ向かった。縁戚の目に神経を磨り減らし、仕来《しきた》りのややこしさに辟易《へきえき》しながらも、帰京の日が近付くのを怯《おそ》れていた。本葬儀に参列した姉の誘いもあって、口では帰らなくちゃと言い続けながら、名古屋の姉夫婦の家に三晩泊まった。

アパートの部屋。木造の二階。その一番奥。そこに四年間住んでいた。結婚してからの四年。そこは、隆一の家だった。部屋のどこもかしこも、全て隆一のものだった。香苗自身は、その部屋の、家具の一部にすぎなかった。香苗は、そこに帰らなければならないと思う度に憂鬱になった。でも、帰るとすれば、そこしか香苗には無かった。

「あら、大友さん……」

アパートの外階段の脇で、さっそく香苗は声を掛けられた。畑中《はたなか》夫人。隣の部屋に住んでいる。

「大変だったわねえ。今、お帰り？」

「長い間、留守にしまして」

「新聞記者だとか、警察の人とか、ウチにも来たわよ。ご主人のこと、いろいろ訊くの。あたし、奥さんは知ってても、ご主人のこと全然分からないじゃない？　競馬評論家だったってことも、ニュースで初めて知ったんだもの。ジャーナリストだとは伺ってたけど」

「どうも、ご迷惑を掛けました」

「そうそう、皆さんからお預りしてるものがあるのよ。忘れないうちにお渡ししとかなきゃね」

そう言って畑中夫人は階段を上り始めた。香苗がその後へ続く格好になった。部屋のドアを開けながら、夫人は「ちょっと待って下さいね」と中へ入って行った。入れ違いに、男の子がドアからひょいと顔を覗かせた。

「あ、おばちゃんだ」

「こんにちは、とおるくん」

「おばちゃん。あのさ、おばちゃんちの、おじさん、ピストルでころされたんだって」

「とおる！」

畑中夫人が慌てて子供を叱った。香苗は「そうよ」と、とおるに笑いかけた。夫人が子供を部屋の中へ押し込んだ。

「ごめんなさいね。……あ、これ、アパートの皆さんからお預りしてるの」

夫人の差し出したのは香典袋だった。

「こんなことして頂かなくても……」

「いいえ。そんな大した額じゃないのよ。気持だけなんだから」

「すみません」

「あ、それとね。これ、新聞。不用心だといけないと思って、取っといたの」

デパートの紙袋の中に、新聞が束になっていた。

「何から何まで……。ありがとうございました」

「新聞が溜まってると泥棒が狙うっていうじゃない。怖いものねえ。そうそう、奥さん一度、帰られた？」

「ええ、主人のものなんか取りに」

「ああ、やっぱりそうだったのね。いえ、ウチの人がね、お隣、帰られたんじゃないかなんて言ったことがあるものだから」

これ以上言葉を交わすのが煩わしく、香苗はもう一度夫人に礼を言い、自分の部屋へ足を向けた。バッグから鍵を取り出し、ドアを開けると、閉じ込められていた熱気が鼻をついた。

部屋は散らかっている。隆一の下着を取りに帰った時の慌ただしさが、そのままになっていた。荷物を下ろし、窓を開けて空気を入れ替えた。流しでコップを濯《ゆす》ぎ、駅前で買ってきた牛乳を注いで一気に飲み干した。

さて、どこから始めよう。

部屋中が埃だらけだ。とにかく、畳の上に散らかっている物を片付けることにした。掃除機をかけ、雑巾を何度も絞って、ようやく人心地がついた。あとは、隆一の机と、玄関だな。

机は後回しになった。靴脱ぎに出しっ放しの隆一のサンダルを下駄箱へ入れ、箒《ほうき》を取り出そうとして、おや、と思った。下駄箱の上を見返した。

花が無い――。

紫陽花《あじさい》の花とウッドローズの枯れ蔓《つる》を、藍色《あいいろ》のベネチアングラスに挿《さ》して乗せてあった――。それが、花瓶ごと無くなっている。

思い違いである筈はなかった。隆一の下着を取りに帰った時、あまり慌てていて、バラの蔓《つる》を引っ掛けてしまった。花瓶を落としそうになって、危うく手で押さえたのだ。はっきりと覚えている。

香苗は、思わず部屋の中を見回した。誰かが音も無く後ろに立っているような、そんな不安にゾッとした。

あ、と思い、そのまま靴を突っ掛けて部屋を出た。隣のドアを叩いた。畑中夫人が菜箸《さいばし》を手にしたまま顔を出した。

「あの、さっき一度帰ったかって聞かれたでしょう。それ、いつのことですか？」

「え？」

畑中夫人は不思議そうな顔で香苗を見つめた。「いつって……奥さん帰られた時でしょう？」

「ええ、ちょっと私、さっき勘違いしてたみたいなんで……」

「ええと……、友達呼んで徹夜麻雀《テツマン》やってた時だから、あれは水曜だわね。ほら、木曜がお休みでしょ、ウチ」

「水曜……さきおとい？」

「いや、その前の週よ。だから……八日か。八日の夜遅くよ。三時過ぎてたかしら。そうすると、もう九日になってるわけだわね。どうして？　何かあったの？」

「いえ、あの、どうしてご主人私が帰ったとお思いになったのかしら」

「ウチの人がね、麻雀の途中でトイレに行って、帰って来た時に言ったのよ。オイ、お隣、帰られたんじゃないかって。何か音が聞こえたって言ってたわ。ねえ、どうしたの？　それ、奥さんじゃなかったの？」

「ええ、……でも、別にいいんです。何があったっていうんじゃなくて、ちょっと気になっただけですから」

「そお？　でも、気味悪いわねえ。泥棒が入ったのかしら。何か無くなってなかった？」

「いえ何も。どうもすみません。たぶん、猫かなんかですわ」

香苗はそう言い置いて部屋へ戻った。

下駄箱の上を見つめた。猫ではない。猫は花瓶などくわえていきはしない――。

靴を脱ごうとした時、足元でビシッと何かが音を立てた。目を近付けて見ると、小さな青いガラスの欠片《かけら》だった。

香苗は急いで部屋に上がり、タンスの抽斗《ひきだし》を開けた。預金通帳。そのままになっている。押し入れを開けた。整理箱の奥を探る。印鑑もある。天袋を開き、道具箱を下ろした。メノウ、サンゴ、オパール、水晶、真珠……。プラチナも金も銀も、全てある。指環、ネックレス、ペンダント、イヤリング……。何ひとつ、無くなってはいない。

香苗は、思い付くものを全て調べてみた。しかし、盗られた物はなかった。余計、気味が悪くなった。花瓶だけ……？

いや、花瓶は落ちて割れたのだ。もし、泥棒なら、そのままにしていくだろう。壊《こわ》した花瓶の後始末をしていく泥棒など、聞いたこともない。

では……。

ふと隆一の机に目をやった。考えられるとすれば、そこしかなかった。だが、隆一の机に何があるのか、香苗は知らない。結婚して以来、香苗は隆一の仕事のものに手を触れたことがない。隆一がそれを許さなかったのだ。

あの鞄……。香苗はそれを思い出した。幕良牧場で無くなってしまった隆一の鞄。

香苗は愕然《がくぜん》とした。事件は、まだ終わっていないのだ……。

厭だ。

香苗はドアへ駆け寄り、鍵を掛けた。その瞬間、もっと重大なことに気付いた。鍵――。

部屋には鍵が掛かっていた。幕良へ行く時、香苗は鍵を掛けて出た。そして、さっき香苗は自分で鍵を開けて、この部屋へ入ったのだ。

誰かが、この部屋の鍵を持っている――。

香苗は電話に飛びついた。芙美子のマンションの番号を回す。呼び出し音が何度も何度も鳴っていた。芙美子は出ない。それで今日が土曜日だったことを思い出した。

『パーフェクト・ニュース』に掛けた。

「『パーフェクト・ニュース』です」

芙美子の声だった。一瞬、喉が詰まった。

「芙美子……」

「あら、香苗。帰ったのね。なんだ、死にそうな声してるね」

「誰かが……誰かが、部屋に入ったの」

「なに？　何言ってんだよ。どうしたの」

「怖いのよ。芙美子、私、怖い」

「ちょっと、何さ。落ち着きなよ。どうしたのさ」

「留守の間に、誰かが、この部屋に入ったの。鍵を持ってるのよ。ねえ、芙美子のところに行っていい？」

「ちっとも分かんないな。来るってのは、ここに？　それともウチ？」

「ウチ。芙美子のマンション」

「いいよ。何があったんだよ、いったい。泥棒が入ったっていうの？」

「私、これからすぐにここを出る。マンションの前で待ってるから」

「大丈夫かな。ねえ、そっちへ迎えに行こうか？」

「厭。ここに一人でいるの厭なのよ」

「……わかった。私も今、帰るとこだから。ドアの前で待ってて」

電話が切れると、香苗は急いで貴重品だけバッグに詰めた。窓を閉め、部屋をひとわたり見回すと、部屋を出た。掛けた鍵を確かめ、逃げるようにしてアパートの階段を下りた。

無意識のうちに小走りになっている。誰かが自分の後をつけてくるような、そんな気がしてならなかった。大通りでタクシーを拾い、

「用賀」

と告げてもなお、香苗はバッグを胸に抱えたまま、自分の背後にある得体の知れない恐怖に怯《おび》え続けていた。

16

「鞄か……」

芙美子が言った。バスローブ一枚でベッドの上に腹這《はらば》いになっている。生乾きの髪を無造作に頭の上へまとめあげ、頬杖をついて暗い窓の外に目をやっている。

「お目当てのものは、その中に無かったって訳だ」

香苗は膝の上に抱いていたクッションから目を上げた。

「お目当て？」

「同じ人物がやったとすれば、だけどね。要するに、そいつは隆一さんが持ってた何かを手に入れようとしてた訳よ。何だか分かんないけどさ。でも鞄に入れられるようなもんだね。そいつにとって、有っちゃ具合の悪いものだったか、それとも、その何かを手に入れるために殺したのか、そこんとこも分からんけど、とにかく、犯人は隆一さんの鞄をちょろまかした」

その何かを手に入れるために……。香苗は隆一の鞄の中身を考えた。資料とカメラ……。

「ところが、鞄の中にお目当てのものは無かった。代りにアパートの鍵が入ってた。

そこで、留守を見越して、空巣に入ったと」

「同じ人かしら……」

「分かんない。丸っきり根拠は無いよ。でも可能性はあるね」

香苗は思わずドアに目をやった。アルミ製の銀色のドア。鍵の他にチェーン錠まで掛けてある。上部には覗き穴が付いている。

「大丈夫よ」芙美子が笑いながら言った。「ここには来ないさ。奴だって怖いんだ。留守だったからアパートにも入ったんじゃない」

でも……と香苗は思う。犯人は二人の人間と二頭の馬を撃ち殺しているのだ。意味もなく部屋の中を見回した。

芙美子の部屋は十畳ほどのひと間で、そこにバス、トイレと小さなキッチンが付いている。部屋の真ん中に、箱型のセミダブルベッドが、どん、と置かれていて、そこが芙美子の生活の中心らしい。大抵のことは、ベッドの上で済ませてしまう。ベッドの上でものを食べ、本を読み、電話を掛ける。カラーテレビの小さいのがひとつ、カーペットの上に転がっているが、あまり見ることはない。カーペットは毛足の長いモスグリーンで、裸足《はだし》で歩くのが心地良い。ベッドの周りには、いろんな物が転がっている。読みかけの本や雑誌。コーヒーカップ。シュガーポット。灰皿。ティッシュの大箱。丸めた煙草の空袋。さっき風呂に入る時、芙美子が無造作に脱ぎ棄てていったままの水色のパンティ。

芙美子は部屋が散らかっていることに、あまり頓着《とんじゃく》しない。それが香苗には羨《うらや》ましかった。散らかしておいても、文句を言う人間は誰もいない。吸い殻の溢《あふ》れそうになった灰皿を洗おうと、つい手を伸ばしかけて、私駄目だな、と香苗は思ってしまうのだった。

「ねえ、隆一さんの鞄が無くなったのは、いつ頃だった?」

芙美子が冷蔵庫の中に頭を突っ込んだまま言った。

「事件が起こった時、牧場の事務所に置いてあったんだって。事務長の鶴見って人が見てるのよ。その次の日、私がそこへ行った時は無かったみたい」

「ほれ、投げるよ」

そう言って、芙美子が缶ビールを投げて寄越した。

「てことは、六日の夕方から七日の朝にかけてということか。その間に牧場にいた人間であると……」

ビールを喉に流し込み、気が付いたように冷蔵庫の中から棒のままのサラミソーセージを探し出して、ひと口齧り取った。お尻でひょいと冷蔵庫を閉め、ベッドの香苗の隣に来て腰を下ろした。

「さらに、その人物は、八日の夜、東京に来ていた。花瓶を割ってったのは夜の三時過ぎだって言ったよね」

「うん……」

「ははあ……、容疑者の第一号が出たな」

香苗は目を見開いて芙美子を見た。

「誰？」

「ウチの社長」

「……まさか、そんな。山路さんは……」

芙美子はニヤリと笑い、ビールの缶を爪で弾いた。

「いい？　社長はあの日――六日ね、四時過ぎに東京を出発したでしょう？　夜中の十一時か十二時には幕良へ着いている。まず牧場へ行ってる筈だからね。鞄を盗ることは出来た訳だよ。そして、社長は八日の午後に東京へ帰って来た。午後の会議に出たからね。夜アパートへ行くことは出来ると」

「だけど、それだと殺人犯人は別にいるということになるのね。夜中に幕良に着いた山路さんが、その日の夕方、牧場でライフルを撃つことは出来ないでしょう？」

「ということになる訳だ。……惜しいな。社長なら隆一さんを殺す動機を持ってるんだけどね」

「え？　何、それ？」

「社長は香苗に惚れててさ。隆一さんが邪魔になり、ズドン」

「やめてよ。ばかばかしい。いくらなんでも、願い下げだわ。ぞっとするじゃないの」

「違いねえや。同感だ」

芙美子はケラケラと笑い、ビールを飲み干した。

「幕良にいた人でさ、八日から九日にかけて、いなくなった人間って誰だろう」

「分かんないわ。その頃は私、戦争だったもの。岡山のお義父《とう》さんやお義母《かあ》さんたちに、やいのやいの言われて」

「ああ、やだね。そういうの、私ごめんだわ」

芙美子は空になったビールの缶を部屋の隅のゴミ箱めがけて放り投げた。

「ストライク！」

満足げに叫んで、ベッドの上に飛び乗った。

香苗は、いつの間にか自分が寛《くつろ》いでいることに気付いた。こんなにのんびりした気持を味わうなんて、何年振りのことだろう。思い返してみると、この数年間、香苗は常に気を使って生活してきた。家で隆一といる時はもちろん、外出先でさえ、頭の隅には、今私は家を空けているんだという後ろめたさがあった。自分のための時間を持ち、自分のやりたいことをするのに、いつも罪悪感を持っていなければならないなんて、あまりにも酷い。でも、ずっとそうだったのだ。

今、芙美子のベッドに腰掛けて、ひんやりした缶ビールの手触《てざわ》りを楽しみながら、こんなにも身体中が解《ほぐ》れるような幸せな気持を感じている。こういう状態を望んでいたのだ。飢えていたのだ。

でも……と香苗は小さく首を振った。

私は隆一が死ぬことを望んではいなかった。こんな形で自由になることを、私は願っていたわけじゃない——。

17

芙美子の部屋に引越すことになった。

不安を抱えたままアパートで寝起きする勇気などまるで無かったし、芙美子が強く勧めてくれたこともあって、話はすぐに決まった。

むろん、居候には、香苗が自分の部屋を見付けるまでという条件が付いている。条件は、むしろ香苗のほうが出した。

「別にいつまでいたって構わないよ。香苗一人増えたって、どうってことは無いし、私は誰がいようがいまいが、勝手にやってるんだから」

そう言ってはくれたが、かと言ってそれに甘えている訳にもいかない。まずは一、二ヵ月を目処《めど》として、ゆっくり自分のこれからを考えていくことにした。マンションとは言っても、賃借りの契約になっているというので、部屋代と光熱費は割り勘、あとのものはその都度精算すると話が決まった。

「ルームメイトだって。女子大生みたい！」

芙美子は盛んにはしゃぎ回り、翌日の朝など「今日《きょう》は女子大生でキメてやるのだ」とチェックのブレザーを引っ張り出し、おまけに『運動生理学序論』などという本をブックバンドで留めて「行って来るわね」と会社に出て行った。

引越しは、芙美子が手伝ってくれるというので、明日《あす》の月曜日にしようということになった。月曜が『パーフェクト・ニュース』の休日である。

この日、香苗は忙しかった。引越しを明日に控え、その準備を一日で済ませておかなくてはならない。

マンションを出た足で、香苗はまず近くのデパートへ行き、洋菓子売場で小さめの箱を幾つか包んで貰った。アパートの大家と近所への挨拶用である。細《ささ》やかながら、香典返しの意味もあった。風呂敷か何かとも思ったが、形の残るものにはどこか抵抗があって結局菓子に落ち着いた。

アパートへ行き、挨拶回りを終えると、香苗はさっそく荷物の整理に取り掛かった。全てのものを芙美子の部屋へ運ぶ訳にはいかない。所持品は思い切って整理してしまうことにした。不用な家具や器具などは、古物商に引き取りに来て貰い、隆一の私物は岡山へ送ることにした。義母も、それを望んでいるようだったから……。

初め香苗は、隆一のもの一切を送ることを考えていたのだが、彼の仕事に関する資料だけは残しておいたらどうかという芙美子の提案を受け入れることにした。

「侵入者が、鞄を盗ったのと同一人物だったとすれば、そいつは何かを探してたんだ。理由なんか別に無いけど、それは隆一さんの仕事の何かだったんじゃないかな。だとしたら、一度、仕事の資料なんか調べてみたほうがいいよ」

「でも、肝心なものは、持ってかれて、もう無い訳でしょう？」

「もちろん、そうだよ。だけど、奴が探したってことはさ、奴にだってそれがどこにあるか分からなかったってことじゃないか。とすれば、まだあるかも知れないからね」

資料は競馬関係の書籍や雑誌がその大半を占める。その量は押し入れの下段のほぼ三分の二と、書棚一杯という厖大《ぼうだい》なものだ。おそらくこれではない、と香苗は思った。侵入者の探していたのは、隆一の手によって書かれたものだろう。

だが、その量の多さにも、香苗はうんざりした。細かい字でびっしりと書き込まれた大学ノートが二十数冊。レポート用紙を綴じたものが八冊。右上の角を紙縒《こより》で止めた原稿用紙の束が小さなダンボール箱に一杯。そして、B6判のカードが、縦長のカードボックス三つにぎっちりと詰まっている。

香苗は、その訳の分からぬ資料をパラパラとめくりながら、ひとつひとつダンボール箱に詰めていった。芙美子なら、これを宝の山と思うのかも知れない。これは隆一が十数年かかって作り上げた競馬の資料なのだ。もし、欲しいと言うなら、全部芙美子にやってもいい、と香苗は思った。香苗には、どうせ使い途《みち》が無い。

ふと、手が止まった。

それは、仕事の予定や金銭の出入りを記録したノートで、最後のページにビニールのポケットファイルが何枚か貼り付けてあった。ポケットファイルの中には、領収書が放り込まれている。その一番上の一枚に、

「パステル」

と書かれていた。

見ると、領収書には全て覚え書きのようなものが記されている。馬の名前らしきもの、レースの名前と思われるもの、牧場の名前もある。

「パステル」と記された一枚を香苗は手に取った。『春日屋《かすがや》旅館』となっている。住所を見ると幕良にある旅館らしい。「九月一日」という日付がある。

隆一は、事件の一週間前にも幕良へ行っていた……。香苗は初めてそれを知った。

仔細に見ると、明細の欄に「二名様」とある。あとは料金だけだった。どうやら一泊しただけらしい。

そう言えば……と香苗は思い出した。幕良へ発つ前の夜、深町からの電話に、隆一は「どうも先日は」と答えていた。それは、八月三十一日か、九月一日のことを言っていたのかも知れない。すると「二名様」の相手は深町だろうか。いや、それは不自然だ。深町には家がある。誰だったのだろう。ただ「二名様」では、男か女かも判らない。

女……？

まさか、と香苗は苦笑した。次いで、深町夫人の色白の顔を思い出し、まんざら有り得ない話でもないかな、と想像を楽しんだ。

香苗は首を振り、他の領収書を繰ってみた。八月、七月と溯《さかのぼ》っても「パステル」と書かれたものは他になかった。香苗は『春日屋旅館』の領収書だけを別にして、あとはダンボール箱の中へ入れた。

これで、残っているものは、隆一の机の抽斗から出したものだけである。鉛筆や消しゴム、クリップ、ホチキスといった文房具。社名入りの名刺の箱。白紙の原稿用紙とレポート用紙。未使用のノートが二冊。――そんなものが殆どだった。

これは別にいいな、と思いながら、脇によけようとした時、細長い小さな紙切れが落ちた。DP屋の預り証だった。「九月五日受付、九月八日AM10お渡し」となっている。カメラ屋の名には覚えがあった。『ヤマジ宝飾』へ行く時、駅を下りたすぐのところにある。

九月八日——香苗は、その日付を覚えている。その日の午後、幕良の火葬場で、隆一は灰になった。

18

『ラップタイム』のマスター真岡良太郎が引越しを手伝ってくれることになった。芙美子が色目を使って誘《おび》き寄せたらしい。

「悪いわ。いいの、お店のほう？」

「構わないですよ。月曜ってのは、どうせあまり客の来ない日でね。森下《もりした》だけで充分ですから」

森下というのは、真岡の唯一の部下だった。カウンターの内も外も、なんでもこなす。

「それより、この雨、ついてませんね」

真岡はアパートの戸口から後ろを振り返って言った。二、三日はっきりしなかった空が、今朝になって崩れた。霧を吹いたような雨が薄い幕となって、軒の間を降りている。

「まあ、文句を言ってもしょうがないさ」

と芙美子が部屋の中から言った。彼女は真岡が来るまでの間、隆一の資料を手に
「ほんとに？ これ、みんな貰っていい？」と狂ったように言い続けていたのだ。

「まず、上がりなさいよ。どれから積み込むか決めちゃおう」

順番と分担が決められ、三人はさっそく作業に掛かった。香苗と芙美子で荷物を部
屋から運び出すと、階段から先は真岡が一人でライトバンまで担《かつ》いで行く。

「真岡さん、案外だわ」

香苗が言うと、真岡は首に掛けた手拭いで額を拭いて「何です？」と聞いた。

「力持ちね」

「はは、頼りになるでしょう」

「腰が決まってるもの。『ラップタイム』潰《つぶ》れても、食いっぱぐれること無いわ」

「酷《ひど》いな、それは。ま、昔取った杵柄《きねづか》というやつですかね」

「あら、昔、何やってたの？」

真岡は、えへへ、と笑いながら、ダンボールの箱をひょいと担ぎ上げ、階段を下り
て行った。

「何だったの？　知ってる、芙美子？」

「沖仲仕」

「ほんと？」

「嘘。私も知らない。さ、あと少しで終わりだぞ」

積み込みは四十分程度で済んだ。部屋の掃除をし、大家に挨拶をして、三人はライトバンに乗り込んだ。雨の中にアパートが見えなくなると、思わず香苗は「やったぞ」と叫びたくなった。とうとう、あの部屋を出たのだ。

途中、運送会社に寄り、香苗は隆一の遺品を岡山に送る手続きをした。

真岡のお陰で、思っていたよりも引越しは手際良く進み、芙美子の部屋に全てを運び込んだ時、まだ二時にもなっていなかった。香苗は二人に寿司を奮発した。

お茶を飲みながらひと息吐《つ》いていると、真岡が芙美子に言った。

「この部屋、香苗さんに明け渡してさ、芙美ちゃん、僕のところへ移って来ない？」

芙美子が頬張っていたトロにむせた。

「何言い出すのさ、急に。お生憎《あいにく》さま、それほど私、落ちぶれちゃいないよ」

「どうして僕のところへ来るのが落ちぶれることになるんですかね」

ひっひっひ、と芙美子は笑った。

「ねえ、このベッド、ダブルサイズでしょう？」

「ダブル？　セミダブルって言うの、こういうのは」

「でも、二人で寝れる広さ、ありますよね、これ」

「何考えてんだ、このバカは」

「いや、その……誰のためですか？　これ」

「良ちゃんのためじゃないから安心なさい」

「酷いなア、参ったなもう……たそがれてきたな僕、だんだんと」

香苗はカーペットの上で笑い転げた。笑いながら、ふと、案外真岡は本気で……と思った。

真岡が隆一のことを言い出したのは、そんな時だった。「ずっと気になってたんですが……」真岡はそう言って香苗を見た。

「僕、馬のことで、隆一さんに相談してたことがあったんですよ」

「ああ、そんなこと言ってたわね」

「ええ。新聞見て、びっくりしたんだけど、相談してた馬って、パステルのことなんです」

香苗は芙美子と顔を見合わせた。

「どうして良ちゃんが、隆一さんにパステルの相談をするんだ？」

芙美子が訊いた。

「買おうと思ってたんです」

「へ？　……良ちゃんが馬持つの？」

「そう言わないで下さいよ。前々からの夢だったんですよ」

「そりゃ、まあ、解らないこともないけど……。そのパステルっていくら？」

「九百万です」

「九百万……？　よくそんな金あるね」

「いや、僕一人じゃないんです。友達と六人で……」

「あ、そうか。グループ馬主って訳だ。なるほど……一人百五十万ってことか。でも、九百万ってのは悪くない値だね。そのパステルって、どんな馬なの？」

「あれ、芙美ちゃん知らなかったんですか。ダイニリュウホウの仔なんですよ」

「ほんと？　へえ、そうか……それで九百万か。だったら、買い物かも知れないね」

「でしょう？」

香苗は馬の値段というものが、どうやって付けられるのか、不思議に思った。脚の骨を折り、結局殺されてしまったフィールドラップという馬は四千万円だと聞いた。パステルは九百万だと言う。どちらもまだレースで走ったことのない仔馬だ。同じ仔馬で、どうしてこんな差が付くのだろう。芙美子の言葉からすれば、九百万という値も、高い部類に入るらしい。それが、ダイニリュウホウの仔となると、さほど高いとも言えなくなってくる。——どちらにせよ、百万、千万単位で馬が取り引きされている こと自体、香苗にはピンとこなかった。

「ねえ、ちょっと訊いてもいい？　強い馬の仔に高い値が付くの？　ダイニリュウホウって強かったんでしょう？」

「ウーン、必ずしも強い馬の仔が高いというんじゃなくて、血統の値段なのよ。良血なんて言ってね」

「血統……」

「うん。押し並《な》べて、良血馬と言われる——つまり、良い血筋の馬が良い成績を残してるのね。それで馬を持ちたいって人間が良血に集《たか》ってくる訳だ。だけど、そんな馬は限られてるから取り合いになって、それで値段も高くなる」

「ダイニリュウホウは？」

「ダイニリュウホウは、良血っていうのからはちょっと外れてるんだけどね。でも、めちゃくちゃに強かった馬なのよ。四冠を取った馬でね。山路社長も凄いのを持ったよ」

芙美子の話によれば、ダイニリュウホウは七年前、四歳の時に皐月《さつき》賞と菊花《きっか》賞に勝った。四歳馬のクラシックレースの二つを制したわけである。もし、ダービーも勝っていれば、三冠達成ということだったのだが、惜しくも出走出来なかった。五月に入り、ダービーを目前にして、脚を故障してしまったのだという。故障は調教中に起こったが、山路はダービーを断念し、じっくり秋に備えた。ダービーは馬の一生に、たった一度のチャンスである。無理をして出走させるということも出来たのだが、山路はそれを堪《こら》えた。それが却って良かったのかも知れない。ダイニリュウホウは五歳になって天皇賞《てんのう》と有馬《ありま》記念を制し、四冠馬になったのである。もし、これがダービーで無理をさせていたら、その影響が後にどう出たか……。そう考えると、ダービーの時の山路の決断が、ダイニリュウホウを偉大な四冠馬にしたと言うことも出来る。

「まあ、ウチの社長、あれで、馬の使い方を知ってるんだね。そこのところは敬服しちゃうよ。——あ、それで、何だっけ？」

と芙美子は真岡に向き直った。

「良ちゃんは、友達とパステルを買おうとしてたと、それで隆一さんに？」

「ええ、六分の一で、百五十万ではあるんですが、それでもやっぱり大金ですからね。一応、隆一さんにどう思うかって訊いてみたんですよ」

「何て言ってた？」

「最初は勧めてくれたんですよ」

「最初は……？」

「ええ、手頃な値段じゃないかって。血統的に言えば少し高いかとも思うが、さほど吹っ掛けた値ではない。ダイニリュウホウは、父がリュウホウで、血統としては二流だが、あの脚は母系の血を引いたのではないかと思う、と隆一さんは言ってましたね。母馬のズイウンは良い馬だと言ってました。だから、もしパステルがズイウンの血を引いているなら、案外面白いかも知れないよって。パステルの母馬モンパレットは、たいした馬じゃないが、さほどいい加減ということもない。まあ、駄目でも元ぐらいは取り返せるんじゃないか。大儲けするということは無いかも知れないけど、ダイニリュウホウの仔を持ちたいのなら、良いチャンスじゃないかなって、そう言ってくれたんですよ」

「うん。なるほどね。それを聞けば、私もそう思う。――でも、さっき最初は、って言ったでしょう？　それどういうことよ」

「いやね、僕はそれで、よし買っちゃおうかって気になってたんですよ。ところが、そこへ隆一さんが来て、あの話、ちょっと待ったほうがいいかも知れないって言ったんです」

「どうしてだろう？」

「さあ、そこんとこが、僕にもよく分からないんですよ。理由を訊いたんだけど、教えてくれなくて、いや、ちょっと調べてみるからって……」

真岡は頭を掻いた。

「それで、そのあと、あんなことになっちゃったでしょう？　よりによって、そのパステル見てた時に……。僕、何か気が重くなっちゃって」

真岡は隆一が撃たれた事を、自分の責任のように感じているらしかった。

「真岡さんが悩むことなんかないわ。あの人は、他人《ひと》に何か言われて動くような人間じゃないもの。幕良に行ったのは、自分で決めたことなのよ。その結果が、あんなふうになっただけ」

香苗の言葉に、真岡は「でも……」と口ごもった。

「しかしまあ」と芙美子が言った。「幕良牧場も、今度の事件にゃ大損害だね。ああいう場合には、どうなんだろ、保険なんか利くのかな。利かないだろうな。取り逃した九百万はデカイと」

「あら、パステルは牧場の馬じゃないわよ」

「え？　違うの」

「宮脇って人の馬だって聞いたわ」

「へえ、じゃ母馬のほうも？」

「ううん、モンパレットは違うって、仔馬のほうだけだって言ってたわ」

「ふうん。どういうんだろうね、その人」

芙美子が難しい顔をした。煙草に火を付けながら立ち上がり、キッチンへ歩いて行った。

「あ、コーヒーでいいかな？」

「あら、私がいれるわよ」

立ち上がりかけた香苗に、芙美子が「いい、いい」と手を振った。

「良ちゃん、そのグループ馬主ってのは、どっから話が来たの？」

「どこって……友達が持って来た話だけど、それが何か？」

「うん。ちっとばかし、胡散臭《うさんくさ》いね、その話は」

「胡散臭い？」

芙美子は、コーヒーを入れた三つのカップを器用に三角に合わせて持ち「あち、あち」と言いながら運んで来た。

「いやさ、パステルが織本栄吉さんの馬だと言うなら、それとも、モンパレットもその宮脇さんの持ち馬なら問題は無いよ。でも、パステルだけ宮脇 某《なにがし》 のものだってことになると、ちと変だよ」

「どういうふうに」

「良ちゃん、自分でも考えなよ。いい？　パステルはまだ当歳馬でしょ？　てことは、買ってまだ何ヵ月も経っちゃない筈なんだ。生まれてすぐ買ったとしたって、半年も経ってない。買っただけで一度も走らせてないような馬を、どうして売っちゃうのさ」

「あ……」

真岡はぽかんとして、芙美子を見た。

「その宮脇ってのは、馬のブローカーか何かかな」

「旅館のご主人よ」と香苗が答えた。

「旅館」

「『常磐館』って、幕良じゃ一番立派な旅館だって」

「ああ、香苗の泊まってたとこか。——だとすると……金に困ってという訳でもないだろうし」

「隆一さんが調べてみると言ったのは、そのことだったんですかね」

「さあ、判んないけど、そうかも知れないな。ニュースの臭いを嗅いだのかもね。隆一さん、上手《うま》かったからね、そういうネタを探し出すのは。——ねえ、良ちゃん。グループ馬主の話はどんな具合に流れてきたのよ?」

「うん……、いや、そう言われると。僕は、ただダイニリュウホウの仔だって聞かされて、六人で割りゃ百五十万だというんで……」

「オイオイ、そんなあやふやなことで、百五十万出すつもりだったの。呆れちまうね」

「確かにそうだな……。聞いてみますよ。どういうことだか」

真岡はコーヒーを啜り、時計を見た。

「あ、それじゃ、僕、これから店へ出ますから」

慌てて香苗は立ち上がった。

「ほんとに今日《きょう》はどうもありがとう。助かったわ」

「いえ、また何かあったら言って下さい。——あ、やだな。本格的になってきやがった」

いつの間にか、雨粒が大きくなっていた。窓ガラスに、幾筋もの流れが出来ていた。

19

その日の夕食は手軽に済ませようということになり、香苗と芙美子は二人掛かりで食卓を作った。香苗がミートソースを作り、スパゲティを茹《ゆ》でている間に、芙美子はレタスの葉っぱをむしり、パイナップルの缶詰めを開けた。ドレッシングの材料を合わせている香苗の横で、芙美子はグラスにワインを注いでいた。

「なんだか私、すごく楽だったみたい」

皿を並べながら、芙美子がそう言った。

芙美子の部屋には、テーブルなどという当たり前のものは何もない。デパートのアンチック市で見つけてきたという、厚さ二センチの重い大理石の板が一枚あるだけである。八十センチ四方のその大きな石板をカーペットの上に置き、それをテーブル代りに使う。ただし、ほんのちょっと前までは、そこに古新聞の畳んだ束だとか、底にコーヒーの染《し》みが付いたままのカップだとか、灰皿代りに使った牛乳の空パックだとかが、盛り上がるように乗っていた。「食事」ということになって、芙美子が慌ててそこを片付けたのである。食卓を作るなどという習慣を、芙美子はまるで持っていなかった。

大理石の表面を綺麗に拭き上げ、その上に白い皿を並べると、そこだけちょっぴり洒落《しゃれ》た空間が出来上がった。二人はカーペットの上にあぐらをかいて座り、ワインで乾杯した。まるで、ままごと気分の食事だった。その周囲には、まだ包みを解いたままの引越し荷物が乱雑に放り出されていた。

「捜査のほう、進んでんのかなあ……」

芙美子が食後の煙草に火を付け、ポツリと言った。香苗は皿を流しに運んで水に漬けた。

「ねえ、芙美子、スポンジどこにあるの?」

「スポンジ？　化粧用の海綿ならあるけど、何すんの？」

「化粧用じゃないわよ。台所用のスポンジ。洗う時、どうやってたの？」

「ああ、皿か。いいよ、水でジャッと流しちまえば」

「そんな……。洗剤も無いじゃないの」

「磨き粉がどっかにあったな……」

「磨き粉……！」

香苗は手を拭き、荷の中から洗剤とスポンジを探し出した。

「主婦やってた人ってのは、違うね」

芙美子がニヤニヤと香苗を見ながら言った。

「感心しちまうよ。今、食べたばっかでさ、そんなことしなくたっていいと思うがね。私、食べた後ってことさら眠くなるほうだからさ。身体動かすなんて真っ平という感じだね」

「だけど、そうやってたらいつまでも片付かないでしょう？」

「片付けね……。どうして、急いで片付ける必要あんの？」

「だって……」

言葉に詰まった。どうしてって、そんなこと……。

「ま、綺麗になってるってことは、気持が良いからね」

芙美子がカーペットの上から言った。皮肉に聞こえた。

後片付けを終えて、衣類の整理に取り掛かっていると、芙美子がまた言った。

「香苗、警察からは何も言ってこないの？」

「何も」

「ふうん……。冷たいんだな。捜査状況ぐらい報告に来てもいいだろうに。——あ、そのブラウスちょっと見せて。いいね、これ。今度貸してよ」

香苗は、ふとあることを思い出した。

「芙美子、問題を出すから、答えてみて」

「問題？ いいよ、何」

「二人の男と二頭の馬が、牧場で撃たれて死んだの。場所は南側の放牧場だったんだけど、そこは建物のあるところからも離れているし、身を隠す物も何も無い、犯人が狙うには絶好なところだった訳よ」

「うん」

芙美子が身を乗り出してきた。

「ところが、その事件を調べていた刑事は、その場所が気に入らなかったみたいなの」

「気に入らない？ なぜ」

「それが問題なのよ。どうして刑事はそこが気に入らなかったか。つまりね、その刑事さんはこう言ったの。『絶好の場所ですよ。ちょっと良すぎるぐらいにね』——判る?」

「良すぎる、か……」

「問題は、さらに続きます。その後、刑事は、隆一はどういう用件で幕良に来たのか訊いたの。私は、深町場長さんから電話が掛かって来て、急に行くことになったらしいと答えたの」

「そんな電話があったの?」

「うん。前の晩にね」

「ふうん……」

「その私の答えを聞いたら、刑事さんは変な顔をして『大友さんが電話したのではなく、深町さんからあったのですか』と言ったの。さあ、この刑事さんは、一体何を考えていたのでしょう、というのが問題」

芙美子は大理石のマーブル模様を指でなぞりながら、しばらく黙りこんでいた。やにわに立ち上がり、足元の荷物を跨《また》いで、トイレへ入って行った。十分ほど帰って来なかった。

戻って来て元の場所に座り、煙草をくわえると、おもむろに訊いた。

「現場の様子をもうちょっと詳しく教えてくれない？」

そう言って、荷物の間に見えていた瓶を引き寄せ、中からボタンを五つ摘《つま》み出した。その赤いボタンを大理石の板の上へ置いた。

「これが犯人のいた場所。新聞では、牧柵の外からとなってたな」

香苗は荷を解いたあとの麻紐を、その赤いボタンの横に渡した。

「これがその柵だとするわね。そうすると——ちょっとボタン貸して」

香苗の頭の中に、西洋凧の形の縄張りが浮かんでいた。黄色いボタンを隆一に見立て、青いボタンを深町にした。小さな茶のボタン二つは馬である。黄色と青を麻紐とほぼ平行に、少し離して置き、二つの茶を黄色の脇に、ちょうど結んだ線が十字になるように置いた。

「それぞれの距離は、どのぐらい？」

「犯人のいたところから、二人までが三十メートルぐらい。深町さんと隆一の間は五メートルぐらいあったわ」

芙美子は、そのボタンの配列を眺め、「ということか……」と呟いた。

「判ったの？」

香苗は驚いて訊いた。

「おぼろげにね。なるほど、これは妙だな」

「勿体《もったい》ぶってないで、教えなさい」

「うん。あのさ、新聞で読んだ知識で、正確じゃないかも知れないけど、事件があって何日か後の記事に、深町場長は以前から狙われていたらしいってのが、あったんだよね」

「ああ、ブレーキパイプが切られていたという、あれね」

「そう。事故を起こすような工作がされていた。そこで深町さんが無事だったもんで、今度は銃を盗み出して凶行に及んだと、そういう見方がなされているって書いてあった」

「それがこの現場にどう関係してくるの？」

「うん。順番に話すよ。私もまだ、まとまっちゃいないんだ」

そう言って、芙美子はワインの残りをグラスに空けた。

「ちょっと、大丈夫？　芙美子、これ殆《ほとん》ど一人で飲んでるのよ」

「軽い軽い。ええと、いい？　この現場は建物のあるところからはずいぶん離れてるって言ったね。狙うにも絶好の場所だったたって」

「そう。刑事さんはそれが気に入らなかったらしいの」

「まあ、結論を急ぐなって。ここは、狙い撃つには絶好の場所だった。だけど、そう上手《うま》くいくもんだろうかね？」

「そう上手く……って?」

「つまりさ、犯人はここで深町場長の来るのを待ってた訳でしょう? じゃ、一体、いつから待ってたんだ? ボケーッとさ、来るかどうかも分からん獲物を、ただじっと待ってたのかねえ。それじゃ、待ちぼうけの歌とおんなじだ」

「犯人は、深町さんがそこへ来ることを知ってたのね」

「そういうことだ。じゃ、どうしてそれを知ったんだろう?」

「調べたんじゃない?」

「調べた形跡ってのは、あったのかな。考えてみてよ。新聞には、深町さんは隆一さんをそこへ案内したとあったでしょう? 隆一さんはいつも牧場に出入りしてる訳じゃないよね。南側の放牧場へ行ったのは、言ってみれば、あの日だけの特別なことだった。毎日欠かさずにやってるような事だったら、まだ分かるけど、その日だけの行動をどうやって調べたんだろう?」

「………」

「私さ、こう思うのよ。犯人は確かに深町さんがそこへ来るのを知っていた。それは、犯人が来るように仕向けたからだった」

「……誘《おび》き出された?」

「そうそう、それだ。誘き出された訳だ。つまり、犯人には共犯者がいたってことになる。片方が銃を持って待っている。片方が深町さんをそこへ連れて行く」

香苗は愕然《がくぜん》とした。

「嘘よ……。違うわ。隆一がそんなこと」

「まあ、待ってよ。そりゃ、元大友夫人としては、そうかも知れないけど……」

「そうじゃないわ。夫だからというんじゃないの。隆一は人を殺すなんてこと出来る男じゃないのよ」

「うん。それは私もそう思う。だけど、今は、そういうのちょっと抜きにしてさ、考えてみようよ」

「分かった。いいわ。続けて」

芙美子が香苗を覗き込むようにして見た。大丈夫と踏んだのだろう。ひとつ頷いてから、目を大理石の「現場」へ戻した。

「見て。隆一さんと深町さんは、五メートルも離れている。犯人は三十メートル離れたところから撃った。新聞にはさ、隆一さんは流れ弾に当たって巻き添えを食ったと出てたけど、三十メートルぐらいの距離で、そんなに弾が外れるものかしらね。下手《へた》だって解釈も出来るけど、腕に自信が無ければ、銃なんて使わないと思うのよね。深町さんを誘き出す役の共犯者だって、下手糞が銃を向けてるところには行かないと思うのよ」

「いいわよ。気を遣《つか》わなくても」

香苗は笑いながら言った。

「え？」

「共犯者なんて言わずに、隆一と言いなさいよ」

「いや……、まあ、いいか。——つまり、犯人はある程度銃の腕を持っていた。三十メートルぐらいの距離なら、そうそう的を外さない程度のね。だから、それを考慮して、隆一さんは、深町さんと五メートルの距離を取った。万が一、弾が逸《そ》れた時の用心にね」

香苗は、大理石の上の黄色いボタンを見つめた。

「でも、実際には、隆一も撃たれているのよ。共犯者をなぜ撃つの」

「口を封じたんだ」

「………」

「犯人は裏切ったのよ。例えば、こう考えると辻褄《つじつま》が合ってくる。隆一さんは、犯人との関係を示す何かを持っていた。犯人は二人を殺したあと、その何かを消すために、隆一さんの鞄を盗んだ。ところが、そこには無かった。それで、アパートの部屋へ忍び込んだ」

芙美子はそこでひと息吐《つ》き、グラスのワインをこくりと飲んだ。口をすぼめて、ふ

う、と息を吹いてから、

「と、そこまではすんなりと推理が出来た訳ね」

「そこまで？」

「うん。ここからが問題の答。――要するに、刑事もそうなふうに考えたんじゃないかな。ところが、ここから先が狂ってくる」

「というと？」

「深町場長からの電話よ」

「あ」

香苗はようやくそれに気付いた。

「そうか……。隆一が深町さんを誘き出す役をやっていたのなら、電話を掛けて会う約束をするのは、隆一のほうからじゃないとおかしいってことになるのね」

「そういうこと」

香苗は、深町勇次郎が、やはりそのことに奇妙な反応を見せたのを思い出した。――勇次郎は私を、自分の叔父を殺した男の妻として見ていたんだ。そう思うと、何か急に淋しくなった。

「じゃあ、誘き出されたのは、逆に隆一のほうだったってことになるのかしら？」

「うーん、そう考えるのも難しいんだね。隆一さんは、深町さんから電話を貰って幕良へ行った訳でしょう？　犯人が付け狙ってたのは、その当の場長さんだからねえ。まさか、旅は道連れってんで、一緒に殺されましょうよ、なんて誘《さそ》うわきゃないんだしさ」

芙美子は大理石の上を眺めた。

そのうち、ふと瓶の中から、もうひとつボタンを取り出した。

「ひとつ、考えられる線があるね」

「何？」

「その放牧場に、深町さんでも隆一さんでもない、もう一人の人物がいたってこと」

緑色のボタンを、芙美子は石板の上へ転がした。

「……誘き出した人物が、もう一人？」

「うん。誰も目撃者はいなかったんだからね。必ずしも、深町さんと隆一さんの二人だけだったとは限らないさ。その場合は、最初から二人とも、狙われたってことになる」

第三の人物……。そう考えているうちに、香苗はふと気付いた。

ベッドの上から、自分のバッグを持って来た。中から、昨日見つけた「パステル」の領収書を取り出した。

「これ見て」

芙美子はそれを受け取り、眉を寄せるようにして眺めたが、不意に領収書を持ち直した。

「あれ、何だこれ！」

「ほら、二名様ってなってるでしょ。その相手が誰だったんだろうと思って……。もしかしたら、その相手というのが……」

「九月一日……。事件の五日前か」

芙美子はそう呟いた。

「パステル……」

芙美子の瞳が、戸惑ったように揺れた。

20

翌日、香苗は久しぶりに『ヤマジ宝飾』へ顔を出した。六日に幕良へ呼び出されて以来だから、半月ぶりということになる。

事務室を覗くと、山路頼子が帳簿や伝票を前に算盤《そろばん》を弾いていた。

「大友さん……」

頼子は大仰《おおぎよう》に胸へ手を当て、解《ほど》けたような笑《え》みを浮かべた。

「ああ、私、安心したわ」

「どうなさったんですか？」

「いえ、あなたのその顔よ。とっても艶《つや》やかだわ。あんなに恐ろしいことがあったんですもの、どんなにか辛かっただろうと思うのよ。ああ、でも安心した。とっても嬉しいわ」

香苗はくすぐったくて堪らなかった。どんな顔をしていたのだろう。もっと沈んだような顔をしているべきだったのだろうか。

香苗は「彫金教室」に穴を開けてしまったことを詫《わ》び、山路亮介に世話になった礼を述べた。頼子は、とんでもないと手を振り、ふっと真顔になって「でも、あなたこれから、どうなさるおつもりなの？」と訊いた。

「ええ、まだ何となく落ち着いてはいないんですけど、じっくりと考えてみようと思ってるんです」

「それがいいわ。まあ、こういう言い方は不謹慎かも知れないけど、これもひとつの転機よね。あなたには、ちゃんとした技術と、良い物を見分ける目があるんだし、これからはそれを大いに生かしていくべきだと思うの。今までは、デザインをやるといっても、お家《うち》のことがあったりして、そんなに本腰を入れることも出来なかったと思うけど、これからは自分のやりたいことを大いになさることね。私にもお手伝い出来ることがあれば、言って頂戴。精一杯、バックアップさせて頂くわ」

「ありがとうございます」

香苗は素直《すなお》に頭を下げた。

頼子夫人の言葉は多少お説教染《じ》みたところがあるし、恩着せがましさが感じられないでもないが、でも、自分を応援してくれる人がいるということはやはり嬉しかった。それに、まださほどの実力もない香苗にとってみれば、足掛かりに出来るのは『ヤマジ宝飾』しか無かった。

「それでね、大友さん。まあ、急にこんなことを言うのも、何だけれど、差し当たってウチの仕事を少し手伝って頂けないかしら」

「と言いますと、販売のほうですか？」

「ええ、それもあるんだけど、それより、そのあなたの目をお借りしたいの。今、仕入れ関係はみんな私がやってますでしょう？　私自身はいろいろ考えてるつもりでも、やっぱりどこか品物に片寄りが出て来ちゃうのね」

「でも私、仕入れなんて、まるで経験ありませんし……」

「ですから、もし、その気があるんだったら、覚えてみてもいいんじゃないかなって思うのよ。帳簿なんて、さほど難しいものじゃないわ。それより大切なのは、品物を鑑《み》る目だと思うの。デザインを考えるんだって、そういう経験がきっと役立つんじゃないかしら」

確かにそれは必要なことだと、香苗は思った。これから仕事をしていくとなれば、様々なことを経験しておくべきだろう。

「ねえ、どうかしら？　そんなに堅苦しく考えることないのよ。ウチを踏み台にするつもりでやって頂ければ」

頼子夫人は、そう言って香苗の顔を覗き込んだ。

香苗は嬉しかった。その嬉しさを、どのように表現したらよいのか分からなかった。しかし、頼子の話があまりに唐突で、香苗は判断が出来なかった。自分の得てきた技術を生かして、とは考えていたが、頼子の言うような経営実務のことなど、今までまるで頭に無かったからだ。

香苗は頼子夫人の心遣いに感謝し、まだ引越したばかりで、落ち着いてもいないし、少し考える時間を頂きたいんです、と言った。

「あら、部屋を移られたの？」

「綾部さんのところへ、昨日《きのう》引越したんです。ちゃんとした部屋が見つかるまでの居候ですけど」

「あら、そう。――そうね、それがいいかも知れないわね。じゃあ、荷物なんかは？　もう、全部運んじゃったの？」

「ええ、終わりました」

「大変だったでしょう。……ご主人のものなんか、どうなすったの？」

「田舎《いなか》へ送りました。岡山に主人の実家があるんです」

「ああ、岡山。そう……」

頼子は何か尋ねかけるような、そんな表情をしたが、遠慮したのか、その後の言葉を呑んだ。

「じゃあ、考えておいて下さるわね」

頼子は念を押すように香苗の腕をそっと押さえた。香苗は頷き、もう一度礼を言った。

しばらく雑談をしたり、半月ぶりの店の様子を見たりしてから、香苗は『ヤマジ宝飾』を出て、隣の『ラップタイム』のドアを押した。

「荷物、もう片付きました？」

カウンターの中で、真岡が言った。香苗は笑いながら首を振った。

「あれからが大変なの。なんとか見た目だけはと思って、あっちこっちに押し込んじゃったけどね。あの部屋、意外に収納場所が少ないんだもの」

真岡は、部屋の惨状を想像したのか、ニヤニヤ笑いながら、カウンターにアイスコーヒーを置いた。香苗は改めて昨日《きのう》の礼を言った。

このカウンターも半月ぶりだった。あの日、香苗はここで刑事の訪問を受けた。グラスの外側に浮いた細かい汗に指を添わせながら、香苗はぼんやりとそれを思い出していた。

ゆっくり店の中を見渡した。客はテーブル席に二、三人。カウンターには香苗しかいない。あの日も、こんな感じだったなと思いながら壁の写真に目をやった時、香苗は思わず「あ……」と声を上げた。

「何ですか？」

真岡が訊いた。香苗の視線を辿った。

「この写真が、どうかしましたか？」

「これ、幕良牧場だわ……」

大きく引き伸ばした馬の写真である。首をぐいと引き、力強く大地を蹴っている馬。その躍り上がったような尻尾の形を、香苗は面白いと思い、スケッチしたことがある。疑問符を右倒しにしたような形の尻尾。その尻尾にくるまれて、背景の白く四角い建物が見えている。

その建物——紛れもなく、深町場長の家だ。

そうか、記憶にあったのは、この写真の風景だったのだ……。

「そうですよ」と真岡が面喰《めんくら》ったように言った。「香苗さん、知らなかったんですか？」

「知らなかったも何も、幕良牧場に行ったのは今度が初めてだったんだもの」

「いや、そりゃ、そうでしょうけど、でも……。参ったなア、こりゃ」

真岡が大袈裟《おおげさ》にのけぞってみせた。

「どうして？　これが幕良牧場だって知らなかったのが、そんなに可笑《おか》しいこと？」

「だって、これ、ラップタイムですよ」

「え？」

言われたことの意味が分からなかった。

「これですよ。この馬。この馬がラップタイムなんです」

香苗はぽかんとして、真岡を見つめた。この人、何だってこんなに必死になっているのだ……？

「あのう……、もしかして、ラップタイムもご存知ないんですか？」

「このお店の名前じゃなかったの？」

真岡はさらに激しくのけぞった。カウンターの向こうで、森下が笑った。

「こりゃあ……ちょっと認識を改めなくちゃいけないな」

香苗は訳が分からずに笑いながら訊いた。

「なによ。何なの？　教えて」

「この店に来るお客さんの中に、ラップタイムを知らない人がいたなんて、これは悪夢ですよ」

「知らないものは仕方が無いじゃないの。教えてよ」

真岡は蝶ネクタイの両端をぴんと引っ張り、真面目な顔を作った。

「えー、ラップタイムと申しますのはですね、ひと昔前、日本の競馬に一時代を築いた名馬なのです」

「へえ、知らなかった」

「今は、あの幕良牧場の二枚看板になっております」

「二枚看板？」

「そうです。一頭はかのダイニリュウホウ。もう一頭が、このラップタイムでありま す。——ねえ、香苗さん、あなたほんとに大友隆一さんの奥さんだったんですか？」

「らしいわね。——片方は知ってるわよ。ダイニリュウホウってのは、昨日《きのう》、教えて貰ったから。四冠馬でしょ。そのラップタイムは何冠馬？」

「あ、こりゃ、ほんとに知らないんだ」

「知らないわよ。さっきから言ってるじゃないの」

「ええと、どう言えば分かって貰えるかな。ラップタイムは外国産馬——と言っても、やっぱり分からないでしょうね。じゃ、基本的なところから説明しますよ」

「面白そうね。コーヒー奢《おご》るから、素人《しろうと》向けにやってね」

「あ、こりゃどうも。——ええとですね。つまり、日本の競馬には八大クラシック競走というのがあるんです。順番に言うと、桜花賞《おうか》、皐月賞《さつき》、オークス、ダービー、菊花賞《きっか》。ここまでが、四歳馬の五大クラシックレースで、ちなみに、そのうちの桜花賞とオークスは牝馬《ひんば》だけ——女馬ですね。牝馬だけのレースです。分かりますか」

「うん。分かる」

「そして、五歳以上の馬には、春秋二度行なわれる天皇賞《てんのう》と、暮れの有馬《ありま》記念があるわけです」

「全部で八つね。分かった」

「よろしい。ま、サラブレッドとして生まれた以上は、みんなこの八つのレースを目指しているんです。言わば、競馬の頂点にあるレースで、それに勝った馬には大変な栄誉が与えられる訳です。——あ、いらっしゃい」

二人連れの客が入ってきた。真岡は「森下、頼む」と言って、講釈の先を続けた。

「ところがですね、どんなサラブレッドでもこのクラシックレースに出れるかっていうと、そうではないんです。いくら強くても、それが外国から輸入された馬の場合は——これを外国産馬と呼んでますが、この外国産馬には出走制限というものがありましてね、有馬記念を除いて他のクラシックには出れないことになってるんです」

「差別だ」

「そうです。国内の馬の生産を守るためということなんですけどね」

「そのラップタイムが外国産馬なわけね。じゃ、有馬記念には出たの？」

「出ました」

「勝ったの？」

「勝ちました。それも四歳から六歳にかけての三年連続」

「へえ」

「あのですね」と真岡は不満そうに言った。「こういう場合は、へえ、では困るんです。わわわわ、とか、ウヒーッ、とか、最大級に驚いて頂かないと、喋ってるこっちの気が抜けてしまいます」

「わわわわ。――かなり凄いことなのね」

「かなりなんてものじゃないです。三年連続で有馬記念を制した馬なんて、ラップタイムの他にはありません。――つまり、この有馬記念というのは、一年の最後を飾る大レースで、その年一番強い馬を決めるという、まあ、競馬ファンにとってはお祭りみたいなレースなんですね。もし、このラップタイムが外国産馬でなかったら、おそらく殆どのクラシックレースを独占してしまったでしょうね。実際、その三度の有馬記念では、その年のダービー馬や天皇賞馬を何の苦もなく捻《ひね》り潰《つぶ》してしまったんですから」

「ふうん。——ダイニリュウホウも有馬記念には勝っているんでしょう？」

「ええ」

「ラップタイムとダイニリュウホウは、どっちが強いの？」

「ウーン、さあ、どっちだろうなア……」

「競走したことは無いの？」

「え？　あれま」と、真岡は香苗を見た。

「香苗さんにしては面白い質問をしたと思ったんだけど、分かってないわけだ」

「何よ」

「歳が違うんですよ。ラップタイムはダイニリュウホウより八つも歳上なんです。走ってた時代がまるっきり違うんです。——競走馬ってのはですね、早ければ三歳でデビューしますけど、走れるのは六歳から七歳までです。まあ、中には八歳とか九歳になっても走ってる馬もいますけどね。いいとこ三年間でしょう。だからラップタイムとダイニリュウホウが一緒に走るなんてことは無かったんですよ。第一、ダイニリュウホウが生まれた時には、ラップタイムのほうは現役を引退して、すでに種馬になってましたからね。——僕、香苗さんが訊いたのは、仮に一緒に走ったとしたらってことかと思ったんですよ。スーパーマンと鉄腕アトムとどっちが強いかっていったような」

「じゃ、訊き方を変える。一緒に走ったとしたら、どっち？」

「甲乙つけ難しというところですね。よく、ここに来るお客さんもやってますよ。ラップタイムだ、いやダイニリュウホウだってね」

真岡は楽しそうに目を細めた。

香苗は不思議な気がした。今まで、競馬のことなんか、殆ど興味も無かったのに、今日《きょう》の真岡の話はこんなにも面白く聞ける。隆一は、こういう話を一度も聞かせてくれなかった……。

「強さのほうは判断し難いとこだけど、種牡馬《しゅぼば》としては、まだまだやっぱりラップタイムのほうが数段上ですね。ラップタイムは今年十九歳。種馬としては峠を越した感じですけど、人気はいまだに衰えませんからね。ええと、種馬になってから十二年でしょう。てことは、最初の仔がデビューしてもう九年になるわけですけどね、その間に産駒《さんく》が三度もダービーに勝っていますし、そのほか、クラシックを取った馬が十頭近くいます。――ほら、聞かれたでしょう？　山路さんのフィールドラップって馬。あれも、ラップタイムの仔なんですよ」

「ああ、そうなの……」

何となく理解出来たような気がした。ラップタイムの仔フィールドラップが四千万。ダイニリュウホウの仔パステルは九百万……。

「まあ、その点、ダイニリュウホウのほうは、種牡馬としてはこれからの馬ですね。最初の仔が去年デビューして、それが今年四歳になりました。その中にウラジって馬がいるんですが、それが今年のダービーを取ったんです。だから、種牡馬としての株も、急上昇してきてはいるんですがね。でも、種牡馬ダイニリュウホウの真価が問われるのは、これからですよ。——あ、これは隆一さんからの受け売りです」

客に呼ばれ、真岡がカウンターを出て行った。香苗は温《ぬる》くなったアイスコーヒーをストローで掻き混ぜながら、ラップタイムの写真を眺めていた。しばらくすると、真岡が戻って来た。

「真岡さん、ダイニリュウホウは山路さんの馬でしょ。ラップタイムもなの？」

「いえ、ラップタイムは幕良牧場の馬です。織本さんの馬ですよ。もっとも、前は田《た》島知三郎《じまともさぶろう》という人の持ち馬だったんですけどね。幕良牧場ってのは、元々田島さんのもので、それを織本さんが買い上げたんですよ」

「その田島さんは、どうしてそんな凄い馬を売っちゃったの？」

「田島さんは、牧場を持ちながら、幕良で合板工場をやってたんです。『田島合板《たじまごうはん》』って、今でもありますよ。七年ぐらい前でしたね、オヤジさんが牧場を手放したのは」

「オヤジさん？」

「ああ、僕、七年前まで幕良牧場で働いてたんです」

「え？　ほんと？」

香苗がびっくりして見直すのを、真岡は照れたように頷いた。

「うわあ、どうして隠してたの？」

「別に隠してた訳じゃないですよ」

「なるほどね。それが杵柄《きねづか》なのね」

「え？」

香苗は、何でもないと首を振った。荷物をひょいと肩に乗せた真岡の姿を思い出していた。

「あの頃、酷い鍋底景気になりましてね。田島のオヤジさんもよくこぼしてましたよ。サブロクって言ってましたけど三尺六尺の、ちょうど畳一枚の大きさの板がね、当時、製造コストで千四百円ぐらい掛かってたんです。それでいて、売り値は千円ちょっとにしかならないんですね。一枚売る毎《ごと》に四百円の損になる訳ですよ。オヤジさんはね、これじゃ板の四隅に百円の収入印紙を貼って売るようなもんだって、そう言ってました。でも、工場を止めることは出来ないんですね。たちまち資金に行き詰まってしまう。工場だけじゃなくて、牧場のほうもそんなに儲かってはいないようでした。馬はその頃から生産過剰気味で、どこの牧場でも売り捌《さば》くのに苦労してましたからね」

真岡の言葉が、ほんの少し湿っぽくなった。

「ただ、ラップタイムだけは別でしたね。三年先の種付けまで、申し込みが一杯って状態でね。とは言っても、オヤジさんは種付けを年に四十頭と決めていて、しかも、相手の牝馬は全部自分で選ぶんです。まあ、だから優秀な仔馬がたくさん生まれたのかも知れませんけどね。でも、それでずいぶん損もしてたんですよ。工場のほうの経営が苦しいんだから、ラップタイムの種付料を上げるとか、種付頭数を増やすとかしたらどうかって、深町場長も再三言ってたみたいですけどね。オヤジさんはそうしなかったんです。中には、規定の倍額払うから種付けしてくれないかって言う馬主さんや牧場主までいましたけど、オヤジさんも頑固でしたからね。――まあ、後になって人から聞いたんですが、そんなことをやったとしても、工場の経営にはあまり関係無かったみたいですね。仕入れの原木代だけでも月に四億、その他の経費を含めると、ひと月五億近い金が必要だったらしいんですよ。板の売り値を考え合わせると、毎月一億円以上の赤字になってたんですね。馬でちょこちょこ稼いだところで、焼石に水だった訳ですよ。結局、牧場も馬も手放さなきゃならなくなっちゃった……」

香苗はカウンターの木目を見つめながら、真岡の話を聞いていた。ひとつの牧場にも、いろんな歴史ってあるものなんだと思った。起伏の多い放牧場が目に浮かんだ。もう二度と行くことも無いかも知れないが、もう一度あの牧草の上に立てば、景色がまったく変ったものに見えるかも知れない。

「真岡さん、勇次郎さんって知ってる？」

「勇次郎……ああ、深町場長の甥でしょう。知ってますよ。会われたんですか？」

「ええ。あのね、パステルって、勇次郎さんが名付親なのよ」

「へえ」真岡が嬉しそうに目を輝やかせた。「あの勇次郎が……ふうん。そうか、ずいぶん立派になっただろうな。僕が牧場を辞めた時は、まだ高校出たばっかりでしたよ。小さい頃に両親を亡くして、それで場長のところへ預けられたって聞いてますけどね。確か、今はその田島のオヤジさんのところへ勤めてる筈ですよ」

「あら、牧場で働いてるんじゃなかったの」

「ええ、田島合板に入社したって、聞きましたからね」

――リストの「ハンガリアン・ラプソディ」が好きだと言っていた。そう言った時見せたはにかむような笑顔が可愛らしかった。

「いらっしゃい」

真岡が、急に張り切ったような声で言った。

見ると、ドアを押して入って来たのは芙美子だった。

「いたいた」

芙美子は揉み手をするような格好で歩いて来て、香苗の隣に腰を掛けた。

「ああ、辛気《しんき》臭《くせ》え会議だった。――アイスコーシー」

と言い放ち、そして、

「良ちゃん、あれどうだった？　あれ」

21

「あれ……？」

真岡が聞き返した。

ちょうどテーブル席を立った客がいて、真岡はレジへ行き「ありがとうございました」と声を張り上げてから、急いで戻って来た。

「あれって、何です？」

「忘れちまったの？」と芙美子が不服そうに口を尖らせた。「グループ馬主だよ。昨日《きのう》、調べてみるって言ってたろ」

「ああ、それそれ。忘れちゃいませんよ。今、話そうと思ってたんです。芙美ちゃんも来て、ちょうど顔が揃ったから」

客の少ないのをいいことに、真岡はカウンターの奥からコーラの空ケースを二つ持って来た。それを積み重ね、腰を掛けた。いっそのこと、こっちに出て来て掛けたらいいのにと香苗は思ったが、口に出すのは止めた。

「判ったの？　話の出どころ」

「判ったと言うか、ますます分からなくなってきたと言うか……、どうも妙なんだな」

そう言って真岡は顔をしかめた。

「僕のところに話を持って来たのは、富塚《とみづか》って男なんですよ。自動車《くるま》のセールスをやってる男ですが、あれは……八月の中頃でしたね。ここへやって来て、馬を持たないかと言ったんです」

「クルマだけじゃなくて、馬も売るのか、そのお富《とみ》さんは」

芙美子が言い、真岡が笑った。

「自分も買うんだが、ひと口乗ってくれと言ってね。それが例のパステルだった訳です。――昨日《きのう》、あれからこっちへ戻って来て、富塚に連絡を取ったんです。なかなか摑まらなくて、話が通じたのは夜になってからでしたけどね」

「良ちゃんの苦労話は別にいいよ。早いとこ中身を聞かせて頂戴な」

「今、話してるんじゃないですか。——いや、ところがね、富塚の奴、こっちの話も聞かないうちに、ちょうど良かった、連絡しようと思ってたところだ、なんて言うんですよ。で、何を言ったと思います?」

「知らないわよ。何て言ったの?」

「良い馬がいるんだけど、買わないかって」

芙美子と香苗は顔を見合わせた。

「それ、別の馬のことなの?」

香苗が訊くと、真岡はふっと笑った。

「そりゃ、そうですよ。パステルは死んだんですからね。要するに、その代りってことらしいんだけど」

「どういう男よ、そのお富さんてのは? いよいよ馬のセールスじゃないさ」

「いや、ちゃんとした男ですよ。まあ、聞いて下さい。富塚が言うにはですね、今度のはパステルほどじゃないが、値段も手頃だ。あの事件には驚いたが、まあ、あんなことがそうそうあるもんじゃないからって」

「どんな馬? それ」

「それがですね」

真岡は苦り切ったような顔で言った。

「また、当歳馬なんですよ」

「なんだあ？」

芙美子が頓狂《とんきょう》な声を上げた。

「マズルカって名前の牝馬で、フィギュールの産駒だと言うんですよ。三百万なら悪くはないだろうってんですがね」

「フィギュール……。ちょっと待ってよ。フィギュールってのは、幕良牧場にいたんじゃなかったっけ？」

「そうです」

「てことは、そのマズルカも宮脇氏の？」

「いや、僕も、話がそんな具合なんで、てっきりそう思ったんですがね、これが違うんですね。マズルカは、横内《よこうち》って人の馬なんですよ。幕良の人ですけどね」

「どういうんだろうね、そりゃあ……。幕良ではそういうの流行《はや》ってるのかな」

「普通の馬主がやることじゃないですよね。芙美ちゃんも昨日《きのう》言ってたけど、まさしくブローカーじゃないですか。それで、僕、富塚に言ってやったんですよ。暴利《ぼ》られてるんじゃないかって。パステルにしても、そのマズルカにしても、お前かなり吹っ掛けられてやしないかってね」

「うん。なんて答えた？」

「富塚は心外だって感じでね」

と、ここから真岡は、富塚の声色で電話の言葉を再現してみせた。

「冗談言うな。俺にだって、馬の値段の見当ぐらい付くよ。それに、責任だってあるんだしな。ちゃんと、人に訊いて適正な価格かどうかは確かめてある。第一、お前、パステルの九百万にしろ、マズルカの三百万にしろ、高いと思うかよ」

「へえ、なるほど……」

と芙美子は笑いを含みながら言った。真岡が、表情まで富塚になり切っているのが面白かったのだ。

「そう言や、そうだわね。特にマズルカの三百万ってのは、高くないってよりも、むしろ安いよ。フィギュールの仔なら、そうかなとも思うけどさ」

芙美子の口振りからすると、フィギュールという種馬は、さほどの馬ではないらしい。香苗はそのことを訊いてみようかとも思ったが、話を脇道に逸《そ》らせてもと、次の真岡の言葉を待った。

「しかし、僕はそれで怯《ひる》みゃしませんでしたね。当歳馬である点を突いた訳です。買って半年も経たないで手放すなんて、変じゃないかとね。どこかに欠陥でもあるんじゃないのか？　富塚、お前、その宮脇さんや、横内さんに上手《うま》いこと丸め込まれたんだろう。そう言ったら、大将、急に黙り込んじゃいましてね。要するに、それでやっとおかしいと気付いた訳です」

　ザマアミロという顔の真岡に、芙美子が水を差した。

「そんなことで、喜ぶんじゃないの。良ちゃんと同程度のドジがもう一人いたってだけじゃないさ」

「ドジ……」

　真岡がシュンとした。

「酷いな。——まあ、いいや。それでですね、話はここからちょっと妙な具合になってきたんです」

「まだ、妙なことがあんの？」

「ええ。富塚の奴、いや俺、馬主さんには会ったこと無いんだって言うんですね」

「会ったこと無い？」

「全然。幕良へ行ったことだって無いんだって言うんですよ」

「じゃ、そのお富さんのところには、どこから話が行ったんだ？」

「それを訊いたんですが、奴《やっこ》さん、なかなか話したがらないんですよ。ちょっと時間をくれないかと言って、電話を切っちゃった」

「それで？」

「今朝、ここに電話を掛けてきました。どうも富塚の話から察するところ、奴は、馬の売買をセールスの道具に使ってたみたいなんです。と言うよりも、お得意さんに、馬を買わないかと言われて、断わり切れなかったというところらしいですがね」

「馬を買ってくれりゃ、クルマを買ってやるってわけ？　ずいぶん虫がいいなあ」

「まあ、もちろん、富塚が一人で買えるわけはないんで、それで仲間を掻き集めたということなんですけどね」

「それに、良ちゃんが引っ掛かったと」

「そういちいち僕のことを持ち出さなくてもいいでしょう。やんなっちゃうな」

真岡が腐って言った。

「そのお得意さんてのは、どういう人？」

「関口《せきぐち》さんて、広告会社の営業部長さんだそうです。富塚も僕の電話で、ちょっと不安になったらしくて、その関口さんに連絡を取ってみたそうなんですけどね。宮脇さんと横内さんに紹介して貰えないかって」

「仕事のほうで攻めた訳だ。上手いね」

「そうしたらね、驚いたことに、その関口氏も、馬主を知らなかったらしいんです」

「…………」

「妙な話でしょう。富塚は、宮脇さんや横内さんはどんなご職業の方ですか、と訊いたらしいんですけどね、いや、馬主さんには会ったことも無いから知らないと言ったってんですね」

「ふうん……」

芙美子は思いを巡《めぐ》らすように、カウンターに頬杖をついた。

「関口さんのところへは、どこから話が来たの？」

と香苗が訊いた。

「聞き出せなかったそうです。そういうことは訊くな、という雰囲気で、得意客のことではあるし、富塚も突っ込めなかったようですがね」

香苗の隣で、芙美子が煙草に火を付けた。

「ねえ、どうでもいいけどさ」と芙美子が言った。「私のアイスコーヒー、どうなってるの？」

「あ、ごめんなさい！」

慌てて真岡が、コーラのケースから下りた。

あれあれ、と芙美子は呆れたように言った。

――宮脇も横内という男も、手に入れた当歳馬を、半年も経たないうちに売ろうとしている。その話は、広告会社の営業部長関口から富塚を経由して、真岡のところへ回ってきた。しかし、宮脇たちから関口へ至る経路が判然としない。香苗はこの話に、胡散臭《うさんくさ》いというよりも、むしろ陰湿な何かを感じた。

馬を売り買いする——数百万、時には数千万という金がやり取りされる。それは、それでいいのかも知れない。でも、馬を買うということは、もっと明るい雰囲気があってもいいのではないか。自分の馬が競馬場で駆ける姿を思い浮かべ、戦いを終えた馬にやさしく声を掛けてやる自分を夢想する。もっと楽しいものであっていい筈だ。馬をもの陰でたらい回しにするような、このいやらしさは何だ。

ようやく、芙美子はアイスコーヒーを手に入れた。本当に飲みたくて仕方がなかったらしい。クリームを入れて、ストローでくるりとひと混ぜすると、たちまち半分以上を吸い上げた。

「ねえ、良ちゃん。隆一さんがさ、パステル買うの待ったほうがいいって言ったのは、いつだったの?」

芙美子がストローをくわえたまま言った。

「ええと、あれはですね、新潟の最終日でしたね、確か」

「新潟競馬の最終って言うと——八月最後の日曜日は何日だ? 二十九日だったかな?」

真岡がカウンターの下を見た。そこにカレンダーがあるらしい。

「そうです。八月二十九日ですね」

「じゃ、あの幕良は、そのすぐ後か……」

芙美子はそう言って香苗を見た。香苗は黙って頷いた。

あの幕良——パステルと書き込みのある領収書のことだ。芙美子は「九月一日」という投宿の日付を指して言っている。ただ、真岡はそれを、一週間後の事件の時と勘違いして受け取ったらしい。何も言わず、グラスを洗い始めた。

「だけど、隆一さんも隆一さんだね」芙美子が妙な言い方をした。「そうでしょ？良ちゃんの話が胡散臭いって思ったのなら、ちょっと調べてみるから、なんて勿体つけなくてもいいじゃない。そりゃ、良いネタだ、と思ったかも知れないけど、当事者の良ちゃんが目の前にいるのに、話してあげないってな、ちっとばかし冷たいな」

それが隆一なのだ、と香苗は心の中で言った。隆一は冷たい男だ——。

「いや、そのことなんですけどねえ」

真岡が布巾で手を拭きながら言った。

「僕、何か違うような気がするんです」

「違うって、何が？」

「いや、はっきりとは分からないけど、話が胡散臭いってだけじゃないような感じがするんですよ、隆一さんが待てと言ったのはね」

「どんなふうによ。詳しく話してよ」

「その日曜日にね——八月二十九日」

「うん」

「あれは、第四レースの時だったから、十一時頃かな。隆一さんがここに来て、おい、あの話、いいんじゃないかって言ったんです」

「ああ、最初は勧めてくれたって言ってたもんね」

「ええ。僕が相談を持ちかけたのが、その二、三日前で、隆一さん、モンパレットのこととか調べてきてくれたんですよ。それで、その時はいいんじゃないかってことだったんだけど、夕方にまた見えましてね、写真もう一度見せてくれって」

「写真？　何の写真」

「パステルの写真です」

そう言って、真岡はカウンターの奥へ行き、写真を一枚持って戻って来た。カウンターの上へ、こちらに向けて置いた。

サービス判に焼かれたカラー写真だった。牧草を背景に、焦茶色の仔馬が写っていた。

「僕がインスタントカメラで撮ったやつだから、あんまり上手《うま》くないですけど」

「おや、良ちゃん、幕良へ行ったの？」

「ええ、だって一度ぐらい見とかなきゃ、話にもならないでしょう」

「へえ……。これがパステルか」

芙美子は写真を取り上げ、しげしげと眺めた。

「隆一さんに相談した時、それ見せたんですよ。パステルってどんな馬だって訊かれたから」

「それで？　夕方また来て、もう一度これを見せろって言ったのね」

「そうです。じっと見てましてね、『これ、本当にパステルか？』って訊いたんですよ」

「なに？」

芙美子が写真から目を上げた。

「どういう意味だ？」

「いや、何か疑ってるみたいに聞こえるでしょう？　でも、これ、僕が自分で確かめて撮ったやつですからね。間違いないですよって答えた訳です。そしたら、この話、ちょっと待ったほうがいいかも知れないって……」

「何だろ……？」

芙美子はパステルの写真に目を戻した。香苗は横から覗き込んだ。

隆一が待ったを掛けた理由は、どうやらこの写真の中にあるらしい。しかし、写っているものは仔馬と牧草だけである。一体、隆一は、この写真に何を見たのだろう……。

ふと、隆一の荷物から出て来たフィルムの預り証を連想した。帰りにでもＤＰ屋へ寄ろうと、それは今、香苗のバッグの中にある。

「この写真、借りてもいい？」

芙美子が真岡に訊いた。

「ああ、あげますよ。それ、焼き増しがあと二、三枚あるんです」

店の電話が鳴って、真岡はカウンターの反対側へ行った。奥から出て来た森下に、いいよ、と合図し、受話器を取った。

「はい、ラップタイムでございます。あ、いつもどうも。ええ、お見えになってます」

電話に答え、香苗たちの方を向いた。

「今、替わりますので……え、よろしいんですか？　はい。え、刑事さん？　ああ、そうですか。はい、承知致しました」

芙美子が肘で香苗をちょんと突いた。真岡が戻って来た。

「山路さんでした。幕良から刑事さんが見えてるそうです。今、こちらへ下りて来られるということですけど」

22

山路亮介が案内してきた刑事は二人連れだった。七尾刑事は知っていたが、もう一人のひょろりとした浅黒い刑事は知らなかった。二人とも、黒いショルダーバッグを肩に掛けている。香苗はスツールを下りて、七尾刑事と山路亮介に幕良での礼を述べた。ひょろ長の刑事は鈴木《すずき》と紹介された。

「テーブルのほうへ?」と訊いたが、「いや、ここでいいでしょう。こういうのもいいですよ」と七尾刑事は言った。

芙美子が気を利《き》かせて場所をひとつ移った。香苗と七尾刑事がカウンターのコーナーで斜めに向かい合わせて座り、山路は鈴木刑事の向こうに席を取った。

香苗は胸が騒いだ。芙美子や真岡と事件の話をしている時は、内容がいかに胡散臭かろうが、陰惨なものであろうが、どこか娯楽映画の批評をし合っているようで、安心していられる。ところが、刑事の存在は、それだけで香苗の気持を圧迫し、不安にさせた。

「引越しをなさったんですね」

七尾がオシボリで首筋を拭いながら言った。

「はい。昨日《きのう》」

「そうですか。どちらに?」

香苗は芙美子を振り返った。

「彼女のところです。綾部芙美子さん、『パーフェクト・ニュース』に勤めてます」

「あ、そうですか」

七尾は芙美子を見、ひょいと頭を下げてから、二、三度頷いた。芙美子が、クス、と笑って肩を竦《すく》めた。香苗を肘で小突き、「あれ、言っといたほうがいいんじゃない?」と囁《ささや》いた。

「何?」

「ベネチアングラスの花瓶」

ああ、そうか、と香苗は頷いた。七尾刑事が「何ですか?」と視線を芙美子と香苗の間で往復させた。

「私が幕良へ行って留守の間に、誰かがアパートの部屋に入り込んだらしいんです」

「入り込んだ?」

七尾刑事が心持ち身を起こした。鈴木刑事のほうは手帳を取り出す。その隣で山路が眉をしかめ、真岡は飲み物を用意する手を止めて、ポカンと口を開けた。

香苗は、花瓶の紛失から始まる一連の事柄を、刑事に話した。

「九月九日の、午前三時頃——」

と七尾が言った。

「それは、お隣の畑中さんが言われたんですね」

「はい」

「警察には届けられなかった」

「ええ、盗られたものもありませんでしたし、花瓶がひとつですから」

「いや、それは問題じゃないんですよ。せめて、交番に連絡して頂きたかったですね……」

七尾刑事は、それが彼自身の失敗だとでもいうように、口惜《くや》しがった。

「すみません」

そうかも知れなかった。あの時は、一刻も早くアパートを離れたいと思うばかりで、警察に連絡することなど、まるで思い付かなかった。そうしておけば、何か手掛かりを見つけることも出来たかも知れない。しかし、今からではもう遅い。何もかも、きれいに掃除してしまった。

「ああ、ただそれで……」と香苗はバッグの中から旅館の領収書を取り出した。「引越しの整理をしておりましたら、主人の物の中からこれが」

七尾は手に取り、それに見入った。無言のまま、それを鈴木刑事へ回した。隣から山路が覗き込んでいた。

刑事たちは、すでに隆一の最初の幕良行きを知っている――香苗は彼らの淡々とした動作の中に、それを感じた。

「この他の、大友さんのお仕事の物は、どうなされました？」

と七尾が尋ねた。

「主人の物は殆ど岡山の実家へ送りましたが、仕事関係の資料などは、引越しの時、芙美子の部屋へ運んであります」

「そうですか。差し支え無ければ、何日かお借り出来ますか？」

「構いませんけど……ずいぶんあります」

「どのぐらい？」

「ノートとか原稿とか、書いたものだけでも、ダンボール箱に二つぐらい。本なんかを入れると……」

「ああ、一応、まず大友さんの書かれたもので結構です」

「はい」

七尾は、アイスコーヒーをひと口飲み、鈴木刑事の手の領収書を指差した。

「山路さん、大友さんはパステルについて、何か仕事をされていたのじゃないですか？　領収書にあるこのメモは、仕事名の覚え書きでしょう」

「いやあ、そうかも知れませんが、少なくとも、ウチの仕事ではないですね。五月にウラジがダービーを取った時、ダイニリュウホウの特集を雑誌部のほうで組んだことはありますが、それにも、大友さんは加わってなかったと思いますよ。そうじゃなかったかな」

と山路は、芙美子の方へ向いた。

「ええ、あの企画には大友さんは参加してません。でも……」

と、芙美子は戸惑ったように香苗を見た。喋っていいのかな、と目が言っている。

「でも、何ですか」

「大友さんが、パステルに関することで、幕良に行ったのは確かだと思うんです」

「ほう？　それは」

七尾が聞き返した。

山路が「ほんとかね？」と口を入れた。

「ええ、ご説明する前に、社長にちょっと伺いたいことがあるんですけど。――あら、私が喋ってていいのかな」

香苗は吹き出しそうになり、

「芙美子に任せるわ、あなた、こういうの適任よ」

「何だい、訊きたいことって」

山路が焦《じ》れたように言った。

「宮脇さんって、どんな方ですか？」

「宮脇……宮脇友成《ともなり》のこと？　『常磐館《ときわかん》』という旅館の主人だが……」

「お付き合いは永いんですか？」

「ああ、十年以上になる。なぜだね」

「横内さんって方は？」

「横内……。どこかで聞いたな。幕良の人間？」

「ええ」

「あ、ちょっと」と幕良が口を挟んだ。「その二人のことをどうして？」

「いえ、これからお話しすることに関係しているんです。ですから、ご存知なら、教えて頂きたいと思って。——刑事さん、知ってらっしゃるんですか？」

二人の刑事が顔を見合わせた。ま、いいだろう、というように七尾が頷いた。

「存じてます。幕良に狩猟会というものがありましてね、山路さんもそのメンバーでいらっしゃいますが、そのお二人も会員になられてます。宮脇さんは、会員というより会長さんですがね」

「ああ、どうりで……」と山路が頷いた。

「ううむ……」

カウンターの中で、真岡が唸った。見ると、彼は腕組みをして、天井を睨んでいる。

「綾部さん、大友さんが幕良に行かれたのが、パステルに関することだというのは、何ですか」

「これは、私より、良ちゃんに話して貰ったほうがいいな」

「良ちゃん？」

「ああ、この人です」と芙美子は真岡を指した。「真岡良太郎さん。この『ラップタイム』のマスターです」

真岡はカウンターの下から名刺を取り出し、二人の刑事に渡した。

「良ちゃん。もう一度話してよ」

真岡は頷き、覚悟を決めたように深呼吸をひとつしてから、話し始めた。

富塚からパステルを買う話を持ち掛けられたこと。それを隆一に相談したこと。隆一は一度勧め、次に写真を見て待ったを掛けたこと——。

鈴木刑事の取るメモが次第に頻繁《ひんぱん》になってきた。真岡は、例のパステルの写真を刑事に進呈した。

さらに真岡は、買ったばかりの馬をなぜ手放すのかという疑問と、パステルやマズルカの話の出どころの胡散臭さなど、事細かに話した。

話し終え、真岡はコップに水を注いで一気に飲み干した。彼の話している間、店の仕事は全て森下に押し付けられた。客の少ない時間でもあったが、森下は文句も言わず、黙々と動き回っていた。

「そう言えば……」と山路が言った。「前にもそんなことがありましたよ。宮脇君が馬を買ったと聞いて、そのことを話題にしたんですが、もう手放したんだと言ってましたね。去年だったか、一昨年《おととし》だったか……。その時は、さほど気にも留めなかったんですがね……」

刑事は、山路のその言葉も書き留めた。

しばらく、それで会話が跡切れた。気付いたように真岡は溜まっているグラスや皿を洗い始めた。店の中に、音を絞ったロックのリズムが流れていた。

「刑事さん」芙美子が気兼ねしたように訊いた。「放牧場に誘《おび》き出したのは、誰だったんですか？」

二人の刑事が、え？　と芙美子を見た。

「大友さんですか？　深町場長だったんですか？　それとも第三の人物がいたんですか」

「ほう」と七尾刑事が半ば呆れたような声で言った。「どこから、その疑問を思い付いたんですか？」

えへへ、と芙美子は笑い、香苗を見た。このエエカッコシイと、香苗は芙美子を睨み付けた。

「新聞に書かれてたことと、香苗から聞いた現場の様子を組み合わせていて、そう思ったんです」

「それ、どういうことだね？」と山路が眉を寄せて訊いた。「誘き出したというのは、何だい？」

「社長は実際に見られてるから、ご存知でしょう。あの現場のこと」

「ああ、見たには、見たが……」

「現場は、犯人にとってすごく好都合な場所だった訳ですよね。でも、そこでただ待ってるだけでは、いつ獲物がやって来るか分からない。だから、誰かが誘き出したんじゃないかと思ったんです。単純なことでしょ」

「しかし——その大友さんか、深町君かというのは……。あれは、深町君が狙われた訳じゃないの？　大友さんは巻き添えを食ったと、私はそう聞いていたし、新聞にもそう載っていたが、刑事さん、違うのですか？」

「当初、そういう見方が一般的でした。ですが、今、綾部さんが言われたように、必ずしもそうとは言い切れないものがいろいろ出て来ているのです」

「いろいろ、というと……」

「いや、それは綾部さんから伺いたいですね。どういった推理をなさったのか、非常に興味があります」

そう言って、七尾刑事は芙美子に目を返した。

「推理だなんて」珍らしく、芙美子が照れた。「すごく簡単なことだもの。——ええと、まあ、仮に誰かが誘き出す役をやったとしますね。そうすると、単純に考えられるのは、大友さんか、深町さんのどちらかだってことです」

「芙美ちゃん」と真岡が言った。「でも、二人とも撃たれてるんですよ」

「あのさ、良ちゃん。悪い人の仲間にだけは入らないほうがいいよ。仲間だと思ってる相手から殺されちゃうことだって、あるんだから」

「あ、そうか……」

「ああ、それと」と芙美子は話を元に戻した。「どっちかが誘き出したんじゃないかと思ったのは、二人の倒れていた位置からです。二人は、五メートルも離れていた訳ね。犯人が撃ったのは三十メートル離れたところから。社長、狩猟会にいらっしゃるんだったら、どう思います？　三十メートルぐらいの距離で、五メートルも的を外すようなの」

「うん……。そりゃ、かなり下手、というよりも、銃を殆ど手にしたことが無いド素人だね」

「でしょう？　ところが、ちゃんと二人に当たってるんだもの。これは流れ弾に当たったんじゃないですよ。狙われたんだわ。ここで、二人が五メートル離れていたってことを、私、こんなふうに思ったんです。片方は、そこで何が起こるかを知っていたんじゃないかって。だから、自分は当たらないように離れて立っていた。その安全圏が五メートル。——そうすると、あとの問題は、どっちが誘き出し役だったのかってことですね。でも、ここでちょっと困っちゃったんだなあ。深町さんは前から狙われていた訳ですよね、だから、誘き出したのは大友さんなのか——。ところが、電話掛けてきて、幕良に来いって言ったのは、深町さんのほうです。どうなってるんだろう?」

七尾刑事はにこにこと笑いながら、芙美子の話を聞いていた。

「なるほど、参りましたね。それで、あなたの推理だと、誘き出したのは誰ですか?」

「判りません。——刑事さんはどうなんですか?」

「いや、白状しますよ。実は、それが今、我々の抱えている最大の問題なんです。恐れ入りました」

七尾は頭を下げた。

本当だろうか? と香苗は思った。そんなことを言って、実はちゃんと目星が付いているのではないだろうか……。

一体、刑事たちはどこまで捜査を進めているのだろう。彼らは何も言ってくれない。ただ尋ねるだけだ。質問し、メモを取り、そしてまた訊く。何気無い世間話のような調子の質問。だが、それはどこか得体の知れないものを持っている。彼らは知っているのだ。知っていながら訊いている。

「あのう……」黙っていた真岡が口を開いた。「ちょっと、いいでしょうか」

「何ですか」

「いえ、僕、話を聞いててふと思ったんですが、撃たれたのは馬も一緒だったですよね」

「そうですが」

「ちょっと馬が倒れていた位置関係を教えて頂けませんか」

「馬の……？」

刑事は訝《いぶか》しげに聞き返したが、カウンターの上に指を濡らして書きながら、現場を説明した。

真岡はそれを見ながらしばらく考え込んでいた。納得したように頷いた。

「馬は二頭とも、大友さんのすぐ近くだったんですね」

「そうです。それがどうかしたんですか？」

「いや、犯人がですね、最初に狙ったのは、深町さんでも大友さんでもなくて、馬だったんじゃないかと、僕、思うんです」

「………」

真岡の言葉に全員が沈黙した。

自分に集中する視線にもじもじしながら、真岡は言葉を継いだ。

「犯人の狙った順番を考えてたんです。まず、深町さん——これは違うような気がしました。芙美ちゃんは、五メートルを安全圏だって言いましたけど、僕は逃げたのかも知れないと思ったんです。大友さんと二頭の馬はすぐ近くで倒れてますよね、深町さんだけが離れてる。これは、深町さんが撃たれたのが、一番最後だったんじゃないかって気がします」

「なるほど」

刑事が頷いた。

「だとすると、犯人はまず大友さんを狙ったのか——大友さんを狙った弾が逸《そ》れて馬に当たり、そして……と考えると、ちょっと妙ですね。馬、二頭とも、弾に当たってるんですよね。——あの、馬ってのは、すごく臆病な動物なんです。音なんかにはとっても敏感です。銃声が聞こえたら、凄い勢いで走り出しますよ。——例えば、犯人がまず大友さんを狙ったとしますね。その弾が外れて馬に当たった。でも犯人は、外れたのならまた大友さんを狙う訳でしょう。だとすると、もう一頭の馬は逃げちゃいますよ。二頭が並んで倒れていたとしたら、続けざまに、二頭を狙って撃たなきゃ、そうはなりませんね。一頭を撃ち、もう一頭が走り出そうとする前に撃つ。バンバンってね」

「良ちゃん！　見直したよ」

芙美子が声を上げた。真岡が照れて鼻を擦《こす》った。

「やっぱり経験者ね。見るところが違うわ」

と言った香苗の言葉に、芙美子が「経験者？」と聞き返した。

「真岡さん、前、幕良牧場で働いてたことあるんですって」

「ほんと？　あら、やだ。ちょいと良太郎、なんで隠してたのさ」

「いやだなァ、芙美ちゃんまで。香苗さんと同じこと言うんだから」

23

それから間もなく、香苗は二人の刑事と一緒に『ラップタイム』を出た。

「マンションまでは、どのぐらいですか」

日陰の舗道を選んで歩きながら、七尾刑事が訊いた。

「電車で乗り替えがひとつあります。待ち時間を入れると、四十分ぐらいでしょうか」

刑事は二人とも大股だった。香苗のことを考えて、歩調を緩《ゆる》めてくれてはいるらしいのだが、それでも香苗は小走りになる。黒い小振りのショルダーバッグを肩に掛け、紺色の背広を腕に持っている。ワイシャツの袖を肘まで捲《まく》り上げ、ネクタイを少し緩《ゆる》めて垂《た》らしている。申し合わせたように、二人とも同じ格好だ。私服と言うぐらいなのだから、もっと個性があってもよいのに、と香苗は思った。この刑事たちに限らない。会社勤めの男たちは、みんな同じ格好で歩いている。それを平気でいられるのが不思議でならない。息苦しくはないのだろうか。滑稽だと、自分では思わないのだろうか——。

駅前まで来て、香苗は、あ、と立ち止まった。先へ進んでいた刑事たちが戻って来た。

「あの、ちょっと寄っていいでしょうか」

香苗は目の前のカメラ屋を見ながら言った。小さな店である。ごてごてとステッカーの貼られたウィンドーに「カラープリント25円」と大きく書いてある。

「主人が預けたままにしているフィルムがあるんです」

「大友さんが……？　それはどんな？」

「いえ、中身は私も存じません。ただ……」

と香苗はバッグから例の預り証を出した。

「預け入れた日付が九月五日になっているものですから、幕良へ発つ前日です」

七尾刑事は、預り証を眺め「差し支えなければ、我々にも拝見させて下さい」と言った。

自動ドアを入ると、眼鏡を掛けた愛想の良い親父が、ガラスケースの向こうで「いらっしゃい」と声を掛けた。香苗は預り証を渡した。

「ええと、大友様。おや、これはずいぶん前でございますね。はい、かしこまりました。少々お待ち願います」

親父は後ろを向き、大型の抽斗《ひきだし》の中を繰って見ていたが、ほどなくフィルム会社の名が入った大きな封筒を選び出した。

「あ、これでございますね。えー、キャビネが五枚に、サービス判が十八枚、となっております。お確かめ下さい」

香苗は封筒を受け取り、中の写真を引き出した。二人の刑事が両側から覗き込んだ。

キャビネに引き伸ばされたものも、小さなサービスサイズのものも、全て馬の写真ばかりだった。

七尾刑事が親父に尋ねた。

「これは、焼き増ししたものですね」

「さようでございます」

「とすると、現像も、こちらで？」

「は？」

親父が怪訝《けげん》な顔をした。妙なことを訊く客だと思ったらしい。七尾刑事が警察手帳を出した。とたんに親父が顎《あご》を引いた。

「控えを見せて貰えませんか」

「はい、ただ今。少々お待ちを」

慌ててガラスケースの下へ屈《かが》み込んだ。

「はい、これでございます。確かに現像もお受け致しました」

「それは、この人ですか？」

七尾がショルダーバッグから写真を取り出した。香苗は驚いた。隆一の写真――いつから、こんなものを手に入れていたのだろう。

「ええと……あ、そうです。思い出しました。はい、このお客様です。確かに」

「現像に出したのは……」

七尾がバインダーの綴りを覗き込んだ。

「九月二日となっておりますね。お渡し日が四日でございます。こちらにこの大友様がお見えになったのが、翌日の五日でございましたね」

「……ということは、現像が出来たやつを受け取ったその日に、焼き増しを頼んだということになるな」

「さようでございます。そういうお客様も多くいらっしゃいます。ここで、ネガをご覧になって、プリントをご注文になります」

「なるほど」

九月二日に、隆一はフィルムを現像に出している。旅館の領収書は九月一日——とすると、隆一は幕良から帰ってすぐにフィルムの現像を頼んだのだ。

「ちょっと拝見してもいいですか、奥さん」

と七尾が香苗に言った。香苗は写真を渡した。

「あ、お支払いします。おいくら？」

代金を払って、香苗も馬の写真を眺めた。

写真は全てカラーだった。キャビネに引き伸ばした五枚の写真——一頭は焦茶色の仔馬だった。

七尾刑事は、真岡が撮影したパステルの写真を取り出し、横に並べて見比べた。

「どう思う？」と鈴木刑事に言った。

「間違いないですね。パステルですよ」

香苗は鈴木刑事の声を初めて聞いた。思いがけなく嗄《しやが》れた声だった。

あとの四枚に写った馬は、香苗にはまるで分からなかった。一頭は淡い茶色の馬で、あとは三枚とも黒い馬が撮られていた。それぞれ違う馬を撮ったものか、それとも同じ馬なのか、それすらはっきりとは判らなかった。

「こっちが、何か分かるか？」

七尾がまた鈴木に訊いた。

「いや、どうも馬ってのは見分けが付かなくて……」

それを聞いて、何となく安心した。急に刑事を身近に感じた。

キャビネ判の写真をひとまず置き、刑事たちはサービスサイズのほうに目を移した。こちらのほうは、背景が広く写り込んでいるものも多く、それが幕良牧場で撮られたものだということは、香苗にも判った。

不意に、七尾の手が止まった。「おい」と鈴木刑事に小さく言った。

「ほう……。これは収穫だ」

鈴木刑事が唸るように言った。

七尾は香苗に向き直り、手にした写真を見せた。

馬の写真である。大きさと色合からして、パステルのようだ。その脇に、男が一人立っている。赤い屋根の厩舎が後ろに見える。

「この人をご存知ですか？」

七尾刑事が訊いた。

ジーパンに、薄茶のTシャツを着ている。革のベルトが太い。三十五、六だろうか。角刈りの頭。縁無しの眼鏡。顎が小さく、頬骨が出ている。香苗には見覚えが無かった。

「いえ、存じません」

「一度もお会いになったことはありませんか？」

「はい……」

「そうですか」

まあ、仕方が無いな、といった感じに、七尾は頷いた。

「あの、どなたですか？」

二人の刑事が顔を見合わせた。

一瞬おいて、七尾が答えた。

「柿沼幸造という人です」

24

ブザーが鳴って、香苗は石綿の作業台から目を上げた。

「かなえちゃん、あそびましょ！」

ドアの外で芙美子が喚《わめ》いている。時計を見ると、いつの間にか九時を回っていた。

驚いて香苗はドアを開けに行った。

「遅かったのねえ」

「いやあ、疲れた、疲れた」

そう言いながら部屋に上がり、そのままベッドに倒れ込んだ。

「いつも、こんなに遅いの？」

香苗はドアに内鍵を掛けた。

「いつもじゃないさ。週に二、三度かな」

「食事は？」

「晩メシ？　食ったよ」

「よければ、シチューがあるわ」

「ほんと？」起き上がった。「すごい！　貰う、貰う」

「じゃ、いま温めてあげるね」

芙美子もキッチンへやって来た。

「あれ、何かやってたの？　じゃ、あとでいいよ。それ終わってからで」

「いいのよ、ちょうどひと区切り付いたとこだから」

香苗はレンジの上に載せていた石綿の板を退《ど》けた。バーナーのガス管をレンジのものと差し替える。

「うわあ、これ何だ？」

芙美子が洗浄液の中に沈んだ銀線をピンセットで摘み上げた。極細の銀線を唐草模様に組み上げ、小さな真ん丸い籠《かご》が出来ている。酸に浸されて、今、銀はチョークのように白っぽくくすんでいる。

「イヤリングなの。それを磨いて、中に小さなパールを入れるのよ」

「へえ……。細かいことするなあ。これ、いくら？」

「買ってくれる？」

「値段聞かなきゃ、恐ろしくて」

「芙美子なら、いくらぐらいだと思う？」

「そうだなア……二千円」

香苗は呆れて芙美子を見返した。

「やっぱ、もっとするんだろうね」

「参ったわね。二千円じゃ材料代にもならないわ。――はい、シチューが出来ましたよ」

芙美子は銀線を元へ戻し、鍋のシチューを皿に取った。彼女がベッドの上で、旨《うま》いとかさすがとか言いながら食べている間、香苗は、イヤリングを洗い、留め金具の加工に掛かった。

食事を終えた芙美子は、皿をそこへ放り出したまま、着ているものをパッパッと脱ぎ棄て、裸のままバスルームへ入って行った。羨ましいぐらい均整の取れた小麦色の裸。香苗は芙美子の放り出していった食器を流しに片付けた。

仕事の区切りが付いて、ふと見ると、芙美子はバスローブ姿で濡れた髪を拭きながら、片手に持った写真を眺めていた。昼間、真岡から貰ったパステルの写真だった。

「やっぱり、判らんなァ……」

芙美子が呟いた。

「何を判ろうって言うの？」

「隆一さんは、この写真の何を見たんだろう。写ってるのは馬と後ろの草だけだもんね」

香苗は道具を片付け、バッグの下に置いてあった写真の封筒を取り上げた。もっとも、今この中には、印画紙に焼き付けられたものしか入っていない。ネガのほうは七尾刑事に預けてある。

二人の刑事は、あれからこの部屋へやって来て、結局隆一の書いたもの一切合切を抱えて帰った。鈴木刑事の手によってまとめられた几帳面《きちょうめん》な預り目録だけ残して——。

香苗はベッドへ行って、芙美子の脇に腰掛けた。

「じゃあ、こっちは判る？」

「何、これ？」

封筒を受け取りながら、芙美子が訊いた。

「隆一の撮影した写真」

香苗は、預り証に記載されていたことを説明した。芙美子はちょっと考え「隆一さん……町のDP屋を使ったの？　そいつは意味深《いみしん》だね」と言いながら、封筒から写真を引っ張り出した。

「何が意味深なの？」

「いや、隆一さん、いつだって会社のラボ使ってるからさ」

「ラボ？」

「現像所のこと。ほら、この前香苗、ウチの会社に来た時、見なかった？　写真部の机のところに、黄色と青の籠《かご》が置いてあったの」

「覚えてない」

「あるんだよ。黄色のほうへね、現像したいフィルムとか、プリントしたいネガとか入れておくと、ラボの人間が午前と夕方に取りに来てさ、青いほうへ出来上がったの置いてってくれるようになってるのよ」

「へえ……。隆一も、そうやってたの？」

「うん。安いし、早いし、それに安全だから。ウチに出入りしてる人たちはみんな使ってるよ。仕事のものに限らず、個人的なものも。それを使わなかったってのが、こりゃ、何かありそうだね」

芙美子は、まず五枚のキャビネをベッドカバーの上へ拡げた。その中から、パステルの写っている一枚を取り上げ、刑事がしていたのと同様に、真岡から貰ったものと見比べた。

「同じ馬だな、やっぱり」

むしろ、それを残念がっているように言った。

「完全に同じ？　似てても別の馬ってことあるんじゃないの？」

「確かにあるよ。でも、これは同じ馬さ。見てご覧。プリントの具合で、ほんの少し色が違って見えるけど、どっちも黒鹿毛《くろかげ》だね。あ、黒鹿毛って分かる？」

「焦茶色の馬のことでしょう？」

放牧場で、墓標を立てた少年が教えてくれた。墓標に書かれた文字が可愛らしかった。

「そう。全体に焦茶色で、たてがみと尻尾、それに脚の先が黒ずんでいる馬ね。そういうのが黒鹿毛。よく似てるやつで、鹿毛《かげ》ってのがあるけど、これは全体にもうちょっと明るめの感じ。こういうチョコレート色じゃないのね。このパステルは黒鹿毛」

芙美子はそう言いながら、馬の頭を指差した。

「ほら、この額のところに、ちょっと白い部分があるでしょう。こういうのを白斑《はくはん》って言って、馬を見分ける重要なポイントになってるの。額にある白斑は星《ほし》って言ってるけどね。それがほら、良ちゃんの撮ったのにも写ってる。同じ形してるじゃない？」

言われてみて、香苗はようやくそうであることに気付いた。真岡の写真のほうは、少しばかり見難いが、それでも同じ場所に同じ格好の白い塊《かたまり》がある。

「それと、これね」と芙美子は脚を示した。「向こう側だからちょっと分かりづらいけど、右前肢の足首のとこが白いでしょ。これも白斑で、こういうのを小白《しょうはく》って言うのさ。こっちの写真でもそうなってる。同じ馬だと思って、まず間違いないね。ほんとは、あと旋毛《せんもう》って言って──つまり、つむじのことね。厳密に馬を見分けるとなるとその旋毛の位置とか数を見る必要がある訳だけど、写真じゃ無理ね。でもまあ、これは同じ馬だよ。どっちもパステルだ」

「こっちの四枚は？」

香苗は残りのキャビネを指した。

「まず、判ることは──。これはみんな現役馬じゃないな」

「引退した馬ってこと？」

「そう」

「どこで判るの？」

「こんな太い体じゃ走れっこないもの。現役馬ってのはさ、もっと、こう、全体に引き締まってるのよ」

「へえ……」

「だから、つまりこの四頭は、種馬が二頭と、肌馬《はだうま》が二頭ということになる」

「肌馬って？」

「繁殖牝馬のこと。お母ちゃんね。種馬は言わずと知れたハレムの王様」

肌馬――なんと艶《なま》めかしい言い方だろう。

「ねえ、馬の牡と牝って、どこで見分けるの？」

「あれ？　香苗、結婚してたんだろ？　男の子と女の子の身体の違いって、幼稚園の子供だって知ってるよ。ほれ、ご覧なさいな」

と芙美子は淡い茶色の馬と、黒い馬のうちの一頭を指差した。

「ちゃんとオチンチン、付いているではないか」

香苗は堪らずに、声を上げて笑い転げた。芙美子の言う通り、その二頭の股間《こかん》には、歴然とした脹《ふく》らみがある。他の二頭の黒い馬に、それは無かった。迂闊《うかつ》な見落としと、認めざるを得なかった。

「この栗毛《くりげ》は……」と芙美子が淡い茶色の馬の写真を取り上げた。

「栗毛――」

「ああ、こういう毛色の馬が栗毛ね。パステルより、かなり明るい色してるでしょ。そして、たてがみも尻尾も、脚の先も黒くない。これが栗毛。ついでに言っとくわ。こっちの黒いのは青毛《あおげ》」

「青毛？　黒が青なの？」

「そう。そういうことになってるのだ。――そこで、この栗毛だけど、これはたぶん、ダイニリュウホウだと思うよ」

「これが……」

香苗は芙美子の手から写真を取って見た。

「そう。幕良牧場にいる栗毛の種馬というと、まず思い付くのはダイニリュウホウだね。それに、白斑の具合にも、見覚えがある」

「あとの青毛の三頭は？」

「ウーン。これはよく判んないな。幕良牧場にいる馬なんだろうけどねえ……」

そう言いながら、芙美子はサービスサイズの写真を手に取った。一枚一枚繰っていく。パステルと柿沼幸造の写っている写真のところで、香苗はそれを教えようと思ったが、敢えて黙っていた。

「なんだ、写っているのは引き伸ばした五頭の馬ばっかりじゃないか」

全部を見終えて、芙美子はそう呟いた。

「三頭の青毛は、何かなァ……」

「真岡さんなら、判るかしら」

「ああ、そうだね。牧場にいたって言ってたからね。でもさあ……」

「でも、何？」

「馬の名前はともかく、この写真の意味は、私が見ても判らなくちゃいけないんじゃないかと思うんだよね……」

「どうして？」

「隆一さんが、これを町のＤＰ屋に出したからさ。どうして会社のラボ使わなかったか。つまり、それだと出来上がってきた写真を他の誰かが見る可能性がある」

「見せたくなかった……」

「そう。よっぽどのネタなんだ。だから、自分だけのものにしとこうって肚《はら》だったんじゃないかな。チクショウメ」

「つまり、この写真、馬を知ってる人が見れば、隆一の掴んだネタが判っちゃうってことなのね」

「だと思うんだよ。厭になっちまうな。ええい、どこを見ればいいんだ！」

芙美子は、パステルの写真——隆一の撮ったものと、真岡の撮ったものを並べ、怒ったように睨みつけた。

「ねえ芙美子、この写真だったのかな……」

「何が？」

「鞄とアパート」

「ああ、そうか。なるほどね。——しかし、そんなたいしたものでもないよ。馬、写ってるだけなんだから」

しかし、香苗は、犯人が探していたものが、この写真だったのではないかと思われてならなかった。隆一は、これを他人の目から隠していたかったのだ……。

「あれは、どういう意味かな……」と芙美子が言った。「この写真見てさ、隆一さんが言ったこと」

「これ、本当にパステルか——」

「うん。どうもそれが引っ掛かってるんだな」

「つまり、隆一はこれがパステルじゃないと思った」

「しかし、どうしてそう思えるんだろう。隆一さん、良ちゃんから話聞くまで、パステルなんて知らなかった訳でしょ」

「どうして？　知ってたかも知れないわ」

「いや、知らなかったんだよ。良ちゃん言ってたじゃない。隆一さんが、パステルってどんな馬？　と訊いたから、写真見せたって」

「あ、そうか……」

「要するにだな、隆一さんの見つけたものは、この良ちゃんの撮った写真から判ることなんだよね……」

香苗は、芙美子の手にある写真をもう一度覗き込んだ。何度見ても変わりはしない。パステルと草しか、そこには写っていない。

「毛の色かしら……」

「お？　そりゃ、良い線だ！」

「何が……？」

芙美子の反応に、香苗は逆に驚いて聞き返した。

「なんだ、分かってないで言ってんのか」

芙美子はガクッとうなだれて見せた。

「いや、毛色か。そうだ、それだな。どうしてそこに気が付かなかったんだろう」

「どういうこと？」

「問題はモンパレットだ。モンパレット。――香苗、モンパレットの毛色を知ってる？」

香苗は首を振った。

「そうか――。いや、もしモンパレットが栗毛だったら、これはちょっと面白いよ」

「どう面白いのよ。ちゃんと説明して」

「あのさ、モンパレットが栗毛だったら、この馬はパステルじゃないよ。いや、パステルかも知れないけど、ダイニリュウホウとモンパレットの仔じゃないってことになる」

「よく分かんないわ。何言ってるの？」

「つまりね、両親とも栗毛だった場合、そこから生まれてくる仔馬は、全部栗毛になるのよ。ダイニリュウホウは栗毛でしょ。だからモンパレットが栗毛だとすると、パステルは栗毛じゃなきゃおかしいのよ。黒鹿毛なんてこと、有り得ないの」

「ふうん……。必ずそうなるの？」

「そう。例えば、純粋な日本人の父親と母親から、突然アメリカ人の子供が生まれる訳はないでしょ。そんなもんよ」

栗毛同士の親からは、栗毛の仔馬しか生まれない――。そうか、つまり隆一は、パステルの毛色に疑問を持ち、それで「これ、本当にパステルか？」と訊いたのだ。

そう納得した次の瞬間、香苗はあることに気付いた。

「ねえ、違うんじゃない？」

「違う？」

「うん。あのさ、隆一は真岡さんに相談受けて、その時に写真見た訳でしょ？　そして二、三日後に返事したって言ってたわよね」

「うん」

「だったら、その返事は最初から、待ったほうがいいってなるんじゃないかな。だって、その二、三日の間に、隆一はモンパレットのこと調べてる訳だし、問題が毛色にあるんだったら、その時に気付いてる筈だと思うんだけど——それとも、その栗毛と栗毛からは栗毛しか生まれないって、隆一は知らなかったのかしら」

「いや、確かに。その通りだ。失敗、失敗。——これは、競馬の世界じゃ常識なんだ。それに、もしそんなことなら、隆一さんが気付く前に、いろんな人が変だと思うよね。第一、そんな馬、血統登録の時に、すぐ撥《は》ねられちゃう。考えが甘すぎた。反省致します」

芙美子はそう言って、ベッドの上でゴロリと横になった。

「何なんだろうなあ……。オイ、隆一さんよ、あんた何をめっけたのさ」

天井に向かって芙美子は言った。

隆一は八月二十九日の午前十一時頃『ラップタイム』へ行き、真岡にパステルの購入を勧めた。しかし、その日の夕方、隆一は写真を見、「これ、本当にパステル？」と訊いて、待ったを掛けた。その半日の間に、何があったのだろう。その半日で、隆一の言葉はまったく逆になってしまったのだ。

「芙美子、八月二十九日に、隆一は『パーフェクト・ニュース』へ行ったの？」

「ウチに？　……ええと、日曜日だよね。日曜ってのは、ウチはガラ空《あ》きなんだよな。私と総務の連中と……、あ、ばかだなァ」

芙美子は身体を起こした。

「八月二十九日は月の最後の日曜じゃないか。だったら、隆一さんは雑誌部に顔出してるんだ。忘れてたよ。うん、彼、午後はずっと会社にいたよ」

「その時に、何か気付くようなことがあったんじゃないかしら」

「そういうことだ。三週間前か……調べられるかな」

香苗は、あっと顔を上げた。

「その日、隆一にどこからか電話が無かった？　あるいは、隆一のほうから掛けたとか」

「電話？　どうかなァ。なぜ？」

「もしかしたら、その時、柿沼幸造さんと話したのかも知れない」

「何？　柿沼……？」

香苗は、写真の中からそれを取り出した。

「これ、この人。――この人が柿沼幸造だって……」

「なによ、香苗。どうしてそれ、早く言わないのさ」

芙美子は、香苗の手から写真をふんだくった。

「ごめん。——あのさ、覚えてる？　隆一は事件の一週間前に、東陵農大に柿沼さんを訪ねてるのよね。それは、八月二十九日のすぐ後ってことでしょ。そして、さらに、その後、柿沼幸造と幕良に行って、この写真撮ってるのよ」

「ウッホー」

芙美子が写真を手にしたまま、奇声を上げた。

「やはりそうであったか。柿沼事件もつながっていたのだ。そう来なくちゃ嘘だと思ってた」

芙美子はベッドを飛び下り、ベッドの下に並んでいる抽斗のひとつを引っ張り出した。中をごそごそ掻き回しながら「確か、柿沼って人は、獣医学部の講師と書いてあったな……」と呟いた。

「あった、あった」

芙美子は新聞の切り抜きを何枚か出してきた。柿沼事件の報道記事であった。

25

切り抜きは三枚あった。九月五日付の朝刊と六日付の夕刊、そして七日付の朝刊から抜き出されたものである。

「気を付けて見てるんだけど、記事はそこまでしか無いよ。要するに、捜査はまるで進んじゃいないってことかな」

芙美子は、そう言って肩を竦《すく》めた。

記事によれば、柿沼幸造の死は、最初身元不明の変死事件として取り扱われていたらしい。柿沼幸造という名前が登場するのは、第二報——つまり六日付の夕刊からである。

変死体は、茨城県伏砂《ふくさ》郡玉河《たまがわ》町の伏砂神社境内で発見された。九月四日午後二時頃である。発見者となった数人の小学生たちは、神社の境内でサッカーの練習をやっていた。一人の蹴ったボールが逸《そ》れ、草むらの中へ飛び込んだ。その草むらに、裸にされた男の死体が転がっていた。

男の後頭部には、石で強打された裂傷があり、さらに首には索条痕が見られた。撲《なぐ》られて転倒したところを、ロープのようなもので絞められたらしい。解剖の結果、死亡時刻は四日の午前十時から十一時の間と推定された。

死体は完全な裸だった。レンズの割れたものと思われるガラスの欠片《かけら》が、草の間から数片採取された他には、所持品など一切発見することは出来なかった。被害者の身元を隠すために、犯人が持ち去ったという見方が取られた。警察は、被害者の身元割り出しに全力を注いだ。

身元は意外にもあっさりと割れた。そのきっかけを作ったのは、国鉄伏砂駅に勤務する二十三歳の駅員である。四日午後一時頃、彼は下りホームの屑物入れの中に、血の染み出ている紙袋を発見した。不審に思った駅員は、その袋の中を覗いた。紙袋の中には、血に塗《まみ》れた丸首シャツと、グレーのズボン、男物の下着、運動靴、靴下と、そしてレンズの片方が抜けた縁無し眼鏡が入っていた。それらは捜査本部に届けられ、血痕と眼鏡から被害者のものであると断定された。

衣類にネームは無かったが、ズボンの服地に製造元が入っていた。捜査陣にとって幸いだったのは、その服地を取扱っている店が、土地に一軒しかなかったことであった。玉河町にある小さなテーラーの主人は、被害者の写真に見覚えがあると言った。東陵農業大学獣医学部の講師、柿沼幸造の名が判明したのは、五日の夕刻であった。

東陵農大は、死体の発見された伏砂神社から、歩いて十五分程度のところにある。聞き込みに当たった捜査員は、柿沼講師が四日午前十時過ぎに大学の研究室を出たまま行方不明になっていたことを確かめた。

幾つかの事柄が明らかにされた。

その日の午前十時頃、大学の研究室に男の声で電話が掛かった。電話を取った助手は、その声に聞き覚えがなかった。ただ、「柿沼先生を」と言った言葉に、ほんの少し訛があった。東北訛だったと思うが、と助手は印象を述べた。その電話の後しばらくして、柿沼講師は研究室を出て行った。

助手は、柿沼講師がその前夜から研究室で徹夜をしていたらしい、と付け加えた。勉強熱心で知られ、学生にも人気がある講師だった。

柿沼は大学で、ゼミを週に二時間持っていた。火曜と金曜の二日がそれに当てられていて、あとは自分の研究に時間を使っていた。彼の行方不明が学校で問題にならなかったのは、このためである。捜査員が行くまで、誰も柿沼講師の失踪《しっそう》に気付いてはいなかった。

柿沼講師は研究室を出た後、大学から少し離れた郵便局に立ち寄っている。その局員の記憶では、その時柿沼講師に連れはいなかった。そのことから、捜査本部は、犯人は電話で柿沼講師を直接伏砂神社に呼び出したという見方を取った。

その後、犯人らしい人物を見かけたという目撃者が見つかった。四日午前十時半頃、そのクリーニング屋の店員は、神社の石段の下を通り掛かった。その時、彼は足早に石段を下りて来る男を見ている。四十歳前後の小太りの男で、白いワイシャツ姿にサングラスを掛け、手に大きめの紙袋を持っていた。店員の印象に残っているその紙袋は、伏砂駅に棄てられていたものと酷似していた。

警察は、柿沼講師がすぐ電話の呼び出しに応じたことや、死体の身元を隠すために細工がしてあったことから、顔見知りの者の犯行であると判断した。そこで、柿沼講師の友人知人関係を中心に捜査が進められることになった。

報道された柿沼事件は、ほぼ以上のようなものだった。

事件の数日前に隆一が柿沼を訪ねていることや、その直後の幕良行きに触れた部分はまるで無い。幕良牧場での狙撃事件が起こった後の七日付朝刊にも、二つの事件を結び付けるようなものは何も書かれていなかった。以後、新聞は、柿沼事件についての報道を止《や》めてしまった——。

しかし、今ではもう、警察はその二つの事件の関係に着目しているだろう。少なくとも、七尾刑事と鈴木刑事は、無関係とは考えていない。香苗はそう確信した。

「伏砂駅下りホームの屑物入れってのがいいね」

芙美子が言った。

「幕良は、その下りホームの延長線上にあるからね」

## 26

翌日、香苗は『ヤマジ宝飾』の仕事に追われた。

山路頼子に付き合ってくれと言われ、午前中は四軒のメーカーを駆けずり回った。その後、秋から冬にかけての仕入れ計画の説明を頼子から受け、アイデアを二人で出し合った。十月に予定している店内の模様替えでは、思い切って外に開いたディスプレイにしてみようと話が弾んだ。ヤング向けの品揃えをもう少し充実させてもよいのではないかという香苗の意見も取り入れられた。

頼子はすでに、香苗が店に入ることを承知したかのように振舞っていた。

「まあ、いいわよ。二、三ヵ月、決心が付くまで手伝って頂戴。ああ、ロッカーも大友さんのをひとつ用意しましょうね。教室用の雑居じゃ、あなたもお厭でしょ？　前のロッカーは須藤さんに片付けて貰いましたからね」

これは完全に頼子のペースだった。しかし、決して不快ではなかった。

須藤直子がサイズ直しを頼めるかと言って指環を二つ持って来た。それを終えて外を見た時には、もう日が暮れていた。

『ラップタイム』には、芙美子と山路亮介がいた。山路は五枚のキャビネをつまらなそうな表情で繰っていた。隆一が幕良牧場で撮影した例の五枚だった。

「嬉しそうな顔してますね」

カウンターの中から、真岡が香苗に言った。

「あら、ほんと？」

香苗は芙美子の隣に席を取った。

「『ヤマジ宝飾』に入ることに決まったんですか？」

「まだよ。試運転中というところかな。よく知ってるわね」

「山路ビルのことなら何でも訊いて下さい。今日《きょう》、芙美ちゃんが会社で何回アクビしたかまで、ちゃんと知ってます」

「言ってみなよ、何回？」

芙美子が言った。

「ええと、三回」

「はずれ。九回だよ」

「ねえ、芙美子」と香苗は言った。「分かったの？　モンパレットの毛色」

「分かったよ。社長、ちょっと」

と芙美子は山路の手の写真から一枚抜き出した。

「これさ」

青毛の馬であった。

「栗毛じゃなかったのね」

「まっくろけのけ。振り出しに戻ってしもうた」

山路が笑い声を立てた。

「そりゃあ、そうだよ。モンパレットが栗毛でパステルが黒鹿毛なら、もっとずっと前に問題になってるさ。毛色とは、良い着想だったがね」

「僕だって、それだったら気付いてますよね」と真岡が言った。「僕パステルと一緒にモンパレットも見て来たんですから。栗毛同士の親からは栗毛しか生まれない。それと、少なくとも一方の親が芦毛《あしげ》でなければ、芦毛の仔は生まれない。それぐらいは誰だって知ってますよ」

「そんなに二人して責めないでよ。ちょっと念のために確かめてみただけじゃないさ」

芙美子がむくれた。

「芦毛って、どういう色の馬？」

香苗が訊いた。

「白い馬ですよ」

真岡が得意げに言う。

「黒い馬が青毛で、白い馬は芦毛。――へえ、ややこしいのね」

「でも、趣《おもむき》は、このほうがあるじゃないですか」

「まあ、しかしこれで」と山路は写真を揃えながら言った。「毛の色が問題じゃなかったことは、はっきりした訳だ。私は、大友さんが調べていたというのはもっと違うことじゃないかと思うね。毛の色が違っていたことを見つけたぐらいで、殺されはせんだろう」

「でも、一概にそうとは言えないんじゃないかな」と芙美子が未練がましく言った。

「九百万というお金も絡んでたことだし」

「しかし、それを守るために、当の馬まで殺すというのはどうかね？」

「うん……。いえ、私が引っ掛かってるのは、本当にパステルか？って隆一さんが訊いたことなんですよ。どうして、そんなこと言ったんだろ？」

「私にも、それは分からんなァ……」

そう言いながら、山路はパステルの写真をもう一度引っ張り出した。

「毛色でないとすると、じゃあ、体形か？」

「体形……？」香苗が聞き返す。

「例えば、両親のどちらにも似ていないとかね」

「ああ……」

「それこそ、社長、違いますよ」

そう言って、芙美子はカウンターの上に、パステルとダイニリュウホウとモンパレットの三枚の写真を並べた。

「こうやって見て、体形的にどこかおかしいところって、あります？」

「まあ、そうだな。写真だけで判ることじゃないな」

「ちょっと伺ってもよいでしょうか？」と香苗が言った。「例えば、もし、パステルがダイニリュウホウとモンパレットの仔じゃないとすると、どういうことになるんですか？」

うん、と芙美子が頷いて答えた。

「まあ、モンパレットの仔であることは疑いようもないことだから、ダイニリュウホウの仔でなかったらということだけどね。これは血統詐称ってことになるから、ちょっと問題だね。パステルはサラブレッドじゃないということになる」

「サラブレッドじゃない……どうして？　ダイニリュウホウが父親じゃなくても、ほんとの親がサラブレッドなら、やっぱりサラブレッドでしょう？」

「違うのよ。香苗。サラブレッドってのはね、血統がちゃんと認められた馬ということなの。サラブレッドには始祖と言われる馬が三頭いてね、現在世界中にいるどのサラブレッドも、その父系を溯《さかのぼ》っていくと、その三頭のうちの一頭に行き着くの。全ての記録が残ってるのよ。だから、逆にそうでない馬はサラブレッドではない訳よ。

——もし、パステルがダイニリュウホウの仔じゃなかったってことになると、どの馬が本物の父親だという証明なんか、もはや出来ないでしょ？　血統が正しくない馬ということになってしまう。そうするともう、どんなレースにも出しては貰えなくなるの。競走馬としての価値はゼロになる訳よね」

「ふうん……」

分かったようで、分からなかった。要するに、血統書が有るか無いかで、その馬はサラブレッドになったり、そうでなくなったりするらしい。九百万のパステルも、血統が疑わしいとなると、とたんに価値はゼロになってしまう……。馬に変わりがある訳ではない。ずいぶん堅苦しいものなんだな、と香苗は思った。

「じゃあ、パステルがダイニリュウホウの仔でないとすると、一番損をするのは馬主の宮脇さんってことになる訳ね」

「そういうこと。それと幕良牧場だね。宮脇氏は織本栄吉からパステルを買った訳だからね。宮脇もパステルがダイニリュウホウの仔だからこそ買った。それが、そうじゃないとなったら、まあ、黙ってることはないだろうしさ。——社長、モンパレットの種付料は、ちゃんと入ってるんですか？」

「もちろんだよ。私に断わらずに種付けなどしても、意味はない。種付証明書が出ないし、それでは登録も出来ない。百五十万、ちゃんと入ってるよ」

「百五十万？」

香苗はびっくりして訊いた。

「種付料って、そんなに高いんですか？」

「いや、馬によりますよ」と山路が答えた。「二百万を超えるようなのもあるし、二十万、三十万というのもある」

香苗は頭の中で計算した。一頭の種付料が百五十万。昨日《きのう》、真岡はラップタイムの種付けが年に四十頭だと話していた。百五十万が仮に四十頭だとすると、それだけで六千万円になる……。真岡の話していた語感からすると、四十頭というのはそれでも抑えてある数字らしい。ということは……。

「こういうのは、どうでしょうね」

真岡がカウンターから出て来た。テーブル席の椅子を直し、客が帰った後のカップを盆に乗せて戻って来た。

「例えばですね、織本さんは山路さんにちゃんと種付料を払った。そして、モンパレットに種付けした。ところが、不受胎だったら、これはどうなりますかね？」

「どうなる、とは何だね？」

「社長さんのところでは、そういう場合どうするんですか？　不受胎だと種付料は返すんですか?」

「いや、返すことは無いよ。まあ、翌年無料とか、半額返金とか、そんなことをしているところもあるようだがね。ウチでは一切、そういうのはやっていない」

「社長ガメツイからね」

と芙美子が言った。山路に睨まれて舌を出した。

「そうすると」と真岡が続ける。「不受胎だったとしてですね、そのあとで、モンパレットに別の種を付けたということは考えられないですかね。種付料をもう一度払うのは惜しいし、何と言っても、ダイニリュウホウの仔として売れば高い」

「そんな、まさか」と山路が笑った。

「良ちゃん」と芙美子。「今日はあまり冴《さ》えてないね。もし、不受胎だったとしたって、別の馬を付けるこた無いじゃないの。ダイニリュウホウは幕良牧場にいるんだよ。社長に内緒で、二度目の種付けをやったって、分かりっこないじゃないさ」

「そうか、駄目か……」

「だけど、残念だなあ……。せめて、モンパレットとパステルが生きてりゃ、血液検査やって、親子関係を確かめられるんだけど、今となってはもう遅いと……」

芙美子はキャビネ判の写真を指で弾いた。気が付いたように訊いた。

「社長、パステルの血統登録は済んでるんでしょう?」

「さあ……どうだろう。済んだんじゃないかな」

「いや、まだだって言ってましたよ」と真岡が言った。「牧夫に聞いたけど、十月か十一月になるんじゃないかって、そんな話でしたね」

「あれ？　でも、パステルは売り買いされてんでしょ？　馬の売買には血統書が付いて回るんじゃなかったかな」

「いや、それは建て前さ」と山路。「血統書を添えるのが望ましいということでね。実際にはそれほど厳密なものじゃないよ。競売《せり》に出すのならともかく、庭先取引なんだから。まだ生まれてもいない仔馬の売買契約をすることだってあるんだからね。書類なんかは後でも揃えられる」

「ふうん、そうか……。しかし、登録がまだということになると、そこらへんも調べられちゃいない訳だ」

芙美子はコーヒーカップを口元へ運び、空《から》なのに気付いてグラスの水に切り替えた。

香苗は思い出して訊いた。

「その写真に写ってるあとの二頭は判ったの？」

「いや、そいつはまだこれから。良ちゃんも知らないし、社長も判らないって。良ちゃんがモンパレットだけ知ってた」

「ええ、幕良に行った時、パステルと一緒に見ましたからね」

と真岡が言った。

「ほら、ちょっとお腹が大きいでしょう？　来年もダイニリュウホウの仔を産む予定だったんですよ」

「まあ、青毛の馬はそれほど多くないし」と芙美子は椅子の上で伸びをした。「いずれ判るよ。幕良牧場の馬ってことが判ってるんだからね」

「ところで、みんなにちょっと見て貰いたいものがある」

と山路が切り出した。ワイシャツの胸ポケットから手帳を取り出し、そのページの間に挟まれていた四つ折りのメモを拡げた。

「私も、私なりに少し調べてみたんだが、ちょっと妙なことを見つけてね」

カウンターの上に拡げられたレポート用紙を、全員で覗き込む格好になった。

カタカナで書かれているのは馬の名前らしい。中にパステルとマズルカという名前も見える。二十以上の名が縦に並び、その馬の名の横には人名が記されていた。二人の名が書いてあるものと、一人のものがある。二人のものには、その馬に丸印が打ってあった。丸印は四つ。パステルとマズルカには打たれていない。

「これ、何ですか？」

芙美子が訊いた。

「今年、幕良牧場で生まれた馬だ。全部で二十四頭いる。このうち、丸を付けた四頭が、当歳にしてすでに転売されている。前に書いてある名前が牧場から買った最初の持ち主、あとのやつが転売先だ」

「…………」

「パステルとマズルカも転売されようとしていた訳だから、それを加えると、六頭になるね」

「こいつは、一体……」

真岡が呆れたように言った。

「もちろん、これは今年の当歳馬だけだ。昨日《きのう》も言ったが、宮脇は以前にも当歳馬を転売していた。とすると、これは毎年行なわれていることかも知れない」

「仮に年六頭としても……」と芙美子が言った。「二年で十二頭、三年では十八頭か……。なんだ、これは？」

「妙なのは、それだけじゃないんだ。昨日《きのう》の話で変だなと思ってね、私も調べてみる気になった訳さ。ただ、宮脇に直接訊くというのもどうかと思ってね、それで幕良牧場に問い合わせてみた。事務長の鶴見に、知り合いが当歳馬を探しているが、良いのがいないかとね」

「喰い付いてきた？」

「いや、私もそれを期待していたんだが、鶴見の返事はもっと意外だった。一頭もいないと言うんだ」

「一頭も？」

「今年の当歳馬は全部売れたと言うんだね」

「全部ですか？」

芙美子が声を上げ、改めてレポート用紙のメモを眺めた。メモにある二十四頭の馬には、なるほど全ての売却先が書かれている。真岡も「それは凄い」と目を丸くした。

「あのう……」

香苗が口を入れた。二人の驚きの意味がよく分からない。

「全部売れちゃ、おかしいんですか？」

「いやいや」と芙美子が笑った。「それに越したことはないんだけど、最近はね、どこの牧場でも馬が余ってるのよ。生産過剰がずっと続いてて、牧場は売り捌《さば》くのに苦労してるわ」

「その通りです」と真岡。「僕が牧場にいた時も、田島のオヤジさん、それでかなり参ってましたからね」

「まあ、それがすごい血統馬だったら、我先にって感じで、大抵当歳のうちに買い手も付いちゃうけど、あとは売れるとしたって、二歳になってからでしょう。それでも何頭かは売れ残るのが普通なんだ」

ところが、幕良牧場では、当歳馬のうちに一頭残らず売れてしまったというのである。なるほど、それは凄いことなのかも知れない。

「私はちょっと妙だと思った」と山路が話を続けた。「そこで、誰が買ったかと訊いてみたんだ。今の持ち主と直接交渉をしてみるからと言ってね。ところが鶴見はそれに答えてくれなかった」

「どうして？」

「今持ってる馬主さんたちは、売る気が無いようだからと、味も素っ気もない」

「それは変だわ。だって現に、パステルの話が良ちゃんのところに来たし、マズルカだって……」

「その通りさ。ただ、鶴見という男は、私も苦手でね。それに、こんな時点であまり突つかんほうがいいと思ったから、それ以上は訊かなかった」

「じゃ、これは？」

芙美子がレポート用紙のメモを指した。

「保険会社から仕入れた」

「保険？」

「うん。中央火災の仙台支店の業務課長を知っててね」

「保険会社じゃ、そんなことまで知ってるんですか？」

「商売だからね。奴らも必死さ。競走馬保険というのは、さほど数の出る商品じゃないが、馬主というのは大体が金を持っている。抱き合わせで売り込める保険もかなりある訳さ。奴らは契約を取ろうと競売《せり》の会場にも顔を出してる。誰がどの馬を買ったか、リストを作ってるんだね」

「でも、そういう商売道具をよく教えてくれたものだわ」

「うん、厭がっていたよ。ただ、こっちが、じゃあ、他の会社に訊いてみようと言ったら、渋々教えてくれた」

「脅迫した訳だ」

「脅迫じゃあないよ。取り引きだ」

「同じようなもんですよ。教えてくれなきゃ、手を切るって言ったんでしょ？」

「まあ、いいじゃないか。それで、こいつが手に入ったんだから」

山路は苦笑いしながら、メモをトンと叩いた。

「この人たちは、どういう人ですか？」

香苗は丸印の付いた馬の、前の持ち主を指差して訊いた。

「問題はそこだ」

「当ててみましょうか」

芙美子が意味ありげに言った。

「狩猟会のメンバー。違います？」

「ズバリだね」

「うーん」と真岡が唸った。「いよいよ胡散臭い」

「社長、狩猟会のメンバーで、馬に関係ある人物って、どのぐらいいるんですか？」

「いやなことを訊くね。まず、私だね。それから織本さん、鶴見事務長、宮脇と、マズルカの横内さんと言ったな。あと、この丸印の四人か」

「社長を入れて、九人。――その中に犯人がいる……」

「私じゃないよ。断わっておくが」

山路が笑いながら言った。

「牧場関係の人物が怪しいですよ」と真岡が言った。「犯人はまず、深町場長の車に細工をしましたね。次に場長の家から銃を盗んだ。そして、放牧場でそれを撃った。みんな、牧場の中ですからね」

「そうね。少なくとも、牧場に詳しい人間がやったことよ」

「ただ、僕にもよく分からないのは、どうして犯人が馬を撃ったのかってことですね。馬が死んで得する人っていないですからね」

「確かにそう……。宮脇は九百万のパステルを売り損なったし、織本栄吉もモンパレットを、来年生まれる仔馬ごと失った」

芙美子はしばらく考えていた。ふと気付いたように、山路を見つめた。

「何だね？」

「いや、違うな。四十歳には見えないわ」

山路が眉をしかめた。

「そりゃ、何のことだね」

「社長。社長のご存知の中に、四十歳前後で小太りの男の人はいませんか？　牧場の人か、狩猟会のメンバーで」

「何を言ってるんだ？　なぜそんなことを訊く」

「柿沼幸造という人物を殺した犯人です」

「柿沼……」

芙美子はそこで、柿沼事件の概略を話して聞かせた。

「隆一さんは、その柿沼って人と一緒に幕良に行ってるんです。パステルを見に」

山路は、興奮した顔でその話を聞いていた。

「すると、その柿沼講師を殺した犯人と、幕良での犯人は同一人物という可能性が強いな」

「二つの事件はつながっていると思うんです」

「犯人は、三人も殺した訳だ……」

と真岡が思わず身体を震わせた。

「あの、山路さん」香苗が訊いた。「九月四日の土曜日、大友はご一緒だったんでしょうか？」

「ああ、その柿沼さんが殺されたという日ですね。でも、どうして大友さんの……？」

「刑事さんが、大友のアリバイを調べに来たんです」

「ああ、それですか。実は、私も訊かれましたよ。なに、大友さんである訳はないですよ、奥さん。あの日は、秋競馬の始まった第一日です。大友さんはずっと競馬場にいました。私は何度も会っているし、他にも会っている者はたくさんいます」

「それに、隆一さんは」と真岡が言った。「歳よりもだいぶ若く見えますからね、四十に見える訳はない。第一、どう見たって小太りという印象じゃないですよ」

「織本さんて、年寄り？」

と芙美子が訊いた。

「あの人は四十には見えんね」と山路が答えた。「小太りと言えば、言えんこともないが、頭はだいぶ白いし、違うだろう」

「宮脇って人は？」

「彼は歳はそんな感じだな。しかし、巨体の持ち主だからね。印象としては大男だね」

「うーん。鶴見事務長は？」

「どうだろう。三人の中では一番近いかも知れない。しかし、小太りというと違うような気もするな」

香苗は、牧場の事務所にいた厭な目つきの男を思い出した。今思い出しても、ゾッとするような眼だ。だが、山路の言うように、小太りという印象は受けなかった。

「とにかく」と芙美子が言った。「犯人の条件としては、まず第一に、九月六日の午後五時頃に、幕良牧場にいた人物ということね」

「私はいなかった」と山路が言った。

「いちいちうるさいな、もう……」

笑い声が立った。真岡が笑いを抑えながら言った。

「この狩猟会のメンバーのアリバイは、警察では調べたんでしょうかね」

「全員が調べられているよ」と山路。「私もいろいろ訊かれたからね」

「犯人の条件か……」

と芙美子が呟いた。

「柿沼幸造、深町場長、大友隆一、そしてモンパレットとパステル。いや、……あの日、フィールドラップも死んだんだっけ……」

何かに気付いたように目を上げ、そして、そのまま黙り込んだ。

「どうかしたの？」

香苗が尋ねた。

「ン？　……いや、何でもない」

芙美子は首を振った。そして、

「良ちゃん。熱いコーヒーのお替り」

微笑《ほほえ》みながら、カップを突き出した。

27

三日が過ぎた。

香苗は、思い切り『ヤマジ宝飾』の仕事に打ち込んだ。季節の変わり目はまた、店の忙しい時でもあった。

山路頼子に付いてメーカーを回る。仕事を覚えるだけではなく、業者との顔もつないでおかなくてはならない。その合間に香苗本来のデザインの仕事があった。香苗が以前デザインしたファッションベルトを、店のオリジナルとして製造販売することが本決まりになり、その打ち合わせのために、メーカーのデザイナーのところへ何度も足を運んだ。掛け持ちの煩わしさから、彫金教室のほうは外して貰うことになった。

そうやって仕事に追いまくられているひと時、香苗は事件のことを忘れていた。

土曜日の午後、店のほうへ芙美子が電話を掛けてきた。

「香苗、いま忙しい？」

「これから電話でひとつ打ち合わせをしなくちゃならないの。それが終わったら、ひと区切りつくわよ」

「あと、どのぐらい掛かる？」

「二十分ぐらいかな」

「じゃあ、そのあと、『ラップタイム』に来れる？」

「いいわよ。何なの？」

「素敵な声の男性が、香苗の居場所を教えてくれって、ここへ電話してきたよ」

「私の？　誰よ、それ」

「深町勇次郎」

「え……」

勇次郎が……何だろう？

不安とも焦りともつかないものが、香苗の胸を騒がせた。

「芙美子、それいつなの？」

「さっき」

「どうして、私の居場所を……」

「お話がしたいらしいよ。『ラップタイム』で待ってる。その時に話すわ」

「あ、ちょっと……」

芙美子は電話を切っていた。

深町勇次郎。病院の待合室。クラシックレコードに埋まった部屋。ハンガリアン・ラプソディ。パステルの名付親。——彼が私に、いったい何の用があって……。不安が拡がった。幕良牧場の情景が、一挙に記憶の中に噴き出してきた。

大急ぎで、香苗は仕事を片付けた。自分の気持を仕事に集中させるのが、とても苦痛だった。

「待ってる」と言っていたくせに、芙美子は『ラップタイム』に来ていなかった。

店は恐ろしいほど混んでいる。その全員が男だった。煙草をくわえ、タブロイド判の予想紙を喰い入るように見ている。囁き、呟き、口論、笑い声、そんなものが入り混じって、『ラップタイム』を占領していた。店の隅の上方にカラーテレビが一台据え付けてある。いつもは消されているのだが、今日はそこに映し出される画面が店の中心になっている。音はことさらに大きく、ささくれ立っている。店全体が荒々しく、乱雑に見えた。いつもの、のんびりした『ラップタイム』ではなかった。いや、これが本来の『ラップタイム』なのだ。本来の姿に戻った『ラップタイム』が、香苗は嫌いだった。

香苗は戸口に立ったまま、店に足を踏み入れ兼ねていた。真岡も、森下も、今日はフル回転で店の中を動き回っている。

「ああ、香苗さん。カウンターひとつ空《あ》いてますよ」

真岡がカウンターの中で呼んだ。

香苗は首を振り、外へ出た。店の外で芙美子を待つことにした。

五分ほど待った。

「あれ、どうしたの香苗、入んないの？」

小走りにやって来た芙美子が、不思議そうに香苗を見た。

「混んでるわ」

「大丈夫よ。詰めて貰えば、二人ぐらいどうにかなるって」

そう言いながら芙美子は『ラップタイム』のドアを押した。

「芙美子、違うところにしようよ」

入りかけた芙美子が振り向いた。肩を竦《すく》めた。

「じゃ、そうするか。——あ、でも、ちょっと待ってね。おい、良ちゃん」

店の中へ声を張り上げた。

しばらくして、ダスターを片手に真岡が出て来た。

「どうしたんですか、二人とも。入って下さいよ」

「いや、香苗嬢は競馬アレルギーだからさ、駄目なんだって」

「あら、そんなことないけど、混んでるし、話がしづらいから……」

「ま、いいから、いいから」

芙美子はなだめるように言い、真岡に尋ねた。

「良ちゃん、記者が来なかった？」

「記者……お宅の？」

「いや、ウチのトラックマンじゃなくて、普通の新聞社の」

「ああ、来ましたよ。午前中」

「感じ悪い男。何、あれ？」

「幕良日報って言ってましたね。そんなに感じ悪かったですかね」

「私、ぞっとしたよ、あの厭ァな目つき」

「そりゃ、男だったら、芙美ちゃん見れば、大抵飛び掛かりたいような目つきしますよ」

「そお？　ほんとかなァ。誰も飛び掛かっちゃこないよ」

「だって、投げ飛ばされるの怖いですもん」

「何なの？　その記者って」

香苗が二人に訊いた。

「あ、香苗さんとこには行ってないんですか。幕良の地方紙らしいですけどね。例の事件のこと、訊きに来たんですよ。てことは、向こうで何か新しい動きでもあるんですかね」

「ちょっと良ちゃん」と芙美子が言った。「あんた、何か話したの？」

「ええ……いけなかったですかね」

「何を話したのよ」

「いろいろと。転売のこととか……」

「ばっかだね。おおかた、柿沼事件のことも話したろ」

「あ、何んで知ってるんですか」

やってられないや、と芙美子は首を振った。

店の中から「マスター、お願いします」と森下が呼んだ。真岡は「おう」と応え
「じゃ、僕これで」と店へ帰って行った。

「あのばかめ。トンチキ。スカタン……」

芙美子はひとしきり店のドアに向かって言い、晴れ晴れとした顔で向き直った。

「さ、どうするか。駅前にハンバーガーでも食いに行くか」

28

自動のガラスドアが開くと、赤と白の縞柄の制服を着た女の子たちが、一斉に「いらっしゃいませ」と声を上げた。テンポの速いロックのリズムが店内に流れ、学校帰りの高校生たちが憚《はばか》りのない笑い声を立てている。

香苗と芙美子は、それぞれの盆を持って、奥に空いていた二人掛けのテーブルへ着いた。

「そんなに食べるの？」

香苗は芙美子の盆の上を見ながら言った。

特大のチーズ入りハンバーガーと白身魚のバーガー。アイスコーヒー。そしてフライドポテトの大袋が乗っている。

「そんなにって、これだけじゃない。腹減らして仕事するぐらい惨めなことないからね」

とさっそくハンバーガーにかぶりついた。

「ねえ、さっきの電話、何なの？」

「うん」

と頷き、頬張ったハンバーガーをコーヒーで飲み下した。

「なんだ、このコーヒー。色水じゃないか。――明日の朝、こっちに出て来るんだって」

「え？……出て来るって、勇次郎さんが東京に？」

「香苗に会いたいんだってさ。会いたくて、会いたくて、死にそうだって声だったな。やっぱり、未亡人ってのは、どっか魅力あんだな、ウン」

「ばかね。未亡人なんて言葉、嫌いよ」

「私もだ」

そう言いながら、芙美子はせっせとハンバーガーを片付けている。芙美子の食べ方は、全神経をそこへ集中させているといった感じで、見ていても、まず飽きない。ひたすら、ただ食べている。

「しかし、未亡人てのは凄いね」

フライドポテトに取り掛かりながら言う。

「未《いま》だ亡くならざる人、なんてさ。この言葉考えたのは、絶対に男だね。女に対する男の不信感がよく出てるよ」

みるみるうちに無くなっていくフライドポテトの袋を眺めながら、香苗はぼんやりと深町勇次郎のことを考えていた。何の用があるのだろう。私に会って、どうするつもりなのか……。

ふと、思い出した。牧場で、深町の家の周りを歩いていた時、不意に男女の言い合う声が聞こえてきた。

「叔母さん、そんな大事なこと、どうしてさ……」

「だって、勇次郎さん。あんただって分かるでしょう。あの人は、もういないんだよ。その上、こんなこと、人に知れたら、あたしたちどうすりゃいいのよ……」

香苗は、それを聞いた時、自分が立ち聞きをしていたような厭な気持になって、急いでその場を去ろうとした。

だが、今になって考えてみると、その言葉が妙に気に掛かる。「大事なこと」とは何だったのだろう。あの時の二人には、どこか落ち着きを失っているような印象があった。そして、「叔父が大友さんをここへ呼んだんですか?」と聞き返した時の勇次郎の表情。その後、勇次郎は口を閉ざしてしまった。

彼は、何から、口を閉ざしたのだろう?

「上野にね」

煙草に火を付けて、芙美子が言った。気が付いて立ち上がり、カウンターから灰皿を貰ってきた。

「明日《あした》の七時二十四分に着くって。香苗が出迎えに行きますって言っといたからね」

「私が？」

「行ってあげないの？」

「いや別に、それは構わないけど……」

「勇次郎って、深町場長の甥っ子でしょ。声の調子からすると、けっこう良い感じだったな。幾つぐらい？」

「二十五、六じゃないかしら……分かんないわ」

「二十五、六……ちょっと中途半端な歳だな。どんな感じの男？」

「どんなって……」

「オイシソウ？」

「ばかね。知らないわ。自分で見てみりゃいいじゃないの」

「ま、あんまり期待しないほうがよさそうだな」

芙美子は意味ありげにニヤリと笑ってみせた。

「そうそう、ちょっとした手掛かりが出て来たよ」

そう言いながら、芙美子はバッグの口を開けた。

「手掛かり？」

「うん。八月二十九日、半日の謎を追うというやつだ」

「……ああ、隆一が真岡さんに待ったを掛けた日ね」

「そう」

芙美子がバッグから取り出したのは、一通の封書だった。封筒の頭がハサミで切り取られ、「パーフェクト・ニュース社　月刊パーフェクト編集部御中」という宛名書きが見える。

「香苗がこの前言ってたように、隆一さんはあの日、ウチの会社で仕事してたんだよ。『ラップタイム』には二度行ってる。一度目は午前十一時頃で、この時、彼は良ちゃんにパステルの購入を勧めている。二度目は夕方。その時に写真を見て、待ったを掛けた。つまり、半日の間で、態度がコロッと変わっちまった訳だ。その原因は何か？　その日はね、隆一さん、雑誌部のほうで、投書の整理やってたんだ」

「投書……？」

「ウチで『月刊パーフェクト』っての出してるの。それにね、読者から送って貰った投書を紹介するページがある訳。それを隆一さんが担当してたのよ。読者からの質問に答えたり、ちょっと面白い話なんてのが来ると載せたりね」

「その投書にパステルのことが書いてあった……」

「うん。そう思うんだ」

「そう思う？　……だって」

香苗は芙美子の封筒を見た。

「あ、これはそのものじゃないんだ」

「……どういうこと？」

「順番に話すって。――とにかく、私、投書の中に待ったを掛けさせた原因があると思って、松《まつ》ちゃんに訊いてみたのよ。あ、松ちゃんてね、雑誌部の編集やってる男。投書は、隆一さんとその松ちゃんが目を通して選ぶことになってるんだ。だけど、松ちゃん、その日の隆一さんに別に変わったとこ無かったって言うのよね。だけど、何かある筈だからって、投書全部見せて貰ったんだ。百通以上あったけどね。みんな読んでみたんだけど、パステルのパの字も無いんだよ。こりゃ、アテが外れたなと思ったけど、ま、一応松ちゃんに訊いてみたのさ。隆一さんが選んだのはどれ？　って。赤鉛筆でチェックしてあるのが、隆一さんの選んだ分だと聞かされて、抜き出してみたら八通あった。松ちゃんが選んだのには赤で丸印がしてあるの。ところがね、松ちゃんにその八通を見せたら、彼、変なこと言い出したのよ」

「変なこと？」

「うん。――ああ、結局、あれは選ばなかったんだな、って」

「あれ……？　どういうこと？」

「投書の整理はね、まず、来たやつを半分ずつに分けて、隆一さんと松ちゃんが手分けして読んでいくのね。それぞれ十通ぐらいずつ選んで、その中から掲載するものを選ぶ。――そうやって手分けして読んでる時に、隆一さんが松ちゃんに訊いたんだって。『ロッキング・ホース』って何だ？　って」

「ロッキング・ホース？」

「ペンネームなのよ。投書じゃよくあるんだけど、そういうペンネーム付けてきた人がいるのね」

「なあに、『ロッキング・ホース』って。競馬の何か？」

「玩具《おもちゃ》よ。オモチャの馬。ほら、ロッキング・チェアってのがあるじゃないの。あの腰掛けるところが馬の格好してるやつよ」

「ああ、木馬か……」

「そう。隆一さんは、それを訊いた訳。松ちゃんが、それがどうかしたんですかと訊くと、うん、ちょっと面白そうだと言って、その投書を持ったまま、資料室へ入っていったと言うのね。だから松ちゃんは、てっきり、その『ロッキング・ホース』氏の投書を隆一さんが選んだものだと思ってたのよ。ところが、そんな投書、どこにも無かったの」

「どこにも？」

「うん。選ばなかったのなら、印の付いてないのの中に残ってる筈でしょ。影も形も無いのよ」

「………」

「何となく、ピンと来るじゃないの。そこで、ミスフミコはまたもや、投書の山と格闘することになってしまったのだ」

「だって、無いものを……」

「違う、違う」と芙美子は手を振った。「その前月分を見てみた訳よ」

「前月分……」

「面白いもんでさ、投書ってのの、あれ中毒みたいなとこあるんだね。同じ人間が、毎月毎月出してくる。常連が結構いるんだ。だから、もしかしたらと思って、前の月の投書を調べてみたんだ。『ロッキング・ホース』氏が無いかと思ってね。もっとも、そこに無かったらアウツだったよ。一ヵ月以上経つと、みんな棄てちまうからね」

「それで、その封筒が前回の『ロッキング・ホース』さんのものなのね」

「そういうことなのさ」

「じゃあ、その人に訊けば、今回のものに何を書いたか、分かるわね」

「それがなかなかうまくいかんもんだよ」

「え？」

「この『ロッキング・ホース』氏、匿名《とくめい》ってのは、本当に匿名で出すものだと思ってるらしいんだな、本名も住所も、どこにも書いてないんだ。参ってしまったよ」

「なんだ、それじゃあ……」

「しかしさ、これに絶対間違いは無いよ。ほら、見てご覧」

芙美子は香苗に封筒を渡し、切手のところを押さえてみせた。

「幕良……幕良局の消印だわ！」

「ね」

芙美子はニコリと笑った。

香苗は封筒から便箋を抜き出した。拡げると、ゴツゴツと角張った文字が三枚に亘って並んでいた。


初めてお便りします。

小生は二十五歳の会社員です。競馬歴はまだ二年、やればやるほど難しく、またそこが面白いところだと思っています。

昨年、工場の仲間と競馬同好会を作りました。会の名称は、仕事にちなんで『三六会』と言います。週に一度、勤務先の近くの店に集まり、競馬の話にハナを咲かせています。

『三六会』では今年から、予想に段位を付けることを試みています。毎週、各人が自信のあるレースを選んで予想をし、その成績でランクを付ける訳ですが、前期が終わった現在、トップの人は三割二分という成績でした。五割以上が名人という規定なのですが、それには遠く及びません。小生は、残念ながら二割程度で、二段ということになっています。自分たちでやってみて、今さらながら、トラックマンの方々のご苦労のほどが分かる次第です。

尚、『三六会』では、予想が外れた者は、罰金として千円を払うことになっています。それを積み立てて、忘年会の費用にでも充てようという案ですが、六月までに十万近く溜まりました。このぶんですと、かなり豪勢な忘年会が出来そうだと、一同、自分たちのふがいなさを笑っている次第です。

ところで、ひとつ提案があります。

貴社でも各トラックマンの成績を発表なさってはいかがなものでしょうか。騎手のランキングなどは発表されていますが、予想者の方たちのランキングも発表すれば、それだけ励みになるのではないでしょうか。そして、我々競馬ファンの楽しみも増える訳ですし、馬券戦術の参考にもなると考えている次第です。

七月二十五日

ロッキング・ホース

「内容は、まあ、どうってこと無いね」

芙美子が、コーヒーを飲み終えたあとの紙コップを潰《つぶ》しながら言った。

「でも、幕良の工場に勤めている人ね」

「二十五歳。——ま、幕良にも、工場はいろいろあるだろうし、捜すとなるとエライことだけどね」

「『三六会《さんろくかい》』って、どういう意味かしら?」

「さあ、仕事にちなんでと書いてあるからね。例えば、三六《さんろく》電機とか、そんな会社の名前かな?」

「ロッキング・ホースのほうはどう? 集まる店の名前がそうだとか……」

「何とも言えないね。幕良に行きゃ、調べる方法もあるだろうけど。こんなところで、ハンバーガーにかぶりついているだけじゃ、どうにもならないな」

そう言って芙美子は立ち上がった。

「さ、帰ってまた仕事しなきゃ」

# 29

その夜、マンションへ戻って仕事道具を拡げたところへ、山路亮介から電話が掛かってきた。

「たいへん急なことで、申し訳ないんだが」と山路は香苗に言った。「ちょっと、出れませんか？」

「出るって、どこへですの？」

「行き先は南青山ですが、会って貰いたい人物がいましてね」

「どなたですか」

「額田《ぬかだ》という人ですが、ご存知ではないと思います。例の当歳馬の転売について、いささか興味のあることを耳にしましてね」

「興味のあること……」

「ええ、その人の話がちょっと面白いんです。どうやら、事件の動機らしきものが見えてきました」

「動機というと、つまり、隆一が幕良へ行ったことの？」

「ええ、それと、なぜあんな事件が起こったかというね」

「……私はどうすればいいんでしょう？」

「もし、よろしければ、これから車で迎えに参ります。途中で社に寄って、綾部君を拾ってから行こうと思っていますが」

「ああ、芙美子も」

「ええ、綾部君には連絡しました。彼女も行くと言ってますから」

山路は二十分ほどで現われた。

山路ビルへ寄ると、芙美子は『ラップタイム』の前に出て待っていた。芙美子をクラウンの助手席に乗せ、香苗は後ろへ移った。

「社長、その額田さんって、どういう方ですか？」

車が走り出すと、芙美子が訊いた。

「ノックスという三歳馬を知ってるかね」

「もちろん知ってますよ。今日《きょう》の新馬戦に出ていたでしょう？」

「そう、五着が精一杯という感じだったがね。額田さんは、そのノックスの馬主だ」

「ふうん……。何をなさってる方ですか？」

「映画屋さんだそうだ」

「映画屋？」

「ああ、コマーシャル・フィルムとか、ＰＲ映画とかね。そういうものを製作するプロダクションの社長だと言っていた」

「という社長の言い方からすると、社長もその額田さんはあまり……？」

「うん。今日《きょう》競馬場で初めて会ったばかりだ」

車の流れを見ながら、山路はクラウンを大通りの中へ割り込ませた。

「いや、実は君らに刺激されてね。あの後、また調べてみたんだよ。今年の当歳馬だけじゃなく、少し溯《さかのぼ》ってね」

「また、保険会社の人を脅したんですか」

「まあね。——予想はしていたものの、やはり驚いたよ」

「やっぱり前にも当歳馬が？」

「うん、ここ三年の間に、二十頭以上が同じように転売されている」

「二十頭以上……」

こうなると、もう偶然では有り得なかった。何が行なわれているのかはよく分からない。しかし香苗にも、この現象がどこか得体の知れない犯罪から発しているのだということは、はっきりと分かる。隆一は、パステルの写真と『ロッキング・ホース』氏の投書から、この糸口を摑み、真相に迫ったのだ。そのために、殺された——。

「競馬場で出馬表を見返していて、幕良牧場という文字が目に止まったんだ。最近、どうもその辺が敏感になっていてね。——それで、馬を見るとノックスとある。あっと思ったんだ。保険会社で新たに調べた二年前の転売馬の中に、ノックスというのがあったんだよ。もしかするとと思って下見所《パドック》の馬主席へ行ってみたら、運良く額田さんに会うことが出来たという訳だ」

「で、どんな話をされたんですか？」

「それは、額田さんから直接聞いたほうがいい。いささか根の深い話でね。――いや、ほんとは日を改めて引き合わせようと思ったんだが、額田さんは明日《あした》から半月ほど、仕事で沖縄へ行かれるそうなんだよ。急だったが、無理を言って会って貰うことにした」

車は、青山通りを折れ、細い路地をぐるぐる走り回って、ようやく目的のビルを探し当てた。

ビルの入口を塞《ふさ》ぐようにして、大型のバンが停まっていた。ジーパン姿の長髪の若者二人が、大きな機材の箱をバンの荷台に積み込んでいる。山路が「まあ、大丈夫だろう」と言いながらクラウンを路上に駐車させ、三人は車を降りた。若者たちが運ぶ荷物の間をすり抜けながら、エレベーターに乗った。

『額田プロダクション』はビルの四階にあった。土曜の夜というのに、会社の中は慌ただしかった。ドアは開けたまま木のクサビで固定され、若者たちが大声を掛け合いながら機材を運び出している。香苗たちが入って行っても、誰も応対に出て来る者はいない。電話がしきりに鳴っている。それを取り上げようとする者も無い。荷物運びに参加していない者は、それぞれが別の電話にしがみついていた。どの顔も殺気立っていて、山路すら声を掛ける機会を摑めずにいた。

「山路さん、こちらです。こちら」

声のした方を見ると、部屋の一番奥で、アンダーシャツのまま受話器を耳にあてた五十がらみの男が、手を上げていた。山路はほっとしたように、男のデスクへ歩いた。香苗と芙美子もそれに続く。

男は山路に「すいません。すぐ終わりますから、適当に掛けて待っていて下さい」と言い、受話器へ言葉を戻した。

髪はかなり薄くなっていて、丁寧に整髪料で塗り固めてあるが、その疎《まば》らな隙間から日に焼けた地肌が見えている。常に痰《たん》の絡んだようなゴロゴロした声で、怒鳴るように話している。磊落《らいらく》そうな人だ、と香苗は思った。見ると、裸足にゴム草履を突っ掛けていた。

「いやあ、どうもすいませんな」

電話を終えて、額田社長は言った。自分がアンダーシャツでいるのに気付き、慌てて椅子に掛けてあったワイシャツに腕を通した。

「まあ、どうぞこちらへ」とボタンを掛けながら数歩進み、「あ、こりゃ、いかんわ」と困ったように部屋を見回す。応接間——と言っても、衝立《ついたて》で仕切った中にテーブルとソファを置いただけのものだが、そのテーブルにもソファにも、ダンボール箱だの、フィルムの缶だのが山積みになっていた。

結局三人の通されたのは、五階に上がった小部屋だった。ドアのプレートに「編集室」とあるが、その下にマジックで「拷問室《ごうもん》」と書いてあった。

「すみませんですな、こんなところで」

額田社長は部屋の明かりを灯《つ》けて言った。

「いや、却ってお忙しいところに押し掛けまして、ご迷惑でしたね」

山路が詫びた。額田は、いやいや、と手を振りながら椅子を用意し、ドアへ戻って大声で「誰か、お茶四つ!」と怒鳴った。

芙美子が嬉しそうに香苗に笑いかけた。

編集室の中も、やはりゴタゴタしていた。芙美子はこういう人物が大好きなのだ。

で、責め道具だけがあちこちに転がっている。今は拷問を受けている人間もいないよう置かれ、その上には訳の分からない機材が並んでいた。長手方向の壁にライトテーブルが三台盤型のブリキ缶がぎっしりと積まれ、映画フィルムの切れ端が床に散らばっていた。テーブルの下には、平たい円

お茶が運ばれ、山路は改めて、額田社長に二人を紹介した。

「今日《きょう》のノックスは惜しかったですわね」

と芙美子が言った。

「いや、あれはあんなもんです。よく走ったほうですよ、あれでも」

ゴロゴロとした声で言いながら、額田は薄い頭を掻いた。笑った顔は、まるでガキ大将のように見えた。

「ノックスは、どなたから買われたんですか」

「いや、それですよ。山路さんにお話を伺って、実のところびっくりしました。前から妙だとは思っておりましたがね。ノックスの前の馬主さんは、内海《うつみ》さんという方です。ただ、僕はその内海さんにお会いしたことは無いですがね」

「想像は付いていると思うが」と山路が言葉を挟んだ。「その内海というのも、狩猟会のメンバーだ」

芙美子は頷き、質問を進めた。

「としますと、どなたかのご紹介と言いますか、斡旋《あっせん》があった訳ですわね」

「そうです。『共信《きょうしん》アドエージェンシー』という広告会社の営業部長です」

「関口さん？」

「その通りです」

「そのお話は、どんなふうにあったんですか」

「ウチはまあ、ご覧の通りの小さな会社で、仕事を取るにもエライ苦労をします。結局、現在抱えている仕事の大半は広告会社を通じて——つまり下請けをやっている訳ですね。広告会社というのは、自分のところでも製作をやりますが、それよりも中継ぎの役割が主でしてね。広告代理店と呼ぶ訳ですが、広告主と我々製作会社をつないでやるのです。要するに、我々は広告会社に首根っこを押さえられているのが現状でしてね」

「ということは、向こうの無理難題も我慢して聞かなくてはならない？」

額田は口をへの字に曲げてみせた。

「さほどあからさまではありませんがね。二年前に——ウチが『共信アド』と取り引きを始めて間もなくでしたが、関口部長が、馬を持たんかと言ってきたんですよ。知人に頼まれているのだが、顔を立ててくれんかとね。顔を立ててくれ、というのは、これは脅しですよ。断われば、顔を潰《つぶ》したことになる。関口部長の顔を潰して、仕事がどうなるかは目に見えてますからね。まあ、とにかく買うことにした訳ですよ。ところが、買うとたんに御利益《ごりやく》があったと言いましょうかね、今まで一度もウチに回ってこなかったような大仕事が来ました。『大全建設《だいぜん》』というのは、さほどこちらでは有名ではないですが、東北ではかなりの大手です」

「東北？　東北の仕事が入ったんですか？」

「ええ、仙台に本社のある建設会社ですが、近県には全て手を拡げています」

「幕良にも……？」

「支社がある筈です」

「ノックスの元は取り返せたわけですか？」

「まあ、そのあと続けて『大全建設』の仕事が来ましたからね。しかし、大して得はしていませんよ。馬は買い値が四百万でしたが、それだけで出費が終わるという訳でもありませんからね」

「なるほど」と山路が言った。「当歳で買われた訳だから、三歳になるまで丸一年は幕良牧場に預けてある訳ですね。するとそれだけでも二百万ぐらいになりますか」

「そうです。三歳になったらなったで、今度は厩舎《きゅうしゃ》に預けますね。レースに出られるまで半年はあります。経費が掛かって仕方がない訳ですよ。そこへ、次の馬を買わないかと言われたひにゃ、目も当てられません」

「また馬を買えと言われたんですか？」

「去年も言われました。今度は三百万だと言うんですが、とてもじゃないが無理ですと言ったんですよ。まあ、関口部長も解ってくれたとみえて、他を当たると言ってましたがね。仕事も変わりなくくれていたんで、安心していたんです。ところが、今年もまた、馬を買え、ですよ。それも、今度は九百万の馬と言うじゃないですか」

「九百万……。あの、それはパステルじゃありません？」

「その馬です。一人で持つのが無理なら何人かで、とも言われましたが、僕の仕事のために、他人を巻き込む訳にもいかんでしょう。断わったんですよ。それが『共信アド』との縁切りになりました」

「縁切り？」

「つまり」と山路が言った。「額田さんの会社は、出入り差し止めになったんだよ」

「…………」

「下請けの代りはいくらでもいます。関口部長は、馬を買う下請けを探せばいい訳ですよ」

「その関口って人は、どういう人ですか」

「いや、僕の見たところでは、結局関口部長もウチと同じで、被害者だったようですよ」

「……どういうことですか？」

「つまり、部長も馬を押し付けられているんですよ。『共信アド』の人間に聞いた話ですが、最初は『共信アド』自身が馬を買っていたらしいんです。ただ、自分のところで抱え切れなくなって、下請けに回って来たということですがね」

「『共信アド』は、どこから馬を押し付けられていたんですか？」

「『大全建設』ですよ、もちろん。『共信アド』の支社が仙台にあるんです。そこが仕事を取るために『大全』の便宜を図っていたということなんですがね。聞くところによると、『共信』は年に何頭といったノルマまで負わされていたようです」

「………」

一体、このタライ回しはどこまで続いているのだろう。香苗は頭がおかしくなってきた。真岡のところへ話を持って来た富塚や、この額田社長は、関口から馬を押し付けられ、関口もまた『大全建設』から押し付けられている。では、『大全建設』は……？

「そうか……」と芙美子が呟いた。「そういうことか」

「判ったかね？」

と山路が訊いた。芙美子が頷いた。

「ようやく元凶が見えたわ。織本栄吉だったんだ」

香苗は芙美子を見た。芙美子が唇を舌で湿らせた。

「今まで、私が一番不可解だと思っていたのは馬の値段だったんです。パステルの九百万にしても、マズルカの三百万にしても、そしておそらくノックスの四百万にしてもそうだと思うけど、決して高い値段じゃない。ごく普通の値段に見えますね。何か品物を転がす場合には、転がせば転がすほど、高くなっていくのが普通でしょう？でも、そうなってはいないのね。――じゃあ、何のために馬が転売されてるのか。そこのところが判らなかった。でも、違っていたのね。高くなっちゃいけなかったんだわ」

「いけない？」

思わず香苗は聞き返した。

「うん。高くなっちゃいけないのよ。なぜなら、不自然に馬の値段が高いと、目立っちゃうからね。目立って問題にされるのを避けてた訳だ」

「どういうこと？」

「いい？　問題なのは、幕良牧場の馬の売れ行きなのよ」

「ああ、当歳馬のうちに全部売れてしまったという……」

「そう。今の生産界を見てれば、幕良牧場が異常だということが分かるよ。普通なら、売れ残ってあたり前というのが現状だからね。全部売れるにしたって、二歳になってから。しかも、最後のほうは、かなり買い叩かれてしまう。つまり、幕良牧場では、本来なら売れ残るような馬までが、当歳のうちに売れてしまっている訳よ」

「うん、そういうことだ」と山路が頷いた。

「馬は、一頭作るのに何百万も掛かる。売れ残ったら、それが丸損になる。丸損になる筈のものが売れれば、それは利益になるのよ。ひっくり返して考えてみると、全部売れると分かっていれば、その牧場の生産能力一杯まで馬を作ってもいいことになるわ。見込み生産なんてもんじゃない。幕良牧場は予約生産をやっているのよ」

「作れば作っただけ売れる。とすれば、生産者にとって、これほどうまい話はあるまい」

「では、どうして幕良牧場はそんなうまい話を摑むことが出来たのか。それは、織本が幕良市長だからよ。市長に甘い汁を吸わせておけば、それで儲かる人間もまた出てくる」

「じゃあ、これは織本市長と『大全建設』の……」

香苗はようやく呑み込めた。それは想像していた以上に大きな問題だった。

「汚職だね」と芙美子が頷いた。「巧《うま》く出来てるよ。普通、汚職というと金品が贈られたりして、贈るほうも贈られるほうも、それを隠すのが大変なのよね。ところが、これは隠す必要が殆ど無い。商売だからね。馬を売るのは、幕良牧場の商売なんだ。馬の値段が不自然に安かったり高かったりしない限り、問題になることは殆ど無いよ。――たぶん、『大全建設』は馬を売り捌いてやることによって、幕良市の仕事を貰ってる。ただ、『大全』が直接織本の馬を買ったのでは、人の噂《うわさ》にもなるわね。ちょっと具合が悪い。そこで、狩猟会のメンバーがひと役買うことになるのよ。――宮脇とか、横内とか、今度の内海とかと、『大全』とは直接の利害関係は無い。たぶん、そうしてある筈よ。『大全』は、下請けとか出入りの業者に、馬を買えと押し付ける。もちろん、下請けも、まさか自分が織本に贈賄《ぞうわい》しているんだとは思わない。巧いこと仕組んだものね」

「そして、さらに」と山路が付け加えた。「馬は当歳のうちに売ってしまう。つまり、二歳の秋か三歳までは牧場で預かることになる訳だから、馬の代金だけでなく、預託料まで確保していることになるね。月に十万としても、丸一年以上は預かるのだから最低でも百二十万。それが馬の代金に上乗せされる訳だ。しかも、そうした馬は一頭や二頭ではない。毎年五頭や六頭はいそうだ。ざっと計算してみても、織本はこれで、年間数千万を手に入れているよ」

「ひどいのは『大全建設』のほうもですよ」と額田が大きな声をさらに張り上げた。「奴らは、汚職をするのに他人の金を使っておる。金を出してるのは、我々末端の下請けなのです。自分たちは一銭だって払っちゃいないんだ。口だけ利《き》いて、あと甘い汁を吸っている」

「まあ、巧く隠しただけに、このことが世間に知れると、織本は困ることになるね。大問題として取り上げられるだろうし、もちろん、今の市長のポストから降りなきゃならなくなる。——大友君が嗅ぎ付けたのも、このことだったんだ」

香苗は隆一をばかだと思った。確かに、これは大特種かも知れない。しかし、それを自分だけの秘密にして、一人で動き回る必要がどこにあったのだ。隆一など、一介《いっかい》の競馬評論家に過ぎないではないか。おそらく、大新聞の記者だって、こんな大きなネタを一人で追い掛けはしまい。目の前にぶら下がった特種に有頂天になって、それで何が得られたのだ。殺されてしまっただけではないか。

病院の待合室で一度だけ会った織本栄吉——その老紳士然とした姿が目に浮かんだ。

なんて醜い世界なのだ、と香苗は思った。強い者が順繰りに弱い者を喰い物にしている。歯向かおうとすれば閉め出され、噛み付けば殺されてしまう。

香苗は、うそ寒くなった肩をそっと抱き締めた。

「このまま生きてはおれんですよ」

と額田が吼《ほ》えるように言った。

「あんなことをやって、いつまでものさばってはおれんですよ。織本も、『大全建設』もね……」

言葉が跡切れた。そのまま、膝の上で拳《こぶし》を握った。

口をきく者は、誰もいなかった。

## 30

その夜、香苗は寝付かれなかった。

アパートから運び込んできた布団をカーペットの上に敷き、そこでやすむのにもだいぶ慣れた。「一緒にオネンネしようよ」と芙美子は妖《あや》しげな目付きを作って誘ったが、不慣れなベッドにはどうも不安があった。セミダブルベッドの横に布団を並べ、枕元に円筒形の電気スタンドを置いた。仰向けに横になり、目を少し上へやると、窓から夜空が見える。星など殆ど無い薄ぼんやりと黝《あおぐろ》い空。外のどこかで、小さく唸るモーターの音がする。

ベッドの上で芙美子が寝返りを打った。やはり、彼女もまた、眠れないでいるのだろう。時折、寝息とは全く異質の溜息が、ベッドの上から聞こえてくる。

「芙美子」

と小さく呼んでみる。

「うん」

「起きてるの？」

「うん」

そのまま黙っていた。

突然、起き上がり、ベッド脇のランプを灯けた。

「駄目だ。ますます目が冴えてきた」

「明日《あした》も仕事でしょう？」

「仕事？……ああ」

そう言いながら芙美子はベッドを抜け出し、キッチンへ行って冷蔵庫を開けた。缶ビールをひとつ取り出した。気付いて香苗に「いる？」と訊く。

「ううん。いらない」

頷いて戻って来ると、ベッドの上にあぐらをかき、ゴクリとひと口飲んだ。何事か、考え考え飲んでいる。

「香苗」

ポツリと言った。

「なに？」

「訊いてもいい？」

「だから、なあに？」

「隆一さんのこと、愛してた？」

「………」

しばらく香苗は黙っていた。俯《うつぶ》せになり、枕の上に肘をついた。

「分からないわ」

「てことは、愛してなかった訳でもないんだ」

「愛するって、どういうことか判らないのよ。好きだったわよ。だから一緒になったんだもの。でも、愛していたのかどうかは判らない」

「隆一さんが死んだ時、悲しかった？」

「……怖かった」

「怖い……」

「悲しいなんて気持、まるでしなかった。ただ、どうしようもないぐらい怖かったのよ」

「ふうん……。そんなもんかね」

芙美子はビールを飲み、首をゆっくり横に振っていた。ふと、話題を変えた。

「今日《きょう》の、額田社長の話、どう思う？」

「ショックだったわ」

「うん。まあ確かに……。いささか話がデカクなり過ぎたって感じはあるね。幕良市長の汚職なんてものが飛び出してくるとは思わなかったから」

「芙美子は、この事件をどんなふうに思ってたの？」

「私？　私はもっと下らないことから始まった事件のような気がしてた」

「下らない？」

「隆一さんの摑んだネタがこの事件を起こしたとするならさ。競馬の世界だけの、どうしようもなく狭くて、ちっぽけで、それでいて、そんなものを後生大事に抱えている奴が、気狂いみたいになって引き金を引いたんじゃなかろうかって感じがしてたんだよね。汚職隠しなんて、そんな大層な動機じゃなくて、人が聞けば、なんでそんなばかなことって思うようなさ」

芙美子の言いたいことは、香苗にも何となく分かるような気がした。織本市長の汚職と、今度の事件——どこかちぐはぐで、歯車が嚙み合っていない。プラチナの台に、プラスチックの玉でも嵌《は》め込んだような……。何がそんなふうに思わせるのか、その理由は香苗自身にも判らないのだが。

「つまり、こういうことなのかな……」

と芙美子は言った。頭の中でまとめながら、ひと言ひと言、区切って話す。

「隆一さんは、良ちゃんからパステルの購入について相談を持ち掛けられた。パステルのことを頭に置きながら投書を読んでいるうちに『ロッキング・ホース』氏のものに目が止まった。そこには、織本栄吉のやっている汚職のことが書かれていた。それを暴く糸口はパステルにあった。そこで、隆一さんは良ちゃんに待ったを掛け、幕良へ行った。たぶんこの時、隆一さんは決定的な何かを摑んだ。それは、深町場長の助けで得られたものかも知れない。深町は、織本にしてみれば裏切者ということになる。まず、深町が狙われ始めた。しかし犯人は、深町と隆一さんを両方消さなければならないことに気付いた。そこで、深町が隆一さんを幕良に呼ぶような状況を仕立て、罠《わな》を掛けた。その罠に二人とも嵌《は》まり、撃たれた。糸口となる筈のパステルまでが殺された」

話す芙美子の影が、部屋の壁に大きく浮かんでいた。ビールの缶を目の高さに上げ、透かすように眺めている。

「どうも、どこか、ピンと来ないな」

缶の冷たさを計るように、それを頰に押し当てる。心を決めたように背筋を伸ばした。

「よし」

芙美子は床に下り、ベッドの下の抽斗からサインペンとノートを取り出した。それを持って香苗の横に潜り込んできた。腹這いになって枕元にノートを拡げた。

「今までに分かっている事件の経緯を順番に並べてみよう。香苗も思い出してよ」

二人は、ノートを覗き込みながら、事件の経緯表を作った。

8・29 ▼午前11時頃、隆一は真岡にパステルの購入を勧めている。

▼この日の午後、隆一は『パーフェクト・ニュース』雑誌部で、投書の整理をした。(隆一はこの時、『ロッキング・ホース』氏の投書を面白そうだと言って取り上げ、資料室へ入って行った。そこで何を調べたのかは不明。なお、後に芙美子が調べた時『ロッキング・ホース』氏の投書は無くなっていた)

▼夕方、隆一は再び『ラップタイム』を訪れ、パステルの写真(真岡撮影)を見て、「これ、本当にパステルか?」と訊き、購入に「待った」を掛けた。

8・30 ▼隆一は東陵農大に柿沼幸造を訪ね、何ごとかを密談。

9・1 ▼隆一、幕良の『春日屋旅館』に投宿。(領収書には、二名様、とある。隆一が牧場で撮った写真に柿沼幸造が写っていたことから、投宿の連れは柿沼と思われる)

9・2 ▼隆一、幕良牧場で撮影したフィルムをDP屋へ現像に出す。

9・3 ▼深町場長、自動車事故を起こす。原因は、何者かによって切断されていたブレーキパイプにあった。

9・4 ▼午前10時頃、東陵農大の柿沼幸造の研究室に、東北訛の男の声で電話が掛かる。その後、柿沼は研究室を出る。（その足で、一度近くの郵便局に立ち寄っているが、連れはなく、そのまま伏砂神社に向かったらしい）

▼午前10時から11時頃、柿沼幸造、伏砂神社境内で殺害される。

▼午前10時半頃、伏砂神社より、四十歳前後の小太りの男が、紙袋を持って出て来る。（紙袋の中身は、柿沼の衣服と思われる。この紙袋は、伏砂駅下りホームの屑物入れに棄てられていた）

9・5 ▼未明、深町場長は、自宅よりライフル銃が盗まれていることに気付き、それを幕良署に届ける。

▼隆一はこの日、ＤＰ屋にて幕良牧場で撮影した写真の焼き増しを依頼した。（五枚だけがキャビネに引き伸ばされていたが、うち三頭はパステル、ダイニリュウホウ、モンパレットと判明。残る二頭の青毛は不明）

▼夜9時過ぎ、隆一に深町から呼び出しの電話が入る。

9・6 ▼早朝、隆一は東京を発ち、幕良へ向かう。

▼午後4時半頃、隆一、幕良牧場に到着。

▼午後5時頃、幕良牧場南側放牧場にて、大友隆一、深町場長、パステル、モンパレット、狙撃される。

▼この後、翌7日の午前中までの間に、牧場事務室より、隆一の鞄が盗まれた。
9・9 ▼午前3時過ぎ、アパートに何者かが侵入。その意図は不明。

芙美子も香苗も、しばらくその表を眺めていた。

「やっぱり、最大の謎は、柿沼事件とパステルの写真だな」

芙美子が言った。

「そうね。柿沼さんが、この事件にどう絡んでくるのか、さっぱり判らないわ。織本市長の汚職が犯行の動機だとすると、なおさら判らなくなる」

「ただ、私としては、柿沼事件と幕良牧場での狙撃事件が無関係だとは思えないんだよね。隆一さんは柿沼講師と一緒に幕良へ行ってるんだから」

「柿沼さんの役割は何だったのかしら？」

「うん。それが判ればなあ……。それと、頭がこんがらがってくるのは、やっぱりあの写真なんだ」

「パステル」

「うん。隆一さんはあれを見て『これ、本当にパステルか？』って訊いたんだ。その言葉と、織本の汚職とをどうつなげればいい？　全くつながらないんだよね」

「隆一自身が幕良で撮ってきた写真もあるわ。汚職で問題になってるのは当歳馬でしょう？　でも、隆一の写真に写っている当歳馬はパステルだけだわ」

「さらに、もうひとつ。良ちゃんの指摘で判ったことだけど、犯人は放牧場でまず二頭の馬を狙ってる。織本側に犯人がいるとすれば、パステルはまだしも、モンパレットまで殺してしまうのは解《げ》せないね。パステルはたかだか九百万の馬だけど、モンパレットとなるとそんなもんじゃないからね。繁殖牝馬ってのは結構高いんだ。毎年仔馬を産むってことを考えれば、その分まで損してることになる。確か、来年もダイニリュウホウの仔を産む予定だったと聞いたけど、そうなると、モンパレットが死んだ損害はべらぼうだよ。いくら汚職を隠すと言ったって、そんなばかなことを織本一派がやるかなあ」

「矛盾してることは、まだあるわ。今、この表を見てて気が付いたけど、柿沼事件で使われた凶器は石よね。牧場では銃を使っている。どうして銃を使ったのかしら。それも、なぜ、牧場の中で撃ったりしたの？　柿沼さんの殺されたのは神社の境内で、牧場なんかには絶対に結び付かない。もちろん狩猟会にもね」

「なるほど、その通りだよ。うん」

「銃を使うなんて、派手過ぎるし、銃を扱える人間が犯人だって教えてるようなものじゃない。それも牧場で。汚職を隠したくてやったのなら、柿沼さんの時のように、まるで無関係な場所で、ひっそりと殺すほうがいい訳でしょう？　あまりにも、動機と犯行がアンバランスだわ」

「目の付けどころがいいね。確かにそうだ。でも、逆に考えてみよう」

「逆？」

「うん。汚職という動機をちょっと離れてさ。犯行のほうだけ考える。たとえ、動機が汚職隠しじゃなかったにしろ、香苗の言うように、牧場でライフルをぶっ放すなんてのは、ずいぶん派手だ。派手ってことは犯人にとって危険も大きいということだよね。ところが、犯人は敢えてそうやった。なぜだろう？　そうする必要があったからだ」

「派手にする必要？」

「いや、牧場で銃を撃つという必要さ。——そうか、少し見えてきた。いい？」

そう言って、芙美子は布団の上に起き上がった。香苗も向き合うようにして座り、枕を膝の上に抱えた。

「つまり、犯行現場は牧場でなくちゃならなかったんだ。なぜなら、狙うものが牧場にしかいなかったから」

「馬ね」

「そう。パステルとモンパレット。しかし、犯人は、馬を狙ったということを知られたくはなかった。それで銃を使ったんだ。警察も、最初は完全に誤魔化されちゃったようだけど、銃には流れ弾ってのがある。人と馬が撃たれて死ねば、捜査の目は絶対に人間のほうに向く。誰も、馬を殺すためのカムフラージュだとは思わない」

「ひどい……」

「ひでえ奴だよ。巻き添えにされたのは、むしろ、隆一さんと深町場長だった、てのは言い過ぎかな？　ま、やはり二人も狙われたんだろうけど、でも、犯人はまず何よりも馬を殺したかったんだ。――やっぱり、パステルさ。この事件の要《かなめ》はパステルにあるよ」

芙美子は、興奮を静めるように、すう、と大きく息を吸い込んだ。

「この事件は、全てパステルから始まってるんだ。何もかも、良ちゃんが隆一さんにあの写真を見せた後で起こっているんだもの。隆一さんは、あの写真を見て、それまで行ったことも無かった幕良へ出掛けた。柿沼講師は、隆一さんと幕良へ行き、帰って間もなく殺された。深町場長が狙われ始めたのも、隆一さんが幕良へ行ってからだよ。全てのことは、あのパステルの写真から始まっている。パステルがこの事件の真相を摑んでいるんだ」

芙美子が立ち上がった。ベッドの向こうへ回り、下をごそごそと掻き回して、例の写真を取り出した。香苗のところへ戻って来て、スタンドを自分の方へ引き寄せた。

芙美子の手の中に、焦茶色の仔馬が首をもたげていた。

31

翌朝、七時二十四分。

深町勇次郎を乗せた夜行列車は、定刻通り上野駅十五番線に滑り込んできた。ドアから流れ出る人の帯の間に立って、香苗は伸び上がるように勇次郎の姿を探した。どの車輛に乗っているのか、まるで分からなかったが、普通寝台だろうと見当を付けた。人々の流れから取り残されるように、ところどころ立ち止まっている頭が見える。彼らの多くはホームの上に荷物を下ろし、自分を探している相手を待っている。その中に、薄手のジャンパー姿の勇次郎がいた。自然に目が合い、香苗はほっとして微笑《ほほえ》みを送った。

勇次郎は、香苗に歩み寄ると、ぎごちなく頭を下げた。

「わざわざ迎えに来て頂いて、申し訳ありませんでした」

「お荷物は？」

「何もありません。手ぶらで出て来ました」

そう言った勇次郎の表情には、どこか翳《かげ》があった。痩《や》せたわ、この人——香苗は、勇次郎の頬の辺りにそれを感じた。

「『パーフェクト・ニュース』の女性の方に――綾部さんでしたね、お友達だと言われたんで伝言を頼んだんですが、列車に乗ってからも、本当に伝えて貰えたのか心配だったんですよ」

「芙美子は一番の友達なの。私、今彼女のところに居候しているのよ。ねえ、ここでずっと立ち話するつもりじゃないんでしょう？　とにかく出ましょうよ」

「あ、ああそうですね」

肩を並べ、改札口へ歩いた。遠慮があるのか、勇次郎は半歩ほどの間隔を置いている。

改札を抜け、数歩も行かないうちに、勇次郎が立ち止まった。打たれたような表情で前方を見つめ、不意にくるりと向きを変えた。

「どうしたの？」

「鶴見がいます」

「え……」

香苗は前方に目を返した。混雑したドーム広場の中程を、こちらに向かって来る中年の男がいた。改札の上に掛かっている列車の入線プレートと腕時計を見比べるようにして歩いている。紛れもなく、鶴見事務長だった。残忍な性格を思わせる山猫のような目。香苗は思わず勇次郎の陰に隠れた。勇次郎と向かい合わせに立っているような具合になった。人が見れば、改札口で別れを惜しんでいる恋人同士のように映ったかも知れない。

鶴見事務長は足早に改札を通り過ぎて行った。どうやら二人には気付かなかったらしい。そっと窺うと、十九番線のホームへ入って行く後ろ姿が人陰に消えた。香苗と勇次郎は、どちらともなく溜息を吐《つ》き、自分たちの格好に気付いて思わず顔を和《なご》ませた。

「あいつ、どうして東京にいるんだろう……」

再び歩き出しながら、勇次郎が呟いた。

二人だけで話の出来る場所がいいと言うので、香苗は思い切って勇次郎をマンションへ連れて来た。そうすればいいよ、と芙美子が言っていたこともある。

窓を開けて部屋に風を入れ、勇次郎のためにアイスティーを作った。

「叔母さまはお元気？　お会いした時は、ずいぶん沈んでいらしたけど」

「あの後、しばらく寝込んでいました」

「まあ、そうなの……」

「三、四日前から起き出して、仕事をしています。ただ、気が抜けたようになってしまった……」

「ご主人を愛しておられたのね」

「さあ……、どうでしょう」

「どうでしょうって……？」

「あの人には、叔父しかいなかったんですよ。誰かに頼っていないと生きていけない人なんだ。奥さんとは違う」

香苗はびっくりして勇次郎を見返した。

「私？　私だって、そんなに強くないわ」

「いえ、強い方だと思います。最初に病院で奥さんを見た時からそう思った」

「夫が死んだというのに、悲しみもせずってこと？」

「いえ、違いますよ。気に障《さわ》ったら赦《ゆる》して下さい。不必要に悲しみを演じて見せない意志を持った方だと思ったんです」

「それは買被《かいかぶ》りだわ。くすぐったくなるから、やめて頂戴」

「奥さん……」

勇次郎が苦しそうに言い、目を伏せた。

「僕は、独断でここへ来たんです。あれからずいぶん悩みました。僕がここへ来ることは、ある人間の名誉を傷つけることになるし、ある人を不幸にします。でも、やはり奥さんだけには話さなければいけないのだと……」

「待って」

香苗は勇次郎の言葉を遮《さえぎ》った。

「何を仰《おっ》しゃるつもりか分からないけど、それが勇次郎さんを苦しめるのなら、私は聞きたくありません。私は警察の人間でもなければ、まして裁判官ではないわ。あなたずいぶん痩せてしまったわ。そうなった原因を、無理してまで知りたいとは思わない。実は、私、牧場のお宅の側を通った時、あなたと叔母さまが話しているのを聞いたの」

「やっぱり……」

「いえ、私が聞いたのはね、あなたが叔母さまに、そんな大事なことどうして、と言った言葉だけなの。だから、あなたたちの中には、何か大きなものが閉じ込められているとは感じていた。でも、それは私なんかが聞くべきことじゃないと思うわ」

「いえ、聞いて下さい。これは話さなくてはいけないことなんです」

「私は、そのことを警察に話すかも知れないわ」

「どうぞ、そうして下さい。奥さんには、そうする権利があるんですから」

香苗は、本当に逃げ出したいような気持だった。勇次郎が何を打ち明けるつもりなのか、全く想像もつかない。それだけに、聞くのが恐ろしい。勇次郎の頬を削《そ》ぐほどの苦しみを、香苗は知りたくなかった。

勇次郎は、自分の決心が鈍るのを恐れてか、勢いをつけるような調子で言った。

「実は、ご主人を……大友さんを殺したのは、叔父なのです」

香苗は顔を上げて勇次郎を見た。

隆一を殺したのは深町場長——？

この人は、何を言っているのだろう。深町は隆一と共に殺されたのだ。

「叔父が、大友さんを殺したのです」

勇次郎は繰り返して言った。

「そんな、だって……」

「凶器に使われたのは、叔父の銃です」

「それは盗まれたのでしょう？」

「盗まれてはいないのです。叔父は警察に嘘を届けたんです」

「嘘……」

「叔父が盗難届を出したのは、あの事件の起こる前日、九月五日でした。僕は、その前の晩、外出先から戻った叔父が、あのレミントンの手入れをしているのを見ました。猟期以外にはほとんど銃に触れたこともない叔父が、一心にレミントンを磨いていました。その様子は、あとで思い出すと、懸命に自分の気を鎮《しず》めているように見えました。僕が部屋の前に長いこと立っていたにもかかわらず、叔父はまるで気付かなかったのです」

「でも、手入れをしていたからって……」

「翌日、まだ夜も明け切らないうちに、叔父は家を出ました。その時、布で巻いた長い物を持っているのを叔母が見たのです。叔母には、それが銃に見えました。いえ、布の端から銃の台尻が見えていたのです。叔母は、そんな物を持ってどこへ行くのかと叔父に尋ねました。叔父は慌てて銃の包みを身体の陰に隠し、何でもない、俺がこうしていたことは誰にも言うんじゃない、いいな、と口止めしたのです。叔父はそのまま出て行き、しばらくして戻って来ました。銃の包みは持っていませんでした。叔父はそれを誰かに渡しに行ったのです。あるいは、どこか決められた場所に隠しに行ったのでしょう。そのあと、居間の窓ガラスを一枚外し、そして警察に銃が盗まれたと届け出たのです」

「……………」

深町場長が自分で銃を持ち出した……。それは、どういう意味だろう？　そんなことって、あるのだろうか。その銃で、深町自身が撃たれているのだ。

香苗は、はっと気付いて言った。

「じゃあ、あの事故は？　ブレーキパイプが……」

「事故など無かったのです。叔父の狂言です。叔母は事故の直前、叔父が車の下に潜り込んで何かやっていたのを見ています。ブレーキオイルパイプは車体の下を通っているのです。もし、誰かがパイプを切断したのだとすれば、叔父はその時に気付いていた筈です。細工されていたのはブレーキパイプだけでなく、ブレーキオイルの警告灯もなのですが、あれは叔父が自分でやったことです。事故の現場は、下り坂の急カーブで、あそこでよく大事故にならなかったものだと、警察の人が言っていたほどの現場です。大事故にならなかったのは当然です。それは、叔父が故意にやったことなのですから」

香苗は、半ば茫然《ぼうぜん》として勇次郎の言葉を聞いていた。

自動車事故は狂言だった。銃は深町自身が持ち出した——。

「叔父は、大友さんを殺した人間の仲間だったのです。おそらく、仲間との話は、こうなっていたのだろうと思います。放牧場で大友さんを殺す。しかし、それでは、狙っていたのが大友さんだとすぐに分かってしまう。そこで、叔父が狙われていたように印象付けるために、事故を起こし、銃が盗まれたことにしようと。そして準備が全て整い、叔父は大友さんに電話を掛け、幕良へ呼び寄せたのです。僕は、叔母の話を聞いた時、それが信じられませんでした。しかし、叔父が大友さんを呼んだのだと聞いて、それを認めなければならないのだと知りました」

「どうして……どうして、こんなことが起こったの……」

「僕にも、それが判りません。それが知りたいのです。——叔父は放牧場で一人離れて立っていました。そこで何が起こるのかを知っていたからです。ところが、叔父は計画の最後だけ、知らされていなかったのですね。叔父は仲間に渡した自分の銃で撃たれて死にました。自業自得《じごうじとく》なのかも知れません」

「やめて……もう、やめて」

香苗は両手で耳を押さえた。

酷い。あまりにも酷い。犯人は隆一や馬を殺すために、その全てのお膳立てをした深町までも殺した。深町は自ら銃口の前に立ったのだ。それが馬と隆一だけに向けられていると信じて。自業自得と勇次郎は言った。ある意味では確かにそうだろう。深町もまた、恐ろしい犯罪の実行者だったのだ。しかし、では、銃を撃った犯人はどうなのだ。今、どこかで密《ひそ》かに、自分の犯罪の成果を娯《たの》しんでいる犯人は？　彼だけが、まだ生きている……。

32

部屋の静寂を、電話のベルが破った。

芙美子からだった。受話器を通して聞こえる音の感じが、室内で掛けているものではなかった。

「芙美子、どこから掛けてるの？　会社じゃないの？」

「角の公衆電話から」

「角？　……どこの角？」

「ウチを出て左へ少し行ったとこにあるじゃないの。煙草屋さん」

「……どうして、そんなところから？」

「会社、抜けて来ちまった」

「違うわよ。近所にいるのに、どうして帰って来ないの？」

「深町勇次郎、いるんだろ、そこに？　私、帰っても邪魔じゃないかな？」

「ばかね」

そう言って香苗は電話を切った。

「芙美子が帰って来るわ。彼女に会ってあげて」

「しかし……」

勇次郎はうろたえたような表情を見せた。

「彼女には私、全部話しているのよ。さっき、勇次郎さん、この事件がなぜ起こったのか知りたいって言ってたでしょう。私たちに今まで分かっていることをお話しするわ」

ほどなく、芙美子が上がって来た。

「会社は大丈夫なの？」

「うん。他の奴に頼んで来た。出社したとたん帰らせてくれって言ったもんだから、お前何しに来たんだって言われたけどね。いや、気になってさ。この野次馬根性というのが、私の最大の美点で、欠点だね。あ、どうも」

と最後のところは勇次郎に言った。勇次郎が自己紹介をしようとするのを、

「ああ、そういうややこしい挨拶は抜きにしましょうよ」

そう言いながら、羽織っていたサマージャケットを脱いでベッドの上へ放り投げた。勇次郎は呆気《あっけ》に取られたように芙美子を見ていた。芙美子の胸の辺りに目をやって、戸惑ったように顔を伏せた。芙美子はノーブラなのだ。

かっわいいのネエ、というように芙美子が香苗を見た。香苗は笑いを抑えるのに困った。キッチンへ行き、芙美子にもアイスティーを作ってやった。

香苗は芙美子に、いま勇次郎から聞いたばかりのことを話して聞かせた。

「深町場長が……。なんてこった！」

芙美子は大きく頭を振った。

「しかし……、この犯人、よっぽど怖いんだね」

「動機を知られるのがさ。隆一さんと馬から目を逸《そ》らせるために、そこまでやるとはね」

「何が？」

「馬……？」と勇次郎が顔を上げた。「馬から目を逸らせるというのは、どういうことなんですか？」

芙美子と香苗に等分に訊いた。

「ああ、香苗まだ話してないの」

そう言って、芙美子はこれまでの経緯を話した。

勇次郎にとってはショックが大きかったらしい。織本栄吉の汚職など、彼は想像もしていなかったようだった。そして、話が柿沼事件に至った時、勇次郎は呻《うめ》き声を立てた。

「僕は、知っていますよ。四十歳前後の小太りの男……」

「ほんと！」

芙美子が勢い込んで訊いた。

「誰なの？　牧場の人間？」

「叔父です」

あ……と、芙美子も香苗も声を失った。

「九月四日というと、叔父が狂言事故を仕組んだ翌日ですね。叔父は車に乗って幕良駅へ向かおうとしていたのです。事故の処理が済んだあと、少し遅くなったが、と叔父は他の車で駅まで行きました。夜の列車に乗り、翌日——四日の夜に帰って来ました。親戚に不幸があったからと、牧場には言っていたそうですが、僕にも叔母にも、そういう心当たりは無いのです。伏砂《ふくさ》へ行ったとするなら、時間的にも辻褄が合いますね。——今、ようやく判りました。あの夜、叔父は帰ってから、何かに追い詰められたような表情でレミントンの手入れをしていました。あれは、次に来ることに対しての恐れではなく、その日、人を殺したことに対する恐怖だったのですね」

勇次郎は、辛い表情を仰むけた。天井を睨むように凝視した。

「ばかだ。大ばかだ……」

その目が潤んでいた。

深町が柿沼幸造を殺した——。

香苗は、自分が深町に一度も会ったことが無かったのだと、初めて気が付いた。あまりにも何度も名前を口にしていたために、知っているような錯覚を持っていた。しかし、実際には、ほんのひと言、電話の声を聞いただけの人物だったのだ。

「あれ？　でも……」と香苗は疑問に突き当たった。「柿沼さんは服を脱がされてたわよね。あれは身元を隠すためだった訳でしょう？　深町場長は、どうしてそんなことする必要があったのかしら。二人の関係なんて、知ってる人いなかったんじゃないのかな……」

「いなかっただろうね。でも、その必要はあったのさ」

「どんな？」

「隆一さんを殺さなきゃならなかったからさ。柿沼講師が殺されたことを知ったら、たぶん隆一さんは警戒してしまうだろう。実際、新聞に柿沼幸造という名前が登場したのは六日の夕刊からだよね。隆一さんに事件を隠したかっただけなんだ。だから、要するに、ほんの少しだけ身元が判らないようにしておけばよかったんだろう。だから、駅の屑物入れなんて、いい加減な棄て方をしたんだね」

六日付の夕刊には柿沼の名が載った。その頃、隆一は牧場で撃たれたのだ――。

「勇次郎さん、あなた犯人に心当たりがある？」

芙美子が訊き、勇次郎は首を振った。

「動機が汚職隠しなら、織本でしょう。しかし、犯人の狙いが、モンパレットやパステルにもあったとなると、理解出来ません。僕は叔父のやったことを、今さら否定はしませんが、一点だけ合点の行かないことがあります。叔父が馬を殺す計画に参加したということです。馬に対する叔父の愛着だけは、僕は本物だと思っています。叔父は本当に馬が好きだったのです。牧場の人間なら当然のことかも知れませんが、病気の馬などが出れば、叔父は寝ずに看病をやりました。一週間ぶっ続けに馬房で過ごすようなことだって、何度もありました。その叔父が、馬を撃ち殺すような……」

「逆なんだよ、勇次郎さん」

「え……？」

「考え方が逆さ。問題なのは、その馬好きの深町場長が殺さなければならなかったほど、そこには重大な秘密があったということなんだ。——勇次郎さん、考えてよ。犯人は、深町場長にあれだけ危険な役回りをやらせることが出来る人物なんだ。場長にそういうことが出来るのは誰？」

「牧場の中なら、織本と鶴見ぐらいですね。その二人は叔父より上の立場だから」

そう言って、勇次郎は、あ、と香苗を見た。香苗もそれを思い出したところだった。

「なに？」と芙美子が訊いた。

「鶴見事務長が、東京に来てたわ」

「鶴見が？　それ、ほんと？」

「ええ、上野駅で改札に入って行くのを見たの」

「なんで、東京に来てたんだろ？」

芙美子は勇次郎に目を返した。

「分かりません。事務長が今の時期に、何の用も無い筈ですけど……」

「何となく、怪《あや》しからん奴だな」

「実は僕、上野で鶴見を見て、しまったと思ったんです」

「……どうして？」

「とっさに、後をつけられたんじゃないかと思ったんですよ。これから列車に乗るところだったのだから、そうでないことは確かなんですけどね。あの時は、心臓が凍りました。と言うのも、あの事件以来、鶴見は牧場に箝口令《かんこうれい》を敷いたんです」

「箝口令……」

「先ほどお話しした叔父の犯行ですけど、あれ、鶴見は知っているんです」

「どうして？」

「叔母に言わせたんです。しつこく通って来て、何か知ってるんじゃないか、隠しておくのはためにならないと脅すようにして……。それで叔母が話すと、警察はもちろん、誰にもこのことは言うなと口止めしたんです。牧場長が自分のところの馬を殺すなど、不名誉この上ないし、殺人など論外だと言ってね」

　芙美子が唸った。

「鶴見事務長が叔母さんに言わせたというのは、二通りの考え方が出来るな。ひとつは、鶴見は事件の真相を知らなかった。だから聞き出した。もうひとつは、鶴見はそれを知っていたが、叔母さんがどの程度まで知っているのかを確かめた。——どっちだと思う？」

「あれだけ表情の無い人間を僕は知りません。外見からは、何を考えているのか全く分からない男ですよ」

「無表情な男か……」

「叔父が死んで、今は、完全に鶴見が牧場を掌握しています。もちろん、彼の上には織本がいるのですが、織本は市長ですからね。殆ど牧場には姿を見せません」

「鶴見は射撃の腕は？」

「さあ、僕はよく知りませんが、どうなんでしょうね……」

芙美子はしばらく考え込んでいた。

ふと立ち上がると、自分のバッグを取り上げ、中から例の五枚のキャビネと『ロッキング・ホース』氏の投書を取り出した。

「この馬、何だか判る？」

不明な二頭の青毛を見せた。

勇次郎はしばらく眺めていたが、首を振った。

「これはウチの牧場だと思いますけど、僕は全ての馬を知っている訳じゃないですから。ただ、青毛はそうたくさんいないし、帰ればすぐにでも調べられますよ」

芙美子は頷いた。

「じゃあ、ちょっとこれを読んでみて」

と『ロッキング・ホース』の投書を渡した。

勇次郎は読み終えると封筒の消印を確かめ、

「この手紙の主は、もしかしたら、僕の勤めている工場の人間かも知れませんね」

「田島合板？」

と香苗が聞き返した。

「ええ、『工場の仲間』とありますね。幕良に工場は幾つもあるけど、『三六会《さぶろく》』と名前を付けそうなのは、ウチの連中ですよ」

「さぶろく？　これ、サンロクじゃなくて、サブロクと読むの？」

「そう思います。『三六』というのは標準的な板のサイズです。三尺六尺の板で『三六』なんですけどね」

「ああ……」

香苗は思い出した。真岡もその板のことを話していた。

「ただ、ウチの工場の工員は、二百人近くいますからね。二十五歳の男と言っても、かなりいると思うんですよ。まあ、時間を掛ければ、探し出せるとは思いますけど」

「『ロッキング・ホース』に心当たりは無い？」

「何ですか。『ロッキング・ホース』というのは？」

芙美子が説明した。

「ああ、木馬なら……」

「ある？」

「工場の近くに『木馬館』という喫茶店があります。その店の中に、そんな木馬が置いてありました」

「それだ」

芙美子が声を上げた。

「勇次郎さん、あなたこれからどうするの？」

「明日《あした》は勤めがありますから、夕方の列車で幕良へ帰ります」

「よし、じゃ、まず腹ごしらえをしよう。お昼を過ぎちゃった。それから一緒に幕良へ行くんだ」

「ええ？」

香苗と勇次郎は同時に声を上げた。

「芙美子、ちょっと……」

「あんたも行くのよ、香苗」

「だって、そんな……」

「明日《あした》は月曜日。ちょうど良いよ。私、会社休みだからね。一日じゃ無理かな。よし、休み取っちゃおう。香苗、あんたも電話してさ、明日《あした》と明後日《あさって》、休み貰いなさいよ」

「芙美子……」

「私、一度幕良には行ってみたかったんだ」

まるで、ハイキングに出掛けるような調子で、芙美子は言った。

33

幕良の宿は、当然『春日屋旅館』ということになった。隆一が投宿した、というのが第一の理由だが、宮脇友成の経営する『常磐館』では、懐《ふところ》との折り合いがつかない。長距離電話を掛けて予約を申し込むと、「二名様。ご到着は十時頃でございますね。承知致しました。お待ち申し上げております」いくぶん鼻に掛かった女性の声が、丁寧にそう答えた。

山路頼子は、今休まれては困ると自宅の電話で応えたが、幕良へ行かなくてはならなくなったと香苗が言うと、「まあ……そうなの。大変だわねえ」と許してくれた。香苗の幕良行きを、何か別の意味に解釈してくれたらしかった。

芙美子のほうは、いかにも強引に休暇を獲得した。

「生理休暇よ。生理。——知らないの、あんた。女の子はね、月に一度、とっても辛い日を過ごさなきゃならないのよ。え、今まで？——そりゃ、取ったことなんか無いわよ。初潮なんだから。何笑ってるんだ。私はね、これでオンナになった訳よ。その意味、分かる？——閉経？ぶっ殺されたいのか、てめえ」

これで、休みが取れるのだから、不思議だった。

ともかく、香苗と芙美子は勇次郎と共に、午後の列車で幕良へ向かった。

車中、芙美子がトイレへ立った時、勇次郎が香苗に言った。

「芙美子さんて、凄い人ですね。僕、ああいう女性に会ったの初めてです」

「素敵でしょ？　彼女」

「素敵……ええ、まあ」

勇次郎が言い澱《よど》んだのを見て、香苗は吹き出した。

十時前に幕良に着いた。

香苗が初めてこの駅に降り立った時から二十日が経っている。隆一の下着を詰めたスーツケースを提げ、心の中は不安と恐怖だけだった。その記憶が、ずいぶん遠い昔のことのように思える。同じ夜の幕良を見ているのに、風景は全く違って感じられた。夜の早い幕良の街は、やはり暗く、静まりかえっている。人影は殆ど無く、列車の到着を待っていた三台のタクシーだけが、駅前の灯に浮かんでいる。なのに、どこかが違う。何やら、懐かしくさえあった。

「タクシーで行く？」

芙美子が勇次郎に訊いた。

「いいえ、そんな距離じゃないですよ。歩いて五分も掛かりません」

「じゃ、歩こうか」

小さな旅館だった。木戸から玄関までは、せいぜい三、四歩しかないが、それでも飛び石の置かれた玄関前の白砂は、きれいに均《なら》されている。

「それじゃ、僕はここで」

勇次郎が二人に頭を下げた。

「明日《あした》、午後にね」

勇次郎は頷き、もう一度軽くお辞儀をすると、今来た道を引き返して行った。

部屋に通され、宿帳の記入を終えてから、香苗はさっそく仲居に隆一とその連れの客について尋ねた。仲居が怪訝《けげん》な顔で、香苗と芙美子を見比べた。

「その大友隆一は、私の主人です。幕良牧場で狙撃事件があったのをご存知かしら」

「まあ、奥様でいらっしゃいますか……」

仲居は、宿帳に記した香苗の名を見返した。

「ええ、もちろん存じております。それはそれは、よくいらして下さいました。警察の人も、度々《たびたび》来られましてね、ご主人とお連れ様のことをお尋ねでしたよ」

「その、主人の連れというのは、柿沼という人でしたか？」

「はい、柿沼幸造様と仰《おつ》しゃいました」

仲居は、柿沼の名前を、考えるまでもなくスラスラと口に出した。刑事に何度も質問され、すっかり暗記してしまったのだろう。その時の係はと訊くと、わたくしが致しましたと、仲居は答えた。

「お二人のお部屋は、この二つ隣の松の間でございました。お電話で申し付けて頂ければ、お取りしておきましたけど、あいにく今日《きよう》は他のお客様がお入りになって……」

仲居は、香苗が亡き夫を偲《しの》ぶために来たのだと思ったらしい。香苗は、いえ、部屋はここで結構ですと断わった。

香苗に尋ねられるまま、仲居は隆一と柿沼の来館から話を始めた。

「お二人は、九月一日の夕方六時頃にお着きでした。予約は頂いておりませんでしたが、ちょうど松の間が空いておりましたのでお通ししました。滞在のご予定を伺うと、二、三日泊めて貰うかも知れない、と仰しゃいました」

「二、三日と言ったんですか？」

「はい。結局ひと晩だけでお発ちでしたが」

つまり、隆一たちにも、彼らの目的がどのぐらいで達せられるのか、分かっていなかったということだろう。まあ、二、三日と考え、それが一日で済んでしまったという訳だ。

「ちょっと待って」と芙美子が横から言った。「二人は、翌朝発ったの？　それとも翌日の夕方とか？」

「朝の九時頃に、精算してくれと仰しゃって、お発ちになりました」

「ははあ、そうすると、夜の間に何かあったということかな？　誰か、訪ねて来た人でもいました？」

「いいえ、訪ねてみえた方はおられませんでしたし、電話もお使いになりませんでした」

仲居の答えは実に要領を得ている。その答えから、刑事がどんな質問をしたのかまで、想像が出来た。

「その代り、お二人は、お食事を摂《と》られた後、外へお出掛けになりました」

「出掛けた……」

「はい、夜の九時頃でございました」

「行き先は？」

「仰しゃいませんでした」

「それは、急に出掛けることになったという感じだったの？」

「いえ、初めからご予定だったのではないかと思います。お風呂をお勧めした時、何時まで入れるのかとお訊きになりました。十時頃までにお入り頂きたいのですがと申しますと、じゃあ、先に済ませておくか、と仰しゃいましたから」

「なるほど、予定を終えた後では入れなくなると、そういうことか。――帰って来たのは何時？」

「十一時半頃でございました」

「十一時半――。九時に出掛けたとすると、二時間半だな。あなたの感じだと、二人の行き先は、ここから近い場所？　それとも遠くのようだった？」

「遠くへお出掛けになったのだと思います」

「どうして、そう思ったの？」

「お出掛けになる時、おひと方が、車を呼んで貰ったほうがいいかな、と仰しゃいました。それに、もうお一人の方が、いや、呼ばなくていい、と答えておられました」

「ふうん……」

「それに、お帰りになった時、お二人とも靴が泥だらけでございましたから」

「泥だらけ？」

「はい。街の中を歩かれたのなら、あんなに汚れることはございませんもの」

「その日は、雨だったの？」

「いえ、雨はその十日ほど降っておりませんでした」

「なるほど。——刑事さんは、あと、どんなことを訊きました？」

「外出の時の持ち物はどうだった、と」

「あ、そうか。どうだったの？」

「お一人は鞄をお持ちでした。柿沼様のほうです。大友様は、お荷物を置いて行かれました」

「鞄……。どんな鞄だったの？」

「少し大きめの、縦長の肩から提げる鞄でございました」

仲居から聞き出せたのは、ここまでだった。刑事もいろいろ尋ねたようだが、仲居の見聞はそれで尽きていた。

「夜の外出か……」

仲居が下がった後、お茶を飲みながら芙美子が言った。

「どこへ行ったのか、それが問題だな」

「牧場じゃない？」

「牧場は昼間行ったんだよ。馬の写真を撮ったのは昼なんだから」

「あ、そうか……」

「靴の泥か……。お天気続きで靴が泥まみれになると言うと、山歩きという感じだね。どこに、何しに行ったのかな？」

「タクシーを呼ぼうかと言って、やめてるでしょう。あれは、どういうことかしら」

「車で行く距離だったんだよ。でも、呼んで貰って、旅館の客だということが分かってはまずかったんだろうね」

「どうして？」

「誰かに対して、自分たちの居場所を不明にしておく必要があったのかな？　とにかく、駅前辺りでタクシーに乗ったんじゃないかな。タクシーは調べてみる必要があるね」

「ひと月近くも前のことよ。調べられるかしら」

「結果は簡単に判るよ。刑事が調べてる筈だからね。彼らが道を拓《ひら》いてくれて、私たちは、その上を歩いて行きゃいいんだ」

旅の疲れを風呂で流し、その夜、やや興奮気味の二人が床に就いた時は、一時を回っていた。

## 34

幕良には『川向こう』と呼ばれている一帯があると、香苗は勇次郎から聞いた。市の南側を東西に流れる面舞《もまい》川に沿って、車で十分ほど下ると、六つの会社が寄り集まって出来た小規模な工場地帯がある。塀で囲まれた大小様々な工場と、そこへ勤める工員たちの独身寮、病院、そして殆どその工員たちだけを当て込んで営業している幾つかの店やスーパー。それが『川向こう』の全てである。

「お仕事は？」「川向こうに勤めてます」それで、話は通じる。『川向こう』という名の停留所は無いが、駅前から出ている「下幕良行《しもまくらゆき》」のバスの運転手に「川向こうは通りますか？」と訊けば、「通るよ、『工場団地入口』で降りたらいい」と教えてくれる。田島合板の名前は誰でも知っているから、訊けばすぐに分かりますよ、と勇次郎は言っていた。

「バスはやめて、タクシーで行こう」

と言う芙美子の提案は、香苗もすぐに納得した。九月一日の夜、隆一と柿沼がどこへ何の目的で出掛けたのか――それが事件の核心につながっていることは、疑いようもなかったからだ。

翌朝十時前、香苗と芙美子は幕良駅前からタクシーに乗った。予想されるハードスケジュールに備えて、二人とも身軽な服装で宿を出て来ている。

「川向こうへ行って下さい」

覚えたての言葉を使って、芙美子は運転手に行き先を告げた。

駅前広場をぐるりと回り、車は南へ向かって走り始めた。窓の外の風景は、香苗の記憶を二十日前へ呼び戻した。

「運転手さん」と芙美子が訊いた。「九月一日の夜、九時過ぎに、二人の男を乗せたタクシーを知らない？」

運転手は、バックミラーで芙美子をちらりと見た。

「そりゃあ、この前警察が調べてたやつじゃないかな。――なんだね、お客さんの知り合いかね」

「仕事仲間なのよ」

「へえ……」

運転手は少しの間黙っていた。芙美子と香苗が待っていると、面倒臭そうに、

「浜坂《はまさか》ってのが、乗せたんだよ。刑事にしつこく訊かれてたよ」

「その浜坂さんには、会えるかしら」

「駅前で待ってりゃ会えるさ。わしら、いつも駅前で客待ちをやってるからね。列車

の到着時刻の頃に行ってりゃ、摑まえられるよ」

「ありがとう。運転手さんは、その二人の客のこと聞いてる？」

「いや、勘弁してほしいな。浜坂に訊いてくれよ。わしが乗せたわけじゃないしな」

面舞川を渡り、車はそこで左に折れた。幕良牧場とは逆方向である。牧場は、この川沿いの道を上り、山の中へ入って行くのだ。

しばらく行くと、前方に高い煙突が何本も見え始めた。

「『木馬館』って、喫茶店をご存知？」

「ああ、そこへ行きゃあいいのかね」


『川向こう』は独特の匂いを持っていた。乾いた埃っぽい空気の中に木の香が漂い、時折重油を燃す刺激臭が風に混じる。

灰色のコンクリート塀と、どれも同じように見える工場の建物。門を出入りする大型のトラック。それらの中ほどに、いかにも無味乾燥とした公園広場が作られている。『木馬館』はその広場に面していた。

店は空《す》いていた。窓際のテーブルに作業服の男が二人、大きな図面を拡げているあとのテーブルは全部空《あ》いていた。

「ああ、これだ、これ」

芙美子が店の隅へ歩いて行った。小さな棕梠《しゆろ》の鉢の横に、木肌を黒く光らせた木馬《ロツキング・ホース》が置いてあった。コリー犬ほどの大きさがあって、大人でも充分に乗れる。芙美子がちょんと鼻を押してやると、木馬はゆらりゆらり前後に身体を揺すり始めた。

コーヒーを頼み、芙美子はまずウエイトレスに『三六会』のことを訊いてみた。

「サブロクカイ？　さあ……」

ショートヘアのウエイトレスは首を傾《かし》げ、振り返って、レジの横でぼんやり外を眺めているもう一人のウエイトレスに声を掛けた。

「アキコ、サブロクカイって、知ってる？」

「なに、それ？」

アキコと呼ばれたウエイトレスがやって来た。

「工場の仲間で作ってる、競馬の同好会なんだけど」と芙美子が重ねて訊いた。

「たぶん、田島合板の人たちだと思うんです」と香苗が補足した。

「ああ……競馬ねェ。そう言えば……」

アキコがもったりした口調で言った。

「ご存知？」

「ううん。そんなに知らないけど、いつも金曜日頃に来て、競馬新聞見てる連中がいるわねェ」

「その中の誰か一人でも、知っている人、いませんか？」

「お客さんに、いちいち名前訊いたりしないもの。あんた知ってる？」とアキコは同僚に言った。「ほら、あれよ。2—3がどうのとか、いくら付いたとか、そんな話ばっかりしてる連中がいるじゃないの」

「あの人たちかァ……。分かんないな」

「名前を呼び合っているのを聞いたとか、無い？」と芙美子。

「さあ……大抵、お客さん入る時って、時間が決まってるんですよ。昼休みと、工場が退《ひ》けた時でしょう？　いっぺんにバァーッと入って来るから、忙しくってお客さんに構ってられないんですよね。そりゃ、中にはチョッカイ掛けてくるのもいるけど、そういう人だって、名前なんか知らないんです」

「名前じゃなくてもいいわ。印象に残ったアダナとか、言葉とか」

「あ、ほら、アキコ、すごく威張ってる人いたじゃない。知らない？」

「ああ、班長？」

「そうそう、班長。それよ」

「班長って呼ばれてる人がいるのね」

芙美子が勢《きお》い込んで聞き返した。

「そう、思い出した。厭ァな奴よ。知らん顔して、人のお尻撫でるんだから」

「あら、あんたも？」

ここから、二人のウエイトレスは、自分たちのことに話題を移してしまった。どうやら、ここはこれで諦めるしかなさそうだった。

出されたコーヒーは妙に粉っぽく、苦味だけが立っていた。


アキコに道を聞き、『木馬館』を出て、香苗と芙美子は田島合板へ向かった。

勇次郎とは、彼の仕事が終わった後で会う約束になっていたが、『班長』という材料は先に渡しておいたほうが良いように思われた。勇次郎は昼休みを利用して、『三六会』と『ロッキング・ホース』氏を捜してみると二人に言っていたのである。

昼にはまだ間があった。この時間はどの工場も仕事中で、公園には殆ど人影も無い。路上に停まっている白い乗用車の中で、顔に新聞を被せて寝ている男がいるだけだった。金属的な重い騒音が辺りを満たし、川の水音を掻き消していた。

田島合板の正門前には、大きなトラックが横付けになっていた。荷台には、直径が一メートル以上もある大きな丸太が三本、ピラミッド形に積まれ、二本の鎖で固定してあった。

正門脇の守衛室で、二人は深町勇次郎への取り次ぎを頼んだ。

「どこの部署の者ですか」

年配の守衛が聞き返した。芙美子も香苗もそれを知らなかった。二百人近くの工員がいて、その一人一人を守衛が知らないのは当然だった。困り果てて、二人がそこへ立っていると、そこへ若い工員が通り掛かった。

「おい」と守衛は工員を呼び止めた。「深町というのを知ってるかね」

「深町？――勇次郎のことかな？」

工員が言った。香苗はほっとした。

「呼んできてやるよ」

工員はそう言って、小走りに工場の建物へ入って行った。

五分ほどで勇次郎は現われた。

「あまり時間が無いんですよ。ちょっと断わって代って貰っただけですから」

勇次郎は帽子を取り、それで作業ズボンの木屑を払い落としながら言った。

「ごめんなさい」と香苗は謝った。「例の『三六会』に、班長って呼ばれてる人がいるらしいの。そのことを伝えておこうと思って」

「班長ですか。ああ、そりゃいいですね」

「分かる？」

「いいえ、班長は何人もいるんで、訊いてみないことには分かりませんけどね。でも、まず班長を当たればいいってことになると、ずいぶん楽ですよ。仕事の作業別にね、幾つも班に分かれてるんです」

「悪いわね。面倒臭いことやらせちゃって」

芙美子が言った。

「いえ、そんなこと。終業までには捜せると思いますよ。あ、それと……」

と勇次郎は言い掛けたが、思い直したように首を振った。

「落ち着いた時に話しましょう。叔父のことで、またひとつ判ったことがあるんです。『木馬館』に四時半までには行きますから」

勇次郎はそう言うと、帽子を被り直し、手を上げて駆けて行った。

「また、あのコーヒー飲むのか？」

芙美子がうんざりしたような顔で香苗を見た。

35

バスで幕良駅前に引き返した時は、昼を過ぎていた。

「ついてないなあ……」

芙美子が駅前広場を見渡して言った。列車が到着したばかりだったとみえ、アテにしていたタクシーは一台も無かった。

先に昼食を済ませようということになった。

城山公園の方へ、二人はぶらぶらと歩いた。公園の下に『幕良会館』という五階建てのビルを見つけた。地下に飲食店が何軒か入っている。三階までが貸店舗、その上は事務所になっているらしい。

エレベーターを待ち、ドアが開いて乗り込もうとした時、香苗は「あ」と小さな声を上げた。

降りて来た客たちの中に、宮脇友成がいた。

「いや……これは奥さん」

宮脇は巨体をさらに伸ばし、目を丸くした。

「驚きましたね。いつ、こちらへ？」

「昨日《きのう》の夜に参りました」

「それは水臭い。どこへお泊まりですか」

「ええ、人の紹介で……」

と香苗は先を誤魔化した。なんとなく旅館の名は言いたくなかった。

「ウチへいらして下さい。お部屋をお取りしますよ。いえ、宿泊料など頂こうとは思っておりませんから」

「そんな、とんでもないですわ。いえ、今回はある方への義理もありますので、この次の機会に」

そして、宮脇の次の言葉を封じるように、芙美子を紹介した。

「ああ、『パーフェクト・ニュース』の……。そうですか。山路さんには、常々お世話になっております。では、山路さんもご一緒で？」

「いいえ、社長は東京です」と芙美子が言った。「私はダイニリュウホウの取材に参りました。お聞きしましたが、あのパステルは、宮脇さんの馬だったそうですのね」

「はい。まったく残念なことでした。あの馬には期待をしておったのですが……」

宮脇は、香苗たちが転売の件を知っているとは、思ってもいないようだった。残念ぶっている顔が、なんともいやらしい。

「あら、期待を？」

と芙美子が驚いたような表情を作ってみせた。

「わたくし、宮脇さんはパステルを手放されるつもりと伺ってましたわ」

「え……？」

とたんに、宮脇の表情が硬くなった。

「『共信アド』の関口さんも、大変惜しいことをしたと言われていましたし」

「関口……」戸惑いが浮かんだ。「関口君と、お知り合いなんですか？」

「ええ、『大全建設』に知人がおりますので」

宮脇は目を見開き、ゴクリと唾を呑み込んだ。

香苗は横でひやひやしていた。芙美子は平気な顔をして、巨体の男を見上げている。

「あ、いや、しかし、それは何かお聞き違いでしょう。私はパステルを手放すつもりなど、有りませんでしたからね」

「そうですの。そうでしょうねえ。パステルのような馬を手放されるなんて、おかしいと思っておりました。聞き違いだったのですわねえ」

「そうでしょう。ははは。いや、びっくりしましたよ」

と宮脇は腕時計を見た。

「あ、申し訳ありませんが、私、ちょっと急ぎの用がありますので、これで失礼します。では、奥さん、また日を改めて」

そして、宮脇はそのまま、またエレベーターに乗り込んだ。急ぎの用と言いながら、降りて来たばかりのビルを再び昇って行くというのも、どこか間が抜けていた。

表示灯を見ていると、エレベーターは五階で止まった。

「あいつ、ばかだね」

と芙美子は笑いながら言った。

「関口君だってさ。あんにゃろが、知ってちゃいけない名前だろうに」

「芙美子、ちょっとやり過ぎじゃないの」

「いや、構わんさ。すこし揺さぶってやらないと、相手も動き出さない。おや……」

芙美子はエレベーター横のビルの案内板に目を止めた。

「香苗、ほら」

五階のところを指差した。三つの会社名が書かれている。そのひとつが、

『織本栄吉蒼風《そうふう》会事務所』

となっていた。

「いよいよもって、ばかだ。ありゃ、小物だね」

芙美子が嬉しそうに、両手を擦り合わせた。勢いよくエレベーターのボタンを押しながら言った。

「俄然、腹が減ってきたよ、あたしゃ」

36

昼食を終え、駅前へ戻った。

水色に緑のストライプの入ったタクシーが五台、駅前広場で客を待っていた。先頭

の一台で尋ねると、浜坂運転手の車は後ろから二番目と教えられた。

「ああ、あの二人ね」

浜坂運転手は車から降りて来て言った。白いカバーを被せた帽子を取ると、胡麻塩の角刈り頭が現われた。

「警察の人が三度も来ましたよ。いや、えらい目に遭《あ》った。降ろした場所へ連れて行けの、写真を見ろの、同じことを何度も繰り返させられてさ。あの二人のうちの片方は、何だってねえ、ほれ、牧場で鉄砲の流れ弾に当たったたんだって言うじゃないですか。分かんないもんだね、人の命なんてものは。考えてもご覧なさいよ。あたしが車に乗せた人が、一週間も経たないうちに仏様だからねえ。恐ろしい世の中だよ、まったく。それで？　お嬢さん方のお訊きになりたいってのは、どんなことです？」

お嬢さん、などと呼ばれたのは久しぶりのことだった。香苗は三十二だし、芙美子だって自称は二十四だが、三十は去年のうちに越えてしまった。芙美子は嬉しくて仕方がないといったふうで、ポニーテールの髪をひと振りし、「悪いんですけど、私たちも、その二人が降りたところに連れて行って頂けないでしょうか」とにこやかに笑いかけながら言う。

「ああ、そりゃ、行けと言われりゃ、月だって火星だって行っちゃうがね。ただ、あの二人の降りたとこは、火星ほど面白いところじゃないですよ」

「どこに行ったんですか?」

「山ん中」

「山ん中?」と芙美子がオウム返しに訊いた。「どこの山ん中?」

「まあ、行くって言うんなら、口で説明するより、行ってみた方が早いやね。ま、お乗りなさい」

浜坂運転手は後席のドアを開け、二人が乗り込むのを待ってから、「いいですか、閉めますよ」などと言ってドアを閉めた。

「面白いオッチャンだね」

芙美子がくすくす笑いながら囁いた。

浜坂の運転するタクシーは、やはり市を南へ向かった。面舞川を渡って右折し、川沿いの山道へ入る。

「幕良牧場へ行く道だわ」

香苗が言った。

「おや、ご存知でしたか。そうです。牧場は、この左側の山の、向こう側の斜面にありましてね。まあ、山を突っ切って行く訳にもいかんので、回り道をするということになりますね。東側の方からぐるーんとね」

「二人は、幕良牧場へ行ったという訳ではないのね」

「牧場の近くですけどね。まあ、自分の目で見てみりゃ分かりますが、それこそ何にも無い林道ですよ」

「ふうん……。林道の途中で降りちゃったわけ」

「降りちゃったんですね、これが。本当にここでいいんですかって訊くと、いいと言うでしょう。何か気味悪かったね、正直言って」

「車の中では、何か話してなかった？」

「何にも。ひとっ言も喋らないんですよ。あたしも無口なほうだけどね、あれだけ黙ってられると不気味でね」

タクシーは面舞川と別れ、雑木林の中の道をゆっくりと登って行った。

無口な浜坂運転手は、ほぼ喋り通しだった。幕良の人間は閉鎖的で自己中心にものを考えるだとか、しかし女は幕良に限るとか、馬の生産は昔から幕良では大切な産業だったとか、話のタネは尽きなかった。

「馬は昔のほうが盛んだったようですよ。なんでも足利将軍の頃から始まったって言うんですからね。軍馬ですよ。戦《いくさ》に使う馬ね。幕良って名前は、その昔は馬の倉と書いていたというような文献も残ってるそうですな」

「へえ、博学なのね、オジサン」

「今、新しく建て直してる市庁舎の近くに、郷土資料館ってのがありますよ。時間と興味があったら、一度行ってみても面白かろうね」

そう言えば……と香苗は思い出した。前に幕良の街を歩いた時、建設中の庁舎を見た覚えがある。試しに訊いてみた。

「庁舎を建てている会社は、『大全建設』なんでしょう？」

「そうです。建設会社はいろいろあるけど、まあ、大全あたりの大きなところが、やっぱり安心だろうしねえ。河川工事とか道路とかも、殆ど大全の系列でやってますよ。実績のある会社ってのは強いですよ。おっと、ここだ」

タクシーが止まった。

「ここ？」

芙美子が窓の外を見回しながら聞き返した。

なるほど、浜坂運転手の言う通り、何も無い林道の真っ只中《まただなか》である。周囲はどこまでも続く雑木林。左手が山の上へ、右手が山裾へ続いている。

「降りてみよう」

芙美子が言い、三人ともタクシーから出た。

風がひんやりとして心地良かった。遠く山裾からエンジンの音が小さく聞こえている。

「幕良牧場は、まだ先なの？」

「ここから七、八百メートル行くと、左へ入っていく小径《こみち》があるんですがね。牧場へ行くには、そこを入っていって、さらに五百メートルぐらい登らなきゃなりませんね」

「ふうん……」

香苗はぼんやりと辺りを見回した。

「今は昼だから、まだ良いですよ」と浜坂が言った。「あの二人をここへ降ろしたのは、夜の九時半頃だからね。真っ暗ですよ。真っ暗と言うのは大袈裟かな、月があったから。しかし考えてもご覧なさい。あたしはここで一時間半も、ずっと待ってたんですからね」

「待ってた……。待てと言われた訳？」

「五千円くれましたよ。あれが恐い顔したオニイサンか何かだったら、辞退して逃げちゃうとこだけどね。気味は悪かったが、まあ二人とも、どう見ても悪人という顔じゃなかったし、人それぞれ、いろんな都合もあるだろうと思ってね」

「どっちへ行ったの？　その二人」

「この道を真直ぐ。どうも、さっぱり分からんですね」

「帰って来たのは、向こうから？」

「ええ、行った道を戻って来たんでしょうね。それが十一時近くですよ。こっちは、よっぽど約束破って帰っちまおうかと思ったけどね、十一時までには戻ると言われてたし、五千円貰ったって弱味もあるからね」

「それで、駅までまた乗せたの？」

「そういうことですな」

「牧場へ行かずに、この道を真直ぐ行くと、どこに出るの？」

「なんてこた無いですよ。山を下りて、『日の里』って小さな町に出るだけですね」

芙美子はしばらく考え込んでいたが、ふん、とひとつ頷き、タクシーの座席からバッグを取った。

「私たちも、ここで降りることにするわ」

「本気ですか？」

「本気よ。夜じゃないんだし、別に怖かないわ」

「度胸があるね、近頃の若い女の人は。ま、あたしは別にいいですが、帰りはどうするんですね？　ここら、タクシーなんて、まず通りませんよ。それとも、またあたしは待ってることになるんですかね？」

「そうね。帰れなくなっちゃうのは困るな。だけど、待たせるのは厭だし……」

「時間が分かってるなら、迎えに来てもいいですよ」

「ほんと？　助かるわ。ええと……、四時半に『木馬館』だと、一時間もあればいいか。じゃ、三時半に、またここへ来て頂ける？」

「承知しました。美人にゃ、サービスが良いんで有名なんだ、あたしは」

「へへへ、恩に着るわ。おいくら？」

浜坂のタクシーが走り去ったあと、二人は林道を歩き始めた。歩いてみても、別に何があるという訳ではなかった。途中に細い山道でもと思ったが、とうとうそんなものはどこにも見つからなかった。十分ほど歩いて、岐《わか》れ道に着いた。見覚えのある看板が立っている。馬の形に作られていて、胴のところに「幕良牧場入口・この先500メートル」と書かれてある。

二人はその看板の前で、しばらく心を決め兼ねていた。結局、牧場への道をとった。

「このまま行けば牧場だわ」と香苗は言った。「それでいいのかしら」

「うん……。それしか考えられないな、やっぱり」

「でも、隆一たちは、どうしてあんなところにタクシーを置いて行ったんだろう」

「車で乗りつける訳にはいかなかったってことかなあ」

「こっそりと？」

「うん」

「だけど、夜といっても、九時半かそこらでしょう？　こっそり忍び込むには、ちょっと早いような気がするけど……」

「いや、九時なんてのはね、牧場にとっては深夜さ。牧場は朝が早いんだ。四時とか五時に始まるのよ。だから、皆んな夜は早く寝ちゃうの。忍び込むとしたら、二時や三時ってのは却って見つかる危険がある」

「へえ……。でも、どうして忍び込む必要があったのかしら」

「牧場には昼間行ってるんだよね。もう一度、夜になってから、こっそりと、か。何が目的だったんだろ。誰かに会ったのかな……」

芙美子が不意に耳を澄ませるようにして、立ち止まった。後ろを振り返る。香苗もそれにつられて首を回した。

岐れ道のところに停まっていた白い乗用車が、とたんに動き出し、左に消えた。殆ど一瞬のことだった。

「見た？」

芙美子が訊いた。香苗は頷いた。

あの乗用車は、いつあそこへ停まったのだろう？　香苗たちが岐れ道を登り始めた時には、あんな車はどこにも見かけなかったのだ。

「どうも、妙な感じだな。『木馬館』を出た時も、あの車を見たような気がする……」

あ……、と香苗も気が付いた。公園脇の路上に、白い乗用車が停まっていた。新聞を顔に被せて寝ている男が、運転席に乗っていた……。

「芙美子……」

香苗は、思わず芙美子の腕を摑んだ。

人影の無い林の中の小径が、不意に音を消した。

37

幕良牧場の門を入ったところで、香苗と芙美子は「あれェ？」という声に足を止めた。事務所の裏口から大きなポリバケツを抱えて出て来た少年——。

ああ……と香苗は顔を綻《ほころ》ばせた。パステルとモンパレットの墓を立てた、あの牧夫だった。勇次郎から名前を聞いたような気もする。ヨウちゃん……いや、コウちゃんだったろうか。

重そうなバケツを抱えたまま、彼は二人の方へ歩いて来た。

「知ってるの？」

芙美子が訊き、香苗はウンと頷いた。

少年はバケツを足元に置き、首に掛けていたタオルでくるんと顔を拭った。

「何やってんだ？」

「君に会いに来たの」

香苗が答えると、少年は目を丸くした。

「おれに？　ウソだろう」

「ほんとよ。教えてほしいことがあるの」

「……何を？」

「馬のこと」

少年は怪訝《けげん》な顔で香苗を見つめ、そして芙美子に目をやった。

「綾部芙美子。私のお友達よ。ええと、君は、コウちゃんだっけ？」

少年はコクンと頷いた。

「浩司《こうじ》。久野《ひさの》浩司」

「よろしくね」

芙美子が手を差し出した。浩司は、どぎまぎした様子で芙美子の手を握り、「どうも」と肩から上だけでお辞儀をした。耳の辺りが赤くなっていた。

「仕事の邪魔だったかしら」

香苗は、浩司の足元のバケツを見て言った。

「いや、別に。仕事なんてもんじゃねえよ。ゴミ棄てに行くだけだ」

そう言って浩司はバケツを蹴飛ばした。気付いたように、門の外へ続く小径に目を

やり、

「歩いて来たの？」

「林道の途中までタクシーで来たのよ。あとは歩いてね」

「どうして？　ここまで乗って来りゃいいのに」

「私たちも、そう思うんだ」と芙美子が言った。

「え？」

ポカンとした顔で、浩司は芙美子を見た。芙美子は冗談、冗談と手を振った。

「コウちゃん」香苗が訊いた。「君、馬の写真見て、それがどの馬か分かる？」

「ウチにいる馬？」

「そう」

「なら、だいたい分かるさ。何で？」

「見てほしい写真があるのよ」

建物の方で音がして、浩司が振り返った。慌てたようにバケツに手を掛けた。

「あのさ、ちょっと待っててくれよ。これ、片付けちゃうから。あの納屋の裏辺りにいてくれる？　すぐ行くよ」

浩司はバケツを抱え上げ、門の脇の焼却炉の方へ歩いて行った。

香苗と芙美子は顔を見合わせた。言われるまま、納屋の裏で待っていると、しばらくして、浩司が後ろを何度も振り返りながらやって来た。

「やばいんだよ」

小声で言った。

「何がやばいの？」

「事務長に言われてるんだ。牧場の外の人間に事件のこと話すなって」

「ああ……」

香苗は勇次郎の言葉を思い出した。「鶴見は箝口令《かんこうれい》を敷いたんです」彼はそう言った。

「やな奴だよ」

と、浩司は顔をしかめた。

「じゃあ、コウちゃんにあんまり訊かないほうがいいわね」

「構わねえよ。見つかると、後がうるさいだろうけどさ」

「よし」

と芙美子がバッグから五枚のキャビネを取り出した。

「手短に片付けよう。これ見てくれる？」

浩司は五枚の写真を受け取って、パラパラと見た。ひと目でそれと判るらしい。

「うん。みんなウチの馬だ」

「教えて」

「この黒鹿毛の仔馬はパステル。栗毛はダイニリュウホウ。青毛のこいつは、モンパレット」

そこまでは香苗たちにも判っていた。問題は、あと二頭の青毛である。

「この青毛の種馬はリュウホウ。肌馬のほうはズイウンだ」

「リュウホウとズイウン……」

芙美子が上擦《うわず》ったような声で言った。

「これが、リュウホウとズイウンか。そうか……」

「どういうこと？　芙美子、それはどんな馬？」

芙美子は頷き、人差指を立ててみせた。

「いい？　リュウホウは、ダイニリュウホウの父馬。ズイウンは母馬なんだ。——つまり、この五枚はパステルの系図だよ。パステルの血統を溯ってるんだ。パステルだろ。その父ダイニリュウホウ、母モンパレット。そして、ダイニリュウホウの父リュウホウ、母ズイウン。ね？」

頷いたものの、しかし——、と香苗は考えた。祖父母、父母、そして子。この系図は何を意味するのだろう？　隆一は、何のために、この五頭の写真を撮ったのか……。

「実物を見るかい？」と浩司が言った。「もっとも、パステルとモンパレットは、見せたくても無理だけどさ」

「大丈夫なの？　私たちを案内しているところを見つかると、やばいんじゃない？」

「今なら平気さ。馬は放牧場だし、殆どの連中はひと休みしてる時間だから」

そう言って先に立って歩き始めた。香苗と芙美子はその後へ続く。

平気さ、とは言うものの、浩司は常に辺りを気にしながら歩いていた。納屋の裏から厩舎の方へ、さらに厩舎の裏側の建物を迂回した。建物を目で示し「おれが寝てる寮さ」と声を落として言った。

寮の脇に、金網を張った小屋があった。中に白地に黒の斑点を散らした精悍《せいかん》な身体つきの犬が三頭いた。三頭とも、首を上げ全ての動きを止めて香苗と芙美子を見据えている。

「織本さんのポインターだ。猟犬だよ」

「おっかねえ眼付きしてるなあ」

芙美子が小屋を遠回りしながら言った。犬はかすかな唸り声を立て、射るような眼で三人の動きを追っている。

厩舎を抜け、放牧場に出た。事件のあったあの場所ではなかった。さほど広くはない。牧柵の中に一頭の黒鹿毛がいた。

「ラップタイムだ！」

芙美子が嬉しそうな声を上げた。

種馬の放牧場は、一頭一頭がそれぞれの領地を与えられていた。牧柵で仕切られた明るい草の上に、あるものは佇《たたず》み、あるものは草を食《は》み、そしてあるものは悠々と走り回っていた。

こうして見ると、馬にはそれぞれ個性があった。ラップタイムはパステルのような黒鹿毛で、しかし力強く、首をグイと引き、尾を振り上げて駆けている。仔馬の、跳ねるような走り方ではもはやなく、ゆったりとした映画のスローモーションを見るような美しい動きであった。

リュウホウは、真黒な温和《おとな》しい馬だった。これがパステルの祖父。ゆっくりした歩みを止め、耳を立てて香苗たちの方をじっと見ている。漆黒《しっこく》と言ったらよいのだろうか、全身に艶やかな黒い毛が流れている。静かで、どこか悲しげな雰囲気を持った馬だった。

そして、輝くような明るい毛色の馬――それがダイニリュウホウだった。香苗たちが近付くと、一度は首をもたげ、来訪者に問いかけるような眼差《まなざ》しを向けたが、再び足元の牧草を食べ始めた。栗毛の巨大な馬体、そして額には真っ白な星が流れている。流麗で華やかな印象を、香苗は受けた。

しばらく、三人は牧柵の外から、その金色の馬に見とれていた。

三人はそれから、事件のあった南側の放牧場へ移った。ダイニリュウホウの母ズイウンが、そこへ放されている。

歩いて来た道を戻り、厩舎の裏手を通って、楡《にれ》の小径を行くと、緩《ゆる》やかな緑の斜面に出た。

二十日前の記憶が、香苗の中に蘇った。蝉の声。凧の形に張られた縄。そして、その中に供えられた二つの花束。――今、放牧場には、仔馬を伴《つ》れた母馬が、あちらこちらに散らばっている。モンパレットとパステルも、やはりあそこだったのだ……。雑木林で、鳥が裂くように鋭く啼《な》いた。

浩司が牧柵を潜《くぐ》り、放牧場へ入った。香苗と芙美子もそれに続く。三人は草を踏んで丘陵を下りて行った。

「あ、あれかな?」

芙美子が遠くを指差した。青毛の馬が仔馬に付き添うように立っていた。

「違うよ。あれじゃない」

「へえ。こんな遠くから、よく見分けられるね」

「どうってことないさ。あの青毛は黒鹿毛の仔を伴れてるだろ? ズイウンは今年、仔を産まなかったんだ」

「ああ、そうか……」

「ほら、あれがズイウンだ」

浩司の指差す方向を見ると、柵の側の木陰に、一頭の青毛がいた。

「おれ、先に行って押さえるから、ちょっとあとから来てよ」

そう言って浩司はズイウンの方へ歩いて行った。

「なるほど、知らない人間が急に近付いたら逃げちまうからね」

芙美子が頷いて言った。

見ていると、浩司はゆっくりと近付き、馬に優しく声を掛けた。香苗たちが行くと、ズイウンは怯えたように首を引いて後退《あとずさ》りした。浩司が首筋を叩いてなだめてやった。

「さて——、問題は、これをどう解くかだな」芙美子がズイウンを眺めながら言った。「五枚の写真は、パステルの系図だった。しかし、その系図にはどんな意味が隠されているのか……」

三人のいる牧柵の外に、モンパレットとパステルの墓標が立っていた。墓標の下に、牛乳瓶に挿《さ》した花が揺れている。

「まあ、ずっと花をあげてくれているの？」

「そこら辺に咲いているのを、取って来て入れてるだけだよ」

照れたように、浩司は言った。

ズイウンが浩司の手を離れ、柵に沿ってゆっくりと歩み去った。

「パステル……」

芙美子が墓標に問い掛けるように言った。

「教えてよ。何があったのさ。――」

ふと目を上げ、柵の外の雑木林を見渡した。

「コウちゃん。この林を抜けると、どこへ出る？」

「どこって……。林道に出るだけさ」

「なるほどね」

ふんふん、と芙美子は頷いてみせた。

「ちょっと訊いていい？」

「何だい？」

浩司は足元の草をむしり、口にくわえて牧柵に寄り掛かった。

「深町場長は、事件の前、パステルのこと何か言ってなかった？」

「何かって……」

「どんなことでもいいよ。パステルについて、気が付いたこと無い？」

考えていた浩司が目を上げた。くわえた草をぺっと吐き出し、

「そういや、一度変なことがあった」

「変なこと？」

「うん。確かパステルに悪戯《いたずら》した奴がいるんだ」

「イタズラ……どんなこと？」

「朝、おれパステルの馬房行ってさ、それでブラシ掛けてやろうと思って見たら、首のところから血が流れてたんだよ」

「血？」

「うん。細いのがひと筋、固まってた。誰かが注射したんだ」

「注射を？　パステルに？」

「そう。それがさ、モンパレットとダイニリュウホウにも、おんなじように針を打った痕《あと》があったんだ」

「ちょっと待って、それいつのこと？」

「ええと……、あの事件が起こる一週間ぐらい前かな」

「九月に入る前？　入ってから？」

「入ってからだな。うん、入ったばっかしって時だよ」

「ふうん……」

　芙美子は迷ったような目を香苗に向けた。

「それで、何を注射されてたの？」

「いや、それが、分かんねえんだよ」

「何ともなかったの？　馬は」

「何とも。いやさ、おれ、気が付いてから場長に知らせたんだよね。でも、場長は針の痕見て、たいしたことないって言うんだ」

「外から見ただけで、よくそんなこと言えるね」

「だろ？　おれも心配だったからさ、獣医の先生呼んだほうがいいんじゃないかって言ったんだけど、逆に、余計なことしなくていいって叱られちまったよ」

「ふうん……。そういうこと、前にもあったの？」

「ある訳ないじゃん。そんなことしょっちゅうやられてたら、馬はたまんないよ」

「だよね。それ、パステルとモンパレットとダイニリュウホウの三頭だけだったの？」

「うん」

「リュウホウとズイウンは？」

浩司は首を振った。

「おれ、心配だったからさ、一応全部の馬調べてみたんだよね。その三頭だけだった」

「何だろ……」

芙美子は馬の墓標を睨みつけるようにして考え込んだ。

「事件に関係あんのかな？」

浩司が逆に芙美子に訊いた。芙美子は首を振った。

「判らんね、今のところは、全く。――コウちゃん、その他に、何か気付いたことない？　パステルじゃなくて、深町場長のことでもいい」

浩司が困ったような顔で俯《うつむ》いた。言ってよいものかどうか戸惑っている。

「何かあるのね？」

芙美子がけしかけるように言う。

「いや……」

浩司は顔を上げ、そのとたん、打たれたように口を噤《つぐ》んだ。香苗と芙美子の後方に目をやったまま、もたれ掛かった柵から身を離した。

香苗と芙美子は、後ろを振り返った。放牧場の間の小径を、男が歩いて来た。

鶴見事務長だった――。

鶴見は柵を潜《くぐ》り、真直ぐ三人の方へ向かって歩いて来た。不意に立ち止まり、無言のまま、顎《あご》で浩司を呼んだ。

「おれ、じゃ、仕事があるから……」

浩司はそう言い残すと、慌てて駆けて行った。鶴見はくるりと背を向け、浩司を待たずに小径へ向かった。

「香苗……！」

芙美子が、喘《あえ》ぐように言った。

「あれ、誰よ？」

「鶴見事務長」

「ちくしょう……！」

そう言って唇を噛んだ。

「どうしたの？」

「あのばかめ。良太郎の大ばか野郎」

「何よ。芙美子、どうしたのよ」

「記者だよ」

「え？」

「新聞記者。幕良日報なんて嘘つきやがって。良ちゃん、鶴見とも知らず、事件のことベラベラ喋っちまったんだ」

「あ……」

香苗はぞっとして、去って行く二人に目を向けた。

しばらくの間、香苗と芙美子は、パステルとモンパレットの墓標の前に立っていた。陽が翳《かげ》り、風が少し冷たくなってきた。

「ずいぶん歩き回ってみたけど、どうやら違うみたいだね」

芙美子が馬を眺めながら言った。

「何が？」

「足を見てごらん」

「足？」

「靴さ。埃《ほこり》は被ってるけど、泥だらけと言うにはほど遠い。ほらね」

芙美子は自分の足を持ち上げて見せた。

「ひとつ試してみるか」

そう言って、芙美子は柵の外へ出た。

「芙美子、どこへ行くのよ」

「どこって、帰るのさ」

「こんなとこから？」

芙美子が行こうとしているのは、雑木林の中だ。

「我、道無き道を行く、なんてね。――浜坂のオッチャンが迎えに来てくれるまで、まだ充分時間もあるしさ。ほら、おいでよ」

仕方なく、香苗も柵を潜った。

斜面は急だった。膝ほどもある雑草に足をとられ、固い木の根につまずきながら、二人はゆっくりと雑木林を下って行った。途中、香苗は二度尻餅をつき、芙美子は転んで危うく斜面を滑り落ちそうになった。

十五分ほど悪戦苦闘の行軍を続け、二人はようやく道に出た。

「実験成功！」

芙美子が靴を指差しながら言った。

靴だけではなかった。二人とも、ジーパンもTシャツも、泥だらけになっていた。

芙美子は喜んでいるが、香苗はむしろ泣きたい気持だった。

「これ、どうするのよ……」

「乾きゃ、はたいて落ちるよ。いっぺん宿へ帰ってさ、着替えりゃいいよ」

芙美子は道端の草むらに腰を下ろし、バッグから煙草を取り出して火を付けた。

「要するに、隆一と柿沼さんは、こうやって牧場へ行ったたって言いたいんでしょ」

香苗は、靴の裏に盛り上がるように付いた泥を、石で掻き落としながら言った。

「ま、そういうことだ」

「何をしに？ パステルとモンパレットとダイニリュウホウに注射をするために？」

「うん。考えてるんだけど、どうも腑に落ちない」

「これじゃ、幕良に、分からないことを増やしに来たみたいなもんだわ」

「まあ、そう言いなさんなって。それほど棄てたもんでもないよ。お？　あれ、自動車の音かな？」

浜坂の運転するタクシーの姿が見えた時、香苗はつい、ほっと溜息を吐《つ》いた。

38

約束の時間に『木馬館』へ行くと、勇次郎はすでに来て待っていた。

「『ロッキング・ホース』君です」

勇次郎は隣の席に掛けていた男を、香苗と芙美子に紹介した。

男はすっくと立ち上がり、両手を身体の脇に付けたまま、スキーでジャンプした選手が滑空するような姿勢を取った。

「草加《そうか》といいます。よろしくお願いします」

彼は、香苗と芙美子が前の席へ腰を下ろすまで、その姿勢を崩さずに立っていた。

香苗たちが腰掛けたのを確認してから、ズボンの折目をちょいと摘《つま》み、椅子に着いて背筋を伸ばした。背丈はさほどでもないが、驚くほど座高の高い男だった。髪はきれいに七三に分け、白とブルーの縞のブレザーはちゃんと前のボタンが留めてある。

芙美子は笑いを含んだ声で「わざわざどうも」と草加に言った。

「いえ、とんでもありません。東京から来て頂いたそうで、大変光栄です」

ウエイトレスが注文を取りに来た。コーヒーに懲《こ》りている二人は、オレンジジュースを頼んだ。

芙美子はバッグから例の投書を出しながら、勇次郎の方を向いた。

「大変だったでしょう？　すぐに見つかったの？」

「班長というヒントを貰いましたからね。草加君は、板の選別の係なんですよ」

その言葉を肯定するつもりなのか、草加は腰掛けたまま、もう一度前傾姿勢をとった。

「『月刊パーフェクト』は、いつも愛読させて頂いています」

無関係な挨拶を加えた。

「どうもありがとう」

と芙美子は笑いながら礼を言い、草加に投書を見せた。

「これは、草加さんが送って下さったものですか？」

草加は封筒を手に取り、一応中も覗いて見てから、

「はい、確かに。僕が書きました」

「草加さんは、そのお手紙の後、先月も投書を送って下さったわね？」

「はい」

「実は、その二番目のお手紙について伺いたいんです」

「はあ……」

「何を書かれました？」

「は？」

草加は鼻を摘まれたような顔で芙美子を見返した。

「あのう、届かなかったので……？」

「いえ、そうじゃないんです。ウチのほうで手違いがあって、どこかに紛れてしまったんです」

「はあ……」

「どんなことをお書きになったの？」

「はい、あの、たいしたことじゃないです。ただ、賭けの……」

ジュースが運ばれてきて、草加は口を閉じた。ウエイトレスが去ってから、芙美子は聞き直した。

「賭けと言われましたね」

「はい。僕たちの『三六会』でいま流行《はや》っている賭けのことを書いたのです」

「どんな賭け？」

「馬券の他にも、いろいろ賭けになるようなものを見つけては、みんなで楽しんでいるんです。例えば、今年の最多勝利騎手《リーディング・ジョッキー》には誰がなるかを予想して賭けるような、そういうものです」

「……それだけ？」

芙美子は気落ちしたように訊いた。

「いえ、あと、年間を通じて、一番多く馬券に絡む枠は何枠か、とかですね」

「ふうん……。それは面白いかも知れないわね」

「おい、草加君」と勇次郎が言った。「綾部さんが訊いているのは、君が投書に何を書いたかってことなんだぜ」

「ああ、そうか。投書にはですね、ダイニリュウホウとモンパレットの仔馬の賭けの話を書いたんです」

「それだ！」

芙美子の声が大きかったために、草加は思わず掛けている椅子をずらした。店中の視線がこのテーブルに集まった。

「ごめん。力が入ってしまった。いや、それを訊きたいのよ。パステルについての賭けだったのね」

「パステル？」

草加はきょとんとした顔で首を振った。

「パステルは、だってもう生まれてしまった馬なんですから。賭けの対象にはならないですよ」

「違うの……？　でも、あなた、ダイニリュウホウとモンパレットの仔馬って……」

「ええ、だから、来年生まれる仔馬です。モンパレットは、来年もダイニリュウホウの仔を産むことになっていたのです。ただ、牧場で撃ち合いがあって、その流れ弾で死んでしまいましたから、この賭けも流れてしまった訳ですが」

撃ち合いとは恐れ入ったものだ、と香苗は苦笑した。

「その仔馬の何について賭けたの？」

「毛色です」

「毛……」

芙美子が眉をひそめた。

「つまり、来年生まれてくる仔馬の、毛色は何かということを賭けるんです。それを書いた訳なんですけど……」

「待ってくれ。おかしいな……」と芙美子が呟くように言った。「パステルは黒鹿毛なんだし、ダイニリュウホウの仔であってもおかしくない筈だが……」

「いえ、パステルじゃないんですよ。パステルは生まれてしまった馬なんで、賭けの対象には……」

「あ、いや、ごめんなさい。こっちのことなの。……つまり、草加さんは、『三六会』でそういう賭けをやっていることを、書いて送って下さったのね」

「はい、それを専門家の方に伺ってみようと思って」

「何を……？」

「だから、毛色のことです。ダイニリュウホウとモンパレットには、どんな毛色の仔が生まれるかということを——その可能性が一番強いのは何だろうと思って」

「うん、なるほど」

「僕も、一応調べてみたのです。『月刊パーフェクト』の去年の何月号かに、毛色のことが載っていたのを思い出しまして。それで、読んでみたら、栗毛の馬と青毛の馬からは、黒鹿毛か栗毛か青毛のいずれかが生まれるのだということが判りました。つまり、鹿毛とか芦毛なんかは生まれないので、それに賭けるのは始めから金を棄てているようなものです。となると、当たる確率は三分の一ですね。黒鹿毛か栗毛か青毛か。でも、もう少し範囲を絞れないものかと考えた訳です。こういうの、僕はよく分からないのですが、例えばパステルは黒鹿毛ですね。そうすると、黒鹿毛は一度出てしまったから、次に出る可能性は栗毛や青毛よりも少なくなるのか。あるいは、逆に一度出ると、その後も出やすくなるのか。それから、毛色というのは、父馬の影響を強く受けるとか、母馬のほうが強いとか、そういうことって、あるのではないかと思ったんです。ただ、どうやって調べればいいのか、どんな本にそういうことが書いてあるのか、僕は知りませんでしたので、それで専門家の先生にお尋ねしてみようと思って、あれを書いたのです」

香苗は、芙美子が途中から、草加の話を聞いていないことに気付いていた。煙草の煙を小刻みに吹き出しながら、黙って考え込んでいる。

確かに、草加の話は意外だった。香苗にしても、投書にはもっと別の何かが書かれていると思っていたのである。内容を予想していた訳ではない。あるいは織本の汚職に関する事柄かも知れないと思ったが、そうでなければならないとも、思ってはいなかった。ところが草加の投書には、毛色の賭けのことが書かれていたというのである。

何か、事態が逆戻りしてしまったような感じだった。

これ、本当にパステルか？　——隆一は、真岡にそう訊いた。では、あれはやはり、パステルの毛色に疑問を持った言葉だったのだろうか。しかし、パステルは黒鹿毛。そこに疑問の余地は無い筈だった。

毛色の賭け——隆一は、そこから何を摑み出したのだろう？

「あのう、僕……」

沈黙が気詰まりになったのか、草加が気兼ねするように言った。

「よろしければ、これで……」

芙美子が頭を上げた。

「ああ、どうもありがとう。助かったわ」

「お役に立てなくて……」

「とんでもないわ。とっても参考になりました。お会い出来て良かったわ。ほんとに、ありがとう」

「そうですか。そう言って頂ければ……。では、友人と約束がありますので、これで失礼します」

草加は立ち上がって、例の前傾姿勢をとった。

「あ、それから草加さん」と芙美子が言った。「今度から、匿名の場合でも、住所とお名前は書いて下さいね。雑誌掲載分には、記念品をお送りすることになってるんです。住所と名前が無いと、お送り出来ませんから」

「あ……」と草加は驚いて聞き返した。「じゃ、どうやって、僕のところへ来られたんですか？」

草加は、今頃それに気付いたようだった。

「あまり収穫は無かったみたいですね」

草加が帰ったあと、勇次郎が言った。

「あら、どうして？」

芙美子は、グラスの底に残っているジュースを懸命に吸い上げながら聞き返した。

「有ったんですか？　収穫が」

「有ったわよ。大有りだわ。投書の内容が判ったじゃないの」

「しかし、毛色の賭けでは、大友隆一さんの摑んだものが何だか判らないでしょう」

「ちょっと待ってよ。判ったじゃないの。毛色なのよ。毛色だってことが判ったんじゃない」

憤慨したように芙美子は言った。

「芙美子、だって……」と香苗が言った。「栗毛と青毛から黒鹿毛が生まれたって、おかしくはないんでしょう？」

「うん。おかしくない。そんな例は山ほどある」

「じゃあ、どういう……」

「それは、これから調べる。――その前に、勇次郎さんの話を聞きたいんだ。深町場長のことで、また何か判ったって言ってたわね」

「ああ、そうです……」

勇次郎が眉を曇らせた。

「事件に関係は無いのかも知れないのですが、一応、この際お耳に入れておいたほうがと思ったんです。実は、昨晩、叔母と話をしましてね、叔父についてちょっと気になることを聞いたんです」

「どんなこと？」

「叔父には、以前から出どころのよく分からない収入があったらしいんです」

「お金？」

「ええ、叔父の机を整理したそうなんですが、中から預金通帳が出て来たんです。僕も見せて貰ったんですが、びっくりしました。残高が五百万近くあるんです」

「へえ……」

「叔母も見たことの無い通帳だと言うし、ヘソクリをしていたにしても、五百万というのはちょっと大き過ぎるでしょう。それで、詳しく見てみると、これが入金を全て合計すると、一千万を超えるんですよ」

「一千万……。凄いね」

「入金は七年前から始まっていました。全て、振り込まれたものです。年に一回、四月になると大金が振り込まれています。最初の年は五十万、その翌年が百万、そして次の年は二百万。この二百万が、今年の四月まで続いているんです」

「誰かから受け取っていた訳ね。何の金だろう。強請《ゆす》りかな？」

「叔母にも、全く心当たりは無いそうです。とにかく、あまりきれいなお金じゃなさそうなんで、叔母も不安になったんだと思いますが」

「七年前からと言ったね」

「ええ」

「七年前には、もちろんパステルはいない……。深町場長に、七年前、何があったんだろう」

「七年前と言うと、僕の記憶にあるのは、牧場が持ち主を替えたことですね」

「田島さんから織本市長に……」

「ええ、それが七年前です」

芙美子がくしゃくしゃと頭を掻いた。

「また、宿題が増えちまった」

## 39

『春日屋旅館』の部屋へ帰るなり、芙美子は電話に飛び付いた。

「東京に掛けたいんですけど」

帳場にそう言い、『ラップタイム』の番号を告げた。

「いっぺん切るんですか？　はい、分かりました」

受話器を置き、電話を睨みつけるようにして、ベルの鳴るのを待っている。

「真岡さんに、何の用なの？」

歩き回って疲れた足を、畳の上に伸ばしながら、香苗は訊いた。

「うん。ちょっと調べて貰おうと思ってさ」

「何を？」

訊いた時、ベルが鳴った。

「ほい。もしもし。あ、良ちゃん？　私。分かる？　そう。ちょっと頼まれてくれない？　ウチの会社の資料室からさ、これから言う本を取って来てほしいのよ」

「……………」

「ウン。休みだよ。分かってるさ。だから良ちゃんに頼むんじゃない。あのね、いい？　入口のドアの上のところにね、鍵があるのよ。そうそう。それで中に入って、総務の係長の机の一番上の抽斗《ひきだし》。え？」

「……………」

「大丈夫だって。係長の机はさ、総務の一番窓寄り。そう、窓を背にして。ウン。その一番上ね。そこに鍵の束があるのよ。その中のどれかが資料室のやつだからさ。中に入って、左の奥の棚に参考書が並んでんのよ。ウン。そこに『馬学概説』って本があるから。——馬の学問、概略の概、説明の説。わかる？　百科辞典みたいな分厚い本。それ、持って来て、ここへ電話してくれない？」

「……………」

「どうして？　意気地無し。頼むからさあ、ね。言うこと聞いてくれる良ちゃん、大好き。聞いてくれない良ちゃん、大嫌い。え？」

「……………」

「番号って、何の？　あ、そうか。ええと、ちょっと待ってね」

芙美子は受話器を耳から外し、香苗の方を向いた。

「ねえ、この宿の電話番号、何番？」

香苗は灰皿の中に入っていた宿のマッチを取り、芙美子に渡した。芙美子がそれを読み上げ、思い付いたように言った。

「良ちゃん、あのさあ、ついでに、その本の中から、私の調べたい箇所を捜しといてくれる？　どうせヒマでしょう？」

「……………」

「ごめん。謝る。ウン。あのね、中に毛色の遺伝について書いたところがある筈なのよ。そう、毛色」

「……………」

「うん。それは、帰ってからでもゆっくり説明するからさ。それで、いい？　栗毛と青毛と鹿毛と黒鹿毛の、遺伝子の型が知りたいのよ。遺伝子。遺伝因子というのかな？　とにかく、栗毛にはどんな因子の型があって、青毛には、ってね。ううん、芦毛はいらない。それが判ったら電話頂戴。お願いします。サンキュー。電話でキスしてあげる。え？　直接？　そうねえ、考えとくわ」

芙美子は受話器を置いた。満足げに手を擦り合わせ、

「よし、ちっと時間も掛かるだろう。まずは風呂、入って来ちゃおう」

芙美子が待ち兼ねていた電話が掛かって来たのは、風呂から上がり、夕食を済ませた後だった。

「見つかった？」

芙美子は電話に言った。

「そう。じゃ、書き取るから、ちょっと待ってね」

電話の横に備え付けてあるメモを取った。

「いいよ。うん……」

芙美子は、真岡の言葉を復唱したり、確認したりして、メモを取っていた。香苗は横からそのメモを覗き込んだ。

毛色のあとにアルファベットを幾つも書き連ねている。ただそれだけだ。何だか、さっぱり分からない。

「ウン。これでいいよ。ありがとう。え？　明日中に帰るよ。キス？　そんなこと言ったっけ？」

電話を終えると、芙美子はメモを持って座卓に移った。

| | |
|---|---|
| 栗　毛 | aabbcc, aabbCc, aabbCC |
| 青　毛 | aaBbcc, aaBBcc |
| 鹿　毛 | aaBbCC, aaBBCC |
| 黒鹿毛 | aaBbCc, aaBBCc |

a＝栗毛因子（基礎毛色）

B＝青毛修正因子

C＝鹿毛修正因子

「それ、何なの？」

「事件の真相を解く鍵」

「ちゃんと説明してよ」

「うん……。ちょっと待ってよ。私も、これからこいつを解かなきゃならないんだ。この中に、きっと答えがある……」

芙美子は、メモを睨んだ。

香苗はふと、芙美子に取り残されたような気持になった。馬のこととなると、香苗はまるで分からない。芙美子が問題にしているのはパステルの毛色だということ——それしか分からない。それが分かっても、その後がどうにもならない。何を考えればよいのか、それすら香苗には見当もつかなかった。

香苗に出来ることと言えば、今は黙って芙美子の考えを邪魔しないということしかなかった。そのうち、芙美子は別の紙に表のようなものを作り始めた。やはり「a」とか「B」とかそんなアルファベットばかりを繰り返し書き込んでいる。

電話のベルが鳴った。香苗が取った。

「ちょっと、妙なんですよ」

抑えた声は勇次郎だった。

「牧場に人が集まって来ているんです」

「人？　……何なの？」

「分かりません。ただ、それが狩猟会のメンバーなんですよ」

「……織本市長も来ているの？」

「ええ。こんな時間ですからね。会合をやるような時間じゃないですよ。何か臭うと思いませんか」

「そうねえ……。気になるわね」

「僕、これから様子を見て来ます」

「ちょっと、勇次郎さん。危ないわ。そんなことして、もし見つかったら……」

「いや、何か判ったら連絡します」

電話はそれで切れた。

「何なの？　香苗」

「勇次郎さんから。牧場に狩猟会のメンバーが集まって来ているんだって」

「行こう——」

芙美子が立ち上がった。

「奴ら、とうとう動き出したな……」

40

急いで着替えを済ませ、宿を出て駅前へ向かった。

「芙美子……」

ずんずんと歩いて行く芙美子を追いながら、香苗は自分が情けなくなるほど怯えているのを感じていた。八時をだいぶ回っている。牧場は夜が早い。九時十時は夜中なのだと芙美子は言った。そこへ向かおうとしている。

狩猟会のメンバーが集まっている。何のために……？

「芙美子……怖いよ、私」

「私だって、おっかないさ」

「どうするつもりなの？」

「分かんない。でも、とにかくこんなチャンスは二度と無いかも知れない」

「チャンス？　何のチャンスよ」

「変化が起こり始めているんだ。奴らは不安になってきてる。ヘマをやるのは、こういう時だ」

駅前に停まっているタクシーは一台だけだった。

「おや、またあんたたちか」

浜坂運転手だった。

「オジサン、ちょうどいいわ。幕良牧場へ急いで、お願い」

「へ？　こんな時間にですかね？　ははあ……なるほど、実地検証ってやつだね」

「お願い。急いでいるの」

「よしきた」

浜坂運転手は帽子を被り直し、勢い良く車をスタートさせた。

「しかしまあ、いったい何をしようってのかね？　いや、あたしがこんなこと聞く必要も無いんだろうけど、若いお嬢さん二人が、夜牧場に行くなんてのは、よっぽどのことなんだろうね。こう言っちゃ何だが、あたしは自分の娘にはこんなことはさせないね。探偵ごっこってのは、頭ん中でやるぶんには構わんが、実際にやってみるようなもんじゃないと思うよ」

「オジサン、娘さんがいるの？」

「一人ね。去年、嫁にやりましたよ。あたしはこれで、お役目ご苦労さん、というとこだけどね。どうも、近頃の娘のやることはよく分からないよ。何かあるっていうと、すぐウチに泣きついてきやがる。自分でなんとかするってことが出来ないんだね。すぐ親を頼っちまう。まあ、親がそんなふうに育てちまったんだろうけどね」

タクシーは、海の底のような街の中を走って行った。前方に真っ黒な山がもくもくと盛り上がっている。その山を目指して、車は走り続けた。

「芙美子、七尾さんに知らせたほうがいいんじゃない？」

「何て言って知らせるの？　狩猟会の連中が牧場で酒盛りしてるから見に来いって言うの？　七尾刑事に何が出来るのよ？　奴らが何のために集まっているのか、それを確かめた上でも遅くはないさ」

「あんた方、七尾のダンナを知ってるのかね」

前を向いたまま浜坂が言った。

「オジサン、知ってるの？」

「今度のことじゃ、何度も会ってますからね。あの刑事は粘っこい人だね。商売柄、警察の人とは友達みたいなもんでね。向こうはそう思っちゃいないかも知らんが。

――へえ、七尾さんをご存知ですか」

何を納得したものか、浜坂は勝手に頷いてハンドルを持ち直した。

車が暗い面舞川を渡った。月の光が流れに当たり、それは青白い夜光虫の群れのように見えた。山道へ入ると、シートに伝わってくる震動が、香苗の不安をまた呼び戻した。林道の縁を壁のように塞いでいる木々の列が、際限なくライトの光の中に飛込んでは流れ去っていく。その強烈な濃淡の連続は、深い穴蔵の中にどこまでも陥込《おちこ》んでいっているような、そんな錯覚を香苗に起こさせた。

「あ、オジサン、ちょっとスピード落として」

芙美子が言った。

道がちょうど真直ぐな登りに差し掛かった時、前方に赤いテールランプが見えた。二つの赤い灯は、カーブに遮られてすぐに見えなくなった。

「少し、ゆっくり行って頂戴」

「承知しました。このぐらいでいいですかね？　要するに、見つかってはいかんという訳ですな。まさか、ヘッドライトまで消せとは言わんでしょうね」

「あたしも事故で死ぬのは厭だからね」

「あたしもですよ。意見が合いましたね」

「そうか……」と芙美子が呟いた。「まだ、全員が揃っているという訳でもないんだな。うまく間に合うといいな」

「何に間に合うの？」

「分からん。とにかく、奴らが始めようとしていることにさ」

牧場への岐れ道が近付いてきた。

「どうするんですか。牧場へ入って行くんですかね？」

「いや、それはまずいわ。どこか適当な場所で降りるから」

「おや、後ろからも一台来てますよ」

「え？」

後方を振り返ると、雑木林に見え隠れするヘッドライトの光が目についた。

「オジサン、岐れ道をそのまま真直ぐ行って。ちょっと行き過ぎたところで降りるわ」

「よしきた。何となく、あたしも乗せられてきたね」

浜坂はそう言い、岐れ道を通り過ぎて数十メートルの辺りで車を停めた。芙美子に言われる先にライトのスイッチを切った。

後窓《リヤウィンドー》から窺っていると、やがて一対のヘッドライトが岐れ道を牧場へ登って行った。

「よし、降りよう」

「帰りはどうしますかね？」と浜坂が訊いた。「また迎えに来ましょうか？」

「うん……。でも、どのぐらい掛かるか分からないのよ」

浜坂は時計を見た。

「じゃ、一時間ほどしたら、来てみましょうかね。これから町へ戻って八時五十三分の下りで一仕事して、それからラーメンでも食べて来れば、そんな時間ですね」

「じゃあ、そうして下さる？　悪いけど、お願いするわ」


二人は、道を避けた。

牧場への小径《こみち》は歩きやすいが、いつまた後ろから車が来ないとも限らなかった。小径に沿って、雑木林の中を進むことにした。月の光だけが頼りの密行は、昼の数倍の困難を伴った。木の根と思って足を掛けたものが枯枝だったり、バランスを失って摑んだのがまるで頼りにならない草の蔓《つる》であったりした。前につんのめり、厭というほど膝を木の枝にぶつけ、それでも声を立てるのを我慢して二人は進み続けた。ささくれ立った木の幹にしがみつき、ギザギザの岩に摑まったりして、手の平の感覚は無くなってしまった。ヒールの無い靴を履いてきたのが、せめてもの救いだった。これがハイヒールのサンダルだったら、裸足《はだし》で行かなければならなかったろう。

ようやく牧場の入口が見えた時、二人はすでにくたくたに疲れていた。門は大きく開けられていたが、二人は少し離れたところから柵を潜《くぐ》った。

入った場所は駐車場だった。明らかに牧場の車と判るものの他に、十台近くの乗用車が停まっていた。芙美子が唇を嚙みながら辺りを見回した。香苗を肘で突つき、左手を見ろと合図した。事務所の窓から洩れる明かりがゆらゆらと揺れていた。

行こう、と言うように芙美子が頭を傾けた。並んだ車の後ろを通り、二人は腰を落として牧場の奥へと進んだ。香苗は一台一台の車を注意深く見ていった。この中に。自分たちを尾行していた車が、と思ったが、白い乗用車は一台も無かった。

不意に、芙美子がしゃがみこんだ。

「どうしたの……」

小声で訊くと、芙美子は拾い上げた石を二つ、香苗に見せた。

「気休めに、武器を拾っておこう」

そう囁いて、ニヤッと笑った。

遠回りをしながら、二人はゆっくり事務所の裏へ近付いて行った。事務所は、中央の部屋だけに明かりが灯いていた。両側は暗く閉ざされている。恐る恐る、明かりの洩れている窓の下へ這い寄った。

香苗には、自分のしていることが信じられなかった。泣き喚《わめ》きたいような衝動が、波のように香苗の胸を突き上げる。「芙美子、やめようよ」何度もそれを言いかけ、必死に自分を抑えた。

芙美子がゆっくりと伸び上がり、窓の縁から眼を覗かせた。香苗の肩を突ついた。見ろ、と言う。香苗は首を振った。芙美子がしゃがみこんで、顔を寄せた。

「ブラインドが降りてる。大丈夫、こっちは見えない。鶴見と宮脇がいる。あとは私の知らない顔ばっかりだ。十二、三人はいるよ」

そう囁いて、また芙美子は部屋の中を窺った。

香苗はこわごわ、窓の上に眼を押し上げた。ブラインドの隙間から覗くと、見覚えのある事務室の中だった。机が三つある。その向こうに織本栄吉が腕組みをして腰掛けていた。鶴見事務長がその後ろに立って、無表情な眼で参会者たちを眺め回している。その二人の机を取り巻くように、折り畳みの椅子が並んでいる。椅子はちょうど十脚あった。全て塞がっている。宮脇友成はその中にいた。ちょうど横顔が見えている。何かが話し合われているようだ。だが、話し声はくぐもって低く、はっきりとは聞き取れない。織本が、なだめるような手振りで何か言っている。

「あの偉そうにしてるのが織本？」

芙美子が訊き、香苗は小さく頷いた。

二人は窓の下にしゃがみこんだ。

「ここはまずいな、どこか……」

芙美子が首を回して明かりの消えている窓の方を窺った。

「勇次郎さんは、どこかにいるのかな？」

香苗はそれを忘れかけていた。辺りを見回した。彼も、どこかに潜《ひそ》んでいるのだろうか……。

芙美子が香苗に合図し、建物の左手に移動した。香苗は後ろから続く。暗い窓の前に立って、芙美子は、この部屋は何だと訊いた。位置関係からすれば応接室だろう。七尾から質問を受けた場所だ。それを伝えると、芙美子は頷き、窓枠に手を掛けた。

「芙美子……！」

彼女の行動の意図を悟って、香苗は竦《すく》み上がった。芙美子はマアマアというように香苗の腕を押さえた。

「ここは、駄目だ。鍵が掛かってる」

そう言うと、芙美子は再び腰を屈《かが》め、明かりのついている窓の下を通って、その向こう側へ進んだ。途中で香苗を振り返り、早く来いと手招きした。香苗は息苦しさに気が遠くなりかけていた。力を込めて唾を呑みこみ、芙美子の方へ足を進めた。

こちら側の部屋には窓が幾つも付いていた。芙美子は静かに、ひとつひとつの窓を試した。建物の脇へ回りこみ、芙美子がその角の窓に手を掛けた時、カチリ、と小さな音がした。

「しめた……」

芙美子は、音を殺しながら、ゆっくりと窓を開けた。そして、おもむろに靴を脱いだ。その靴を香苗に、持ってて、と手渡した。

「芙美子、お願い……」生きた心地がしなかった。

芙美子は靴を預けると、窓の縁に手を掛け、鉄棒の要領で身体を縁に乗せた。ゆっくりと足を上げ、そしてふわりと部屋の中へ下りた。靴を寄越せと合図する。そして、香苗に靴を脱げと手真似で言った。

ここまで来てしまった以上、自分がしなければならないことは分かっていた。腹を括《くく》って、捨て鉢になって、諦めるしかなかった。音が聞こえるような勢いで心臓が喉元を打っている。香苗は歯に力を込め、靴を脱いで素足になった。冷たい地面の感触が、ほんの少し意識を醒めさせた。

早くしろ、と芙美子が合図する。香苗は窓にしがみつき、芙美子の力を借りて、這い上がった。

部屋は広く、暗かった。大型のテーブルが四つ置かれていて、右手に厨房《ちゅうぼう》らしき小部屋がぼんやりと見える。食堂なのだと思い当たった。正面のドアの隙間から光が洩れていた。リノリウムタイルの床をそろそろと歩いて、二人はそのドアに忍び寄った。ドアの向こうで男の声がした。

# 41

「……そう仰《おっ》しゃいますがね、じゃあ、どう考えろと言うんですか。警察が調べているのは、あの狙撃事件でしょう。殺人事件の捜査員が、どうして私の馬の売買に鼻を突っ込んでこなきゃならんのですか。事件と馬の売買がどこかでつながっているからこそ、刑事がそれを調べているんでしょう」

「いや、そう神経を尖らせることもないよ。警察ってのは、有ること無いこと突ついてみるものだ。それが彼らのやり方だよ。これという狙いがあってやってる訳じゃない」

「そうでしょうかね。市長、ひとつ腹蔵の無いところを聞かせて頂けませんか。私たちはですねえ、この幕良のために良かれと思って、名前をお貸ししているんです。しかし、本当にそう考えていていいんですか？」

「そりゃ何だね、横内君。わしは腹に含むところなんぞ、一切持ってはおらんよ。最初から全てを、有りのままにお話ししとるじゃないですか」

「ちょっと待って下さい。よろしいですか。私にもひと言」

「どうぞ」

「私らは不安なのですよ。そこを分かって頂きたい。安全だと聞かされて、お手伝いしているのです。ところが、あの事件以来、安全とはどうも思えなくなってきた。いえ、私だけじゃないですよ。ここに来られている皆さん、そう思っている。不安なのですよ」

「安全に変わりはありません」

香苗はその声にはっとした。芙美子を見ると、彼女も頷いている。「鶴見ね」口の形でそう言った。

「実は、東京に調べに参りました」

「ほう、何を調べたんですか？」

「安全の確認です。確かに、馬の仲介に関して疑問を持っている者が多少おります。しかし、殆ど問題はありません」

「その疑問を持っているというのは、どういう人物ですか？」

「この前の事件で、ウチの深町と一緒に亡くなった大友という競馬評論家がおります。その周囲の人物数人です。彼らがただ騒いでいるだけなのです。おそらく、刑事がそれを耳にして、皆さんのところへ聞きに回ったというそれだけのことです。いずれにしましても、当初ご説明致しました通り、この問題に関して、警察は手を出せません。全ては正当な馬の売買です。正当な売買に警察が足を踏み込むことは出来ません。

ん。心配はご無用です」

「そうかな」と言った声は宮脇だった。「今日《きょう》、私は、そのあんたの言う、大友隆一の周囲の人物というのに会ったよ。女性二人だがね」

「ああ、その二人が幕良へ来ているのは存じています」

「問題は無いと言うのかね」

「何も知りはしません」

「しかし、その二人は、『共信アド』の関口を知っておったよ。そして、『大全建設』に知り合いがいると言った」

「なに？」と織本の声。「大全と言ったのか？」

「はっきり言いましたよ。要するに、全部知られているということでしょう。それでも安全だと、市長も鶴見君も、言われるんですか。しかもですよ、女性二人のうち一人は、『パーフェクト・ニュース』の社員なんだ」

「宮脇さん、それは本当ですか。『パーフェクト・ニュース』というと、山路さんの会社じゃないですか」

「そう。言わせて貰いますがね、市長。山路というのは、あれで危険な男ですよ。彼がこのことをマスコミに流したらどうなりますか。マスコミは、こういうネタにすぐ飛びついてきますよ。警察は動けなくても、マスコミは動く。それで大全の内部に告発者でも出たら、完全に終わりじゃないですか」

「まあ、待てよ。山路君には、近いうちにわしが直接話をする。話の分からない男じゃないよ」

「僕は、しかし、危険だと思いますがねえ」と、別の声が言った。

「何が危険かね」

「確かに方法は安全だったかも知れませんよ。しかし、それはあの事件が起こる前の話です」

「だから、あの事件とこれとは無関係だと言っとるじゃないか」

「そうですか。じゃあ、聞かせて頂けませんか。深町場長は、一体何をやっていたんですか?」

「何を……とは?」

「深町さんのことを、おたくの牧夫から聞いたのですがねえ」

「誰が、何を言ったのですか」と鶴見。

「それは、言わないでおきましょう。牧夫に悪いところは無いんですからね。鶴見さん、それに僕が聞いたのは、あなたが牧夫たちに口止めをする前ですからね」

「口止め?」また別の声が言った。「深町場長のやったことというのは何ですか」

「牧夫の話ではですね、あの事件のあった日、牧場で馬が一頭、脚を折っているのです。フィールドラップという二歳馬だそうですがね。驚いたことに、その骨折は深町場長が故意に行なったものだと言うんですね」

「何だって？」

芙美子の息を呑む音が聞こえた。香苗に目を合わせ、ゆっくりと首を振った。

「馬を預かっている人間が、しかも牧場長がですよ、その預かりものの馬の脚を故意に折るというのは何ですか」

「鶴見さん、それは本当ですか」

「残念ながら、本当のようです。しかし、それは深町が勝手にやったことです。なぜ、そんなことをしたのか、今でも信じられません」

「なるほどね」と宮脇。「要するに、牧場長が馬の脚を折ったということになると、大問題ですからな。そんなことが知れたら、牧場はやっていけなくなる。もちろん、フィールドラップの保険金だって下りない。そこで秘密にしようということになる。その秘密を守るために、深町場長までも口を封じたと」

「宮脇君！　君は何を言うんだ」

「可能性を言っただけですよ。警察はそう考えるかも知れない」

幾人かの声が混じり合って聞こえた。それを制するように織本が声を上げた。

「勝手な憶測は慎んで貰いたい。何度も言うように、事件のことは、わしは何も知らん、わし自身、非常に不愉快なのだ」

芙美子が憤慨したように首をひと振りした。そのとたん、ジーパンのポケットから石が転げ落ちた。芙美子が慌てて拾い上げたが遅かった。

隣の部屋の話し声が、ふっと跡切れた。

香苗は全身が凍りついたように、ぞっとして芙美子を見た。芙美子はぎゅっと目を閉じていた。

「今、何か音がしたな？」

芙美子が腰を浮かせた。香苗に、来い、と合図する。二人は自分の靴をしっかりと握り締め、部屋を横切って厨房へ飛び込んだ。

ドアが思い切り良く開く音がした。食堂に隣室の光が拡がった。

香苗と芙美子は互いに肩を抱き合いながら、大きなポリバケツの陰に小さくなっていた。

「誰もいないじゃないか」

男の声が、まるで耳のすぐ側で言ったように聞こえた。

「そこは何です？」

「厨房だ。調理場だよ」

流しに大きく影が映った。

「気のせいだろう」

戸惑ったように揺れている影が、後ろに退いた。ドアの閉まる音がして、闇が食堂を閉ざした。

しばらく、二人ともその場を動けなかった。食堂の方へ出て行くのは怖かった。誰かが、二人の動き出すのを待っているような気がしてならない。隣室で喋っている声がしていた。声は小さく、殆ど聞き取れない。

抱き合っていた芙美子の手が緩んだ。腰を浮かしかけている。厭だ、と香苗は首を振り、芙美子にしがみついた。芙美子が香苗の背中をやさしく叩いた。右の方へ目をやり、見ろ、と顎をしゃくり上げた。

厨房の奥にドアがあった。昼間、浩司がバケツを持って出て来たドアだと気付いた。

待ってて、というふうに芙美子は香苗の髪を撫で、そっと立ち上がってドアのところへ行った。ノブを握り、がっかりしたように肩を落とした。鍵が掛かっている。

ここを抜け出すには、やはりまたあの窓を越えなければならない。身を隠すものの殆ど無い食堂へ出て行くのは堪らなく恐ろしかった。

芙美子が床を這うようにして食堂を窺った。来い、と手招きをする。香苗も四つん這いになって後に従った。

「冗談じゃない」

隣室で言う男の声が聞こえた。思わず、身を竦《すく》ませた。

「私は、降ろして貰います。とにかく、これ以上危いことはやりたくない」

「わしは、一度だって皆さんに強要してはいない。これからも強要はせんよ。降りるのどうのと言うが、あんたたちだってずいぶん利益を得ている筈だよ」

「ですから、それでもう充分ですよ」

「市長、もう一度お訊きします。我々の知らないところで行なわれているようなものは一切無いんでしょうね」

「くどい！」

織本が声を荒らげた時、戸外に自動車の停まる音がした。隣室の話が止んだ。

「まだ他に、来る者がおるのか？」

「いや……」

「見て来ましょう」鶴見の声が言った。

香苗と芙美子は、そろそろと窓に近寄った。事務所の前に停まっている車を見て、息が詰まった。

タクシーだった。浜坂が運転席から出て、辺りを見回している。

「あの、バカ……」

芙美子が押し殺した声で言った。

「おい！　そこで何をしている」

鶴見の声が響いた。

浜坂がはっとしたように振り返り、戸惑ったように帽子を取った。

「何をしているのかと訊いてるんだ」

「……はい、お客さんを迎えに……」

浜坂の声が小さく聞こえた。

だめ！　やめて。香苗は心の中で叫んだ。

「客？　誰のことだ」

「いえ……その……」

「自分が迎えに来た客の名も知らないのか」

「いや、私はただ……」

「誰を迎えに来たんだね。誰に呼ばれた？」

「女性の方お二人が……」

ああ……芙美子が息を洩らした。そして、次の鶴見の言葉にぞっとした。

「女二人……。ああ、あの二人か。それなら先ほど帰られたよ」

「へ？　帰られた……。あ、そうですか。じゃ、行き違いになったのかな」

「そういうことだろう。無駄足だったな」

「そうですか……」

浜坂はごま塩の頭を掻き、車に乗り込んだ。

「ご苦労だったね」

香苗は飛び出して行きたいような衝動に駆られた。「いるわ。私たちはここにいる」そう叫びたかった。足は動かず、喉は綿を詰め込まれたように固く塞がっていた。

隣室が静まり返っていた。注意が全てこの部屋に向けられている。

不意に芙美子が香苗の手を引いた。窓を乗り越えている余裕は無かった。外にはまだ鶴見がいる。二人は厨房へ戻った。タクシーの発車する音が聞こえた。

芙美子が気付いたように、大きなポリバケツの蓋を取った。中は空だった。しかし、二人が入るような余裕は無い。冷蔵庫の横に、ダンボールの箱が積み上げてあった。それを確認し、芙美子は香苗に、ポリバケツの中へ入れと合図した。無我夢中で、香苗はそこへ入り、身体を縮めた。芙美子が頭の上で蓋を閉めた。食堂のドアを開ける音が聞こえた。

「明かりをつけろ。そこにスイッチがある」

織本の声がした。

「さっきはいなかったでしょう」

「どこかに隠れていたのかも知れない。よく捜してみろ」

「おや……」

「何だ」

「これ……」

「泥だな」

香苗はバケツの中で靴を握り締めた。底についてた泥が半ば乾いて、ポロポロと足の上に落ちた。

「ずいぶん泥が落ちてますよ」

「調理場を見てみよう。鶴見、鍵は掛けたのか」

「その筈です。私が見ます」

すぐ側の床がかすかに軋《きし》んで鳴った。そこを男が歩いているのが分かる。一度遠ざかり、また近付いて来た。

「何かあったか」

「いや……誰かが、このダンボールを動かしたな」

ガサガサとダンボールをずらす音がした。

「いないな……」

その時、遠くでガラスの割れる派手な音がした。

「応接室だ！　窓から逃げたぞ」

向こうで誰かが怒鳴った。

激しい足音が急速に遠退《とおの》いた。香苗は一瞬気を失いそうになった。

「香苗」

側で芙美子が囁いた。頭の上の蓋が取られた。

「行こう。今だ」

42

それから、どうやって事務所を抜け出したのか、香苗は自分でも分からなかった。

とにかく、気が付いた時、香苗は走っていた。すぐ目の前を芙美子が駆けている。

向かっているのは門とは逆の方向だった。後方で男たちが何か叫び合っている。建物に沿って、身を隠しながら、二人は必死に駆けた。どちらへ行けば安全なのか、まるで分からない。ただ、男たちの声と反対の方向へ向かって、やみくもに進んだ。

芙美子が突然立ち止まった。後ろを振り返る。厩舎《きゅうしゃ》の脇を車のライトが回り込んできた。とっさに芙美子は香苗の手を引き、目の前の納屋の陰に駆け込んだ。ブレーキの軋《きし》みが聞こえ、納屋の前でジープが停まった。

「見てみろ」

声は織本だった。

納屋の戸を開ける音がした。板壁の細い隙間から、中を照らすライトの光が洩れた。誰かが、小屋の中を掻き回している。

「いませんね」鶴見の声が言った。「ここへ誰かが走り込んだように見えたんですが……」

「これじゃ、埒《らち》が開《あ》かんな。よし、ジェロニモたちを連れてこい。とにかく逃がすな。何がなんでも摑まえるんだ。わしは、もう一度厩舎の方を見てくる」

「分かりました」

ジープが走り去り、鶴見の足音が遠退いた。

「ジェロニモ……？」

芙美子が呟いた。

「犬だ……」

見つかったら殺される……。香苗はそう確信した。

「靴、履きなよ」

芙美子に言われて初めて気が付いた。香苗はまだ、自分の靴を握り締めていた。足の裏が二ヵ所切れて血に土が混じっていた。痛みは感じなかった。香苗が靴を履き終わるのを待って、芙美子は納屋の陰から辺りを窺った。

「いい？　奴らが犬を用意してる間に出来るだけ遠くへ行こう」

「どこへ？」

「放牧場。昼間下りた雑木林から逃げる。入口の方は駄目だ」

二人は腰を屈め、南側の放牧場へ向かった。柵に沿って進む。今にも後ろから犬が飛び掛かってくるのではないかと恐れながら、後ろを振り返り、振り返り走った。南側の放牧場に差しかかった時、芙美子が止まれ、と合図した。

「伏せて」

二人は柵の側の一段低くなった辺りに俯伏せになった。

向こうから放牧場の小径を車が走って来る。先ほどのジープではない。黒い乗用車だった。香苗たちから二十メートルほど離れた場所で車が止まった。二人の男がそこから降りた。

「こっちへ来ると思うか？」

小さいが、その声ははっきり聞こえた。

「まさかわざわざ見つかりやすい場所を選んで来ることもないだろうがね」

「おれは、まだ建物の中にいるんじゃないかという気がする」

「まあ、それは他の奴に任せるさ。とにかく、この辺りで見張っていろと言われたんだ。ここにいればいいさ」

――では、彼らはずっとあの場所を動かないつもりなのだ。これでは身動きも出来ない。

男の一人が煙草に火を付けた。

「ばかな、戦場じゃあるまいし。構わんさ」

「おい、煙草はやめたほうがいい」

香苗の目の前に芙美子の靴があった。その片方が、じりっ、と前へ動いた。もう一方がそれを追うように引きずられていく。要するに、芙美子は匍匐《ほふく》前進を試みているのだ。ゆっくりと芋虫のように身体をくねらせながら、少しずつ進んでいく。激しく身体を動かすことは出来なかった。彼らの目に止まる。香苗もそれに倣《なら》うことにした。

遠くで犬の吠える声が聞こえた。芙美子の動きが少しだけ早くなった。

「おい」と男の一人が言っている。「市長の言葉をどう思う?」

「ああ、あれは嘘を付いている」

「そう思うか?」

「おれが考えるに、市長は深町にシッポを摑まれたんだよ。牧場長なら、馬の売れ行きだって関心があるさ。一番気付きやすい立場にいるんだからな。おかしいと思って調べ、それを市長に突きつけたんだろう」

「それで殺したのか」

「もちろん市長が自分でやる訳はないさ。やるとすれば鶴見だろう。奴の狩りの腕を知ってるだろう」

「ああ、コンクールで毎年入賞を狙えるのは奴ぐらいだからな」

「あいつ、狩りに向いてるんだ。獲物の行動の仕方を心得てる。あれは研究なのかな、勘なのかな」

「両方だろう。それと体験とね。要するに身体で知ってるんだな」

声がふと、不安な調子を帯びた。

「おい……。摑まえるのはいいが、市長はその後、どうするつもりなんだ？」

「うむ……」

「まさか、殺すようなことは無いだろうな」

「だが、二人は殺されている……」

「オレは厭だぞ、人殺しの手助けなんぞ」

「それは、こっちだってさ。しかし、だからと言って、逃がしてしまう訳にもいかんだろう」

二人の会話を耳で聞きながら、香苗と芙美子はゆっくりとした前進を続けていた。ずっと話をしていてくれればいい、と香苗は思った。そうすれば、彼らの注意もそのほうへ逸《そ》れてくれる。

時折、風が犬の吠え声を運んできた。次第に近付いて来るようにも思える。

肘と膝が鉛になっているようだった。感覚など、ずいぶん前から無くなってしまった。今ではただ、機械的に身体を動かしているだけだ。歯を強く噛み合わせているために、首の後ろの辺りが固まってしまったように重い。

二十分近くも、芙美子と香苗はそうやって匍匐前進を続けていた。芙美子の動きが止まった。ゆっくりと頭を回し、男たちの方を見た。思ったよりかなり遠くまで来ていた。芙美子は香苗に合図して、ゆるゆると柵の外へ身体を出した。柵の外には、いたるところに石や木の根がある。もう這って進むのは無理だ。身体を起こそうとして、香苗は思わず呻き声を洩らした。身体中がガチガチに硬張《こわば》っていた。動かす度ごとに、軋《きし》んだような音を立てる。

「大丈夫？」

そう小声で訊いた芙美子も、苦痛に顔を歪めながら、手足をさすっている。

「芙美子、勇次郎さんはどうしたかしら」

「私もそれが心配なんだ。彼、応接室のほうに隠れていたんだよ。私たちの危険を悟って、わざと音を立てて逃げ出したんだ」

「じゃあ……犬に追われてるのは、勇次郎さんのほう……？」

「こっちへ来ないところをみるとね。奴ら、応接室に残っている匂いでも嗅がせて、追いかけさせているのかも知れない」

「厭だ、私……」

「行こう、香苗。まだ泣くのは早いよ」

芙美子は男たちの方を窺い、そろそろと移動を始めた。十メートルほど前方にパステルとモンパレットの墓標が見える。幸い男たちはこちらに注意を向けていない。いざとなったら怪我を覚悟で雑木林に飛び込むつもりで、香苗はゆっくりと芙美子の後に続いた。

墓標の辺りから雑木林の中へ入ると、自分の姿が隠れたというそれだけで安堵《あんど》感が拡がった。香苗も芙美子も傷だらけだった。感覚の麻痺した手足に痛みは無い。全身が汗でぐっしょり濡れている。そこへ泥だの枯草だのがべったりと貼り付き、シャツとズボンの境目さえ判らなくなっていた。

一度通った場所とはいえ、歩き難さに変わりがある訳ではなかった。ただ香苗は、自分がこういう異常な行動に抵抗感が無くなっているのに気付いた。今なら、数十メートルの絶壁を登れと言われても、さほど驚きはしないだろう。あとは気力の問題だけだった。

「浜坂のオッチャン、恨むよ」

大きな木の根を跨《また》ぎながら芙美子が言った。香苗は勇次郎のことが気になって仕方がなかった。香苗と芙美子のために犬に追われている……。自分の身体よりも、そのことのほうが苦痛だった。

「道だ……！」

芙美子が嬉しそうに言った。

木々の間に、月に照らされた林道が、薄《う》っすらとした帯となって横たわっていた。

道の上に降り立った時、二人はどちらともなく大きく息を吐き出した。

妙な音が聞こえたのは、その時だった。

思わず、香苗と芙美子は声を上げ、抱き合った。

薄暗がりの道端に、犬が唸り声を立てて身構えていた。犬の綱を男の手が持っている。

男は、鶴見事務長だった。

「散歩ですか」

鶴見が低い声で言った。

## 43

香苗と芙美子は、抱き合ったまま身動きも出来なかった。

「よし、ジェロニモ、よしよし」

飛び出そうとする猟犬を抑えながら、鶴見が言った。

「断わっておきますが、犬には逃げるものを追いかける習性があります。こいつが本気を出したら、私でも抑え切れる自信はありません」

顔は相変わらず無表情だった。声にも殆ど抑揚が無い。香苗たちを取り押さえたことに対する満足感さえ、そこには感じられなかった。ただ、冷酷な眼が品定めでもするかのように、二人を眺めている。

「しかし、単純な逃げ方をする。昼間下りたところと同じ場所を選ぶとはね。あまりにも予想が当たり過ぎて、面白味も無い」

見られていたのだ、と香苗は悟った。幕良に来てから、香苗と芙美子は常に行動を監視されていたのだ。白い乗用車――やはり、あれがそうだったのだ。

「私たちを……どうするつもりよ」

上擦《うわず》った声で芙美子が言った。

「さあ……どうしようかね。まあ、もう一人が揃ってから、ゆっくりと決めさせて貰いますよ」

「もう一人……」

「もし、勇次郎が助けに来るなどと思っているのなら、諦めることだ。彼は、あんた方よりほんの少し早く、この下の林道へ出て来たところを、下の連中が出迎えましたよ。もうそろそろ、引き揚げて来るでしょう」

その言葉を裏付けるように、遠くに林道を登って来るヘッドライトが見えた。鶴見はそれを見て、

「さあ、そろそろ参りましょうか。せっかく出て来たところを申し訳ないが、もう一度、牧場へ戻って頂きますよ」

犬がまた唸り声を立てた。

四台の自動車が道を登って来た。鶴見がそのヘッドライトに向かって手を上げてみせた。その間も、眼は香苗たちに据えている。

車が鶴見のすぐ後ろで停まった。

「さ、車に乗るんだ」

鶴見は勢い込む犬を抑えながら二人に言った。車から男が一人降りた。

「手は別にいりませんよ。私だけで充分です」

と鶴見は男に向かって言った。

「あんたの手助けをしようとは思わないよ、鶴見さん」

え？　と鶴見が男を振り返った。

男は、七尾刑事だった。

数人の警官が、後ろの車から次々に飛び出してきた。鶴見は犬の綱を握ったまま、茫然と、自分に向かって来る男たちを眺めていた。犬が警官に向かって吼《ほ》え掛かった。

「その犬をどうにかしろ」

七尾が言った。鶴見に言ったのか、部下に対しての言葉なのか香苗には分からなかった。大柄の警官が二人、鶴見の腕を取り、犬を押さえた。

「ちょっと待って下さい」鶴見が言った。「これはどういうことです？」

「私のほうが伺いたいですね。こんな時間に、人に犬をけしかけて、あなたは何をやっているんですか」

「この二人は、牧場に忍び込んだのです。不法侵入ですよ。取り押さえるなら、彼女たちのほうだ」

「まあ、とにかく署までご同行願いましょうか。お話はゆっくりと伺いましょう」

香苗と芙美子は、力尽きたように、抱き合ったまま、そこへしゃがみこんでしまった。

最後部の車から、三人の男が降り、香苗と芙美子に駆け寄って来た。勇次郎、浜坂運転手、そして三人目はなんと山路亮介だった。

「大丈夫か、怪我は無いか。ああ、こりゃあ、二人とも泥だらけじゃないか……」

「社長……」芙美子が驚いて山路を見た。

「この運転手さんが知らせてくれたんだよ。私は君たちが幕良へ行ったと知って、不安になって追いかけて来たんだ。来て良かったよ。七尾さんには全てをお話しした。そこへ浜坂さんが来られたんだ。……しかし、二人だけで連中の集まっているところへ行くなんて……。まあ、でも良かった」

香苗は身体中の力が一度に抜けた。涙が溢れてきた。芙美子にしがみつき、声を上げて泣いた。泣きながら、ただ「芙美子、芙美子……」と呼び続けていた。

44

車の停まる気配で、香苗は目を覚ました。

「よく眠っていたね」

運転席の山路が後席を振り返って言った。

助手席で芙美子が身体を伸ばし「ここ、どこ……？」と窓の外に目をやった。彼女もやはり眠っていたらしい。

「佐野のサービスエリアだよ。少し前に栃木のインターチェンジを過ぎた」

ああ……では、もうだいぶ東京に近いんだわ、と香苗はシートの上で座り直し、その拍子に顔をしかめた。身体のあちこちの痛みが昨夜の体験の記憶を呼び戻した。

右手にガラス張りの休憩所がある。山路のクラウンは、その駐車場の片隅に停まっていた。時計を見ると、九時を過ぎていた。幕良を発ったのは明け方の五時頃だったから、すると四時間は眠っていたらしい。

「コーヒーをどうだね。いや、私が飲みたくなったんでね」

そう言って山路はドアを開けた。


あれから——

香苗と芙美子は取り敢えず病院へ運ばれた。病院の風呂で身体を洗い、傷の手当をして貰っている間に、警察の人間が『春日屋旅館』から二人の荷物を持って来てくれた。そのあと、二人は病院の一室で勇次郎や山路、浜坂運転手らと共に、七尾刑事からの事情聴取を受けた。

危機を救ってくれたのは浜坂運転手だった。彼は、牧場で鶴見から香苗たちが帰ったと聞かされ、不審に思いながら街へ戻った。自分のやった事がまずかったのではないかと不安になり、それで警察へ行ったのである。

そこには山路がいた。山路は、夕方幕良へ着くと、その足で真直ぐ七尾刑事を訪ねた。香苗と芙美子がどこに泊まっているのか知らなかったし、二人の行動に危険なものを感じていたので、まずは自分の知っていること全てを七尾に話して聞かせたのだった。

七尾刑事は浜坂運転手から話を聞き、当直の警官を集めて牧場へ向かった。牧場に近付いた時、林道で格闘している男たちがいた。勇次郎が狩猟会のメンバーに取り押さえられているところだった。助けられた勇次郎は、香苗たちが危い、と七尾に言った。そして、織本の悪事の証拠を押さえたと付け加えた。

「証拠？」

香苗は勇次郎を見た。

「奴らの話を録音したんです。応接室にテープレコーダーを持ち込みましてね」

勇次郎は頭に巻いた包帯を押さえながら言った。格闘で、彼は頭に傷を負ったのである。織本を始めとする狩猟会のメンバーは今、警察で取り調べを受けている、と七尾が言った。

山路がすぐ帰らなければならないと言うので、香苗と芙美子は彼の車に乗せて貰うことにした。最初芙美子は列車で帰りたいと言っていたのだが、少しでも早く幕良を離れたいと言う香苗の言葉を聞いて、渋々助手席に乗り込んだ。

「幕良での生理休暇を、もっと楽しんでいたいのかね」

山路に厭味を言われ、舌を出した。

香苗も芙美子も、ボロボロに疲れ切っていた。車が走り出すと、強烈な眠気が襲ってきた。高速道路のゲートを潜ったのを、おぼろげに覚えている。あとは何も分からなくなった。

休憩所の片隅で熱いコーヒーを啜《すす》りながら、香苗は幕良でずっと気になっていたことを芙美子に尋ねた。

「芙美子、どうして刑事さんにパステルの毛色のことを話さなかったの?」

なぜか、その時芙美子は眉をしかめ、香苗と山路から目を逸らせた。窓の外の駐車場に顔を向け、黙ったまま車の出入りを見つめている。

山路が、香苗と芙美子を怪訝《けげん》な目で見比べた。

「何だね、そのパステルの毛色というのは?」

香苗は『ロッキング・ホース』氏の投書から、芙美子が真岡に資料を調べさせたことまでを話して聞かせた。

「私、芙美子が七尾さんに話さないのは、何か訳があるのだろうと思って、黙っていたのよ。それに、肝心なところは、私にはまるで分からないんだもの」

「綾部君、そうすると何かね？」山路が腑に落ちないという顔で言った。「パステルの血統には疑問があり、それで大友さんは幕良へ行ったという訳かね？」

「ええ、そうなんだと思いますけど……」と芙美子は溜息を吐《つ》いた。「でも、もう済んでしまったことだし、どうでもいいんじゃないですか」

「どうでも？　だって芙美子、それが判れば、幕良牧場のやっていたことが全部明かるみに出る訳でしょう？」

「七尾さんがやってくれるよ。昨日《きのう》のことで、私、懲《こ》りたわ」

香苗は意外な思いで芙美子を見つめた。懲りた……？

「綾部君、どういうことだ？　君は、毛色の遺伝を調べて、何か判ったのかね」

「判りましたよ」と諦めたような口調で言った。「要するに、パステルはダイニリュウホウの仔ではなかった。それだけですよ」

「待て。よく分からん。ちゃんと説明してくれ。毛色から、なぜそんなことが判る。ダイニリュウホウは栗毛、モンパレットは青毛、そしてパステルは黒鹿毛だ。どこにもおかしいところは無いじゃないか」

「いいわ。遺伝学の講義なんて、私の柄じゃないし、うまく分かって貰えるように話せるか自信無いけどね」

そう言って、コーヒーをひと口飲んだ。

「遺伝子ってのは知ってるわね。親の特徴を子に伝えるものね。子供は父親と母親から半分ずつ遺伝子を貰って生まれてくる。例えば、人間の例で言うと、純粋な日本人に金髪の人っていないでしょう？　それは、日本人は髪を金髪にする遺伝子を持っていないからなのよ。ここまではいい？」

「わかる」と香苗は頷いた。

「純粋な日本人同士の場合は、子供の髪は全て黒くなる。ところが、純粋な日本人と金髪のアメリカ人が結婚したとしても、子供の髪は黒くなるのよ」

「昔、学校で習ったような記憶があるわ。メンデルの法則だっけ？」

「そう。その中の優性の法則というやつね。つまり、遺伝子には、強い奴と弱い奴がいるのよ。髪を黒くする遺伝子は強くて、金髪にするのは弱い。だから黒髪と金髪が結婚したら、強い黒だけが表《おもて》に現われる。この表に現われるってのが重要なんだ。その子供は黒い髪をしてるんだけど、実は遺伝子の中に、ちゃんと金髪のほうも持っている。表に出て来ないというだけでね。要するに遺伝子というのは、ピーナッツみたいに二つが合わさって出来てるのよ。父親から貰った半分、母親から貰った半分。今の子供の例で言えば、片方が黒で、片方が金《きん》ね。子供が金髪になる場合は、それが両方とも、金髪の遺伝子だった時だけ。片方でも黒があれば、その子供の髪は黒くなる訳よ。本当はもっと複雑なんだろうけど、簡単に言っちまえば、そういうことになる」

「分かったわ。つまり、芙美子が言いたいのは、パステルが黒鹿毛だってことは、パステルの中に、毛の色を焦茶色にする遺伝子があるんだってことでしょう」

「その通り。分かりが早いな。――じゃあ、ちょっとこれを見てよ」

芙美子はバッグの中から例のメモを取り出した。真岡からの電話を聞きながら、芙美子が書き取ったメモである。

「説明に都合がいいように、ちょっと番号を入れとこう」

そう言いながら、メモにボールペンでちょこちょこと数字を書き加えた。

「これは、馬の毛色の遺伝子の型を簡略化して書いたものなんだけど、見て判る通り、鹿毛とか黒鹿毛になるためには、必ず

| | | | |
|---|---|---|---|
| | ① | ② | ③ |
| 栗　毛― | aabbcc, | aabbCc, | aabbCC |
| | ④ | ⑤ | |
| 青　毛― | aaBbcc, | aaBBcc | |
| | ⑥ | ⑦ | |
| 鹿　毛― | aaBbCC, | aaBBCC | |
| | ⑧ | ⑨ | |
| 黒鹿毛― | aaBbCc, | aaBBCc | |

a＝栗毛因子（基礎毛色）

B＝青毛修正因子

C＝鹿毛修正因子

大文字の『B』と『C』の両方の因子を、少なくともひとつずつ持っていないといけない訳ね。『B』が有っても『C』が無ければ、その馬は青毛になってしまうし、『C』が有っても『B』が無ければ栗毛になってしまう」

「ああ、そうね。ほんとだ」

「例えば、前に、栗毛同士の親からは栗毛の仔馬しか生まれないと言ったでしょ？　栗毛のところを見てよ。栗毛になる条件は、大文字の『B』を持たないということなんだ。『C』は別に有っても無くても構わない。両親とも『B』を持っていなければ、仔馬に『B』が出て来る訳は無いね。つまり、①②③のうちからどう組み合わせてみても、毛色は栗毛にしかならない訳さ」

「ああ、そういうことなのか……」

「わかる？　さて、前置きはこれでお終《しま》い。隆一さんは、牧場で五頭の馬の写真を撮った。あれは、パステルの系図だった訳だけど、なぜ、お祖父《じい》さんのリュウホウやお祖母《ばあ》さんのズイウンまで撮ったのか。これがパステルの毛色の秘密を解く鍵だったのよ」

「リュウホウも、ズイウンも青毛だった……」

「そう、それよ。さて、このメモで言うと、リュウホウもズイウンも④だということが判る」

「どうして？　青毛なら④か⑤でしょう？」

「ところが、④しか有り得ない」

「どうして？」

「生まれたのがダイニリュウホウだからさ。ダイニリュウホウは栗毛だね。栗毛は大文字の『B』を持たない馬だ。だから、リュウホウかズイウンのどちらか一方でも⑤だとしたら、ダイニリュウホウは『B』を貰ってしまうことになる。二つが合わさったピーナッツが『BB』なら、右を取ったって左を取ったって『B』にしかならない。ダイニリュウホウは、リュウホウからも『b』、ズイウンからも『b』を貰った訳だ。両方とも④だよ」

「あ、そうか」

「じゃあ、ダイニリュウホウは①②③のうち、どれだか判るね」

「④同士の仔がダイニリュウホウなのね。……ああ、①だわ」

「その通り。まあ、青毛同士の親から栗毛が生まれれば、それは①しか有り得ない訳さ。青毛には大文字の『C』が無いんだからね。仔は小文字二つの『cc』となる。つまり①だ」

「あ……判ったわ！」

香苗は思わず声を上げた。

「つまり、こういうことね。パステルは黒鹿毛。ということは大文字の『C』を持っている。ところが、モンパレットは青毛で『C』は無いし、ダイニリュウホウも①の栗毛なんだから『C』は無い。『C』を持たない親から、黒鹿毛なんて、生まれる筈が無いんだわ」

「そういうこと。要するに、パステルはダイニリュウホウの仔である訳が無いんだ」

隆一は、それを見つけたのだ——。

草加からの投書がきっかけになって、隆一は資料室で毛色の遺伝について調べた。そして、隆一は、そこに黒鹿毛が有り得ないことを発見した。同時に、真岡に見せられたパステルの写真を思い出す。これは……と思ったが、念のために真岡の写真をもう一度見に行った。写真の仔馬は黒鹿毛だった。確かめるために、隆一は真岡に訊いたのだ。

「これ、本当にパステルか？」

45

三人は車に戻った。

高速道路を車は東京に向かって走る。山路は無言でハンドルを握っていた。芙美子も助手席で沈黙していた。

香苗は隆一の行動を追い続けていた。

隆一は柿沼と会い、パステルの毛色のことを話した。急遽《きゅうきょ》、幕良へ行った。何のために？パステルがダイニリュウホウの仔でないことの決定的な証拠を摑むためだ。決定的な……。

「あ……」

香苗は、それに気付いた。

「血を採ったんだわ」

芙美子が頭を起こした。

「血？　何だ？」山路が聞き返した。

香苗は、隆一と柿沼が夜、幕良牧場に潜入したこと、そして、パステルとダイニリュウホウとモンパレットの首筋に注射針の痕があったことを話した。

「但し、それは何かを注射したのではなくて、逆に血液を採取したんだわ。芙美子、前にあなた言ってたでしょう。せめてモンパレットとパステルが生きてれば、血液検査が出来るのにって。それを隆一と柿沼さんはやったんだわ。馬にも、血液型って、あるの？」

「それは、あるよ。現に、馬の場合でも、アラブ馬なんかは、全ての馬が血液検査を受けなきゃならないことになってる。それで親子関係を調べる訳だ」

「アラブ馬？　サラブレッドは？」

「残念ながら、全ての馬に血液検査を行なうという制度は出来ていない。現在行なわれているのは、その年ごとに何頭かの種牡馬を抽出して、その産駒だけを検査するということになってる。つまり、抜き打ち検査みたいなもんだね」

「ふうん……。でも、とにかく、血液があれば、親子関係は調べられるのね」

「そう。父馬と母馬と仔馬の血液があればね」

「だんだん、辻褄が合ってきたわ。柿沼さんの役割はそれだったのね。血液を採取して、親子関係を調べる。柿沼さんは獣医学部の講師だわ。うってつけの役目じゃないの。牧場側は二人のやったことを知ったのね。深町場長は針の痕を見て、コウちゃんに放っておけと言ったでしょ。あれは、その針の痕が意味するものを知ってたからなのよ。牧場としては、パステルの血統を問題にされたくなかった。それで、深町場長が柿沼さんを殺すことになった。さらに織本や鶴見は、隆一を殺すのと同時に、深町が殺人犯であることが露見するのを恐れて、彼まで殺してしまった。そして、パステルとモンパレットを殺すことで、二度と血液検査が出来ないようにしてしまったのよ」

「なるほど……」と山路が前を向いたまま言った。「汚職隠しのためと思っていたが、そんなことだったのか。腐り切っているな。酷い話だ……」

　その時、香苗は重要なことに思い当たった。事件直後の鞄の紛失。そして、アパートの侵入者……。

「犯人が捜していたのは、血液検査の結果だったんじゃないのかしら。犯人は、それが一番気になっていた筈よ」

「うむ、そうかも知れないな。——しかし、犯人はそれを手に入れたのだろうか？　もし、それがまだあれば、牧場側の犯罪は確定的なものになるね。パステルやモンパレットが殺されてしまった以上、それを証明するものは検査結果しかない。どこかに残ってないのかな……」

　香苗は隆一の残した資料を思い浮かべた。それはまだ七尾刑事が持っている。しかし、あの中に、血液検査の結果が書かれたようなものがあっただろうか……。

　しばらく会話が跡切れた。窓の外には単調な風景が流れている。前方に「館林Ｉ・Ｃ　１㎞」という標識が見えた。

「社長」突然、芙美子が言った。「次のインターチェンジで降りて下さい」

「急に、何だね」

「伏砂《ふくさ》に寄って下さい。東陵農大です。血液検査の結果は、柿沼講師の研究室にあるんじゃないでしょうか」

「なるほど、そうだな。よし、そうしよう」

山路は頷き、車を左側の車線へ移した。館林のインターチェンジで高速を降り、山路は東へ車を向けた。

香苗は、ふと違うのではないかと思った。

「ねえ、芙美子。検査結果は隆一が持っていたんじゃないかしら」

「何で？　そんなこと分からないよ」

「だって、新聞には、柿沼講師のところへ泥棒が入ったというようなことは出てなかったわ。何だか、犯人は隆一のほうだけを捜してたような気がする」

「新聞には全部書いてあるとは限らないよ。それに香苗だって、もし花瓶が無くなっていなかったら、犯人が入ったのに気付かなかった訳だろ」

「うん、そりゃそうだけど……。犯人なら、まず柿沼さんのほうを捜してみるのが本当だと思うのよね。実際に検査するのは柿沼さんのほうだもの。深町場長は柿沼さんを神社に呼び出しているでしょう？　その時に検査結果のある場所を聞き出したんじゃないかな。それで、隆一のところにあるって知って……」

「いや、行ってみなきゃ分かんないさ。大学にある可能性も大きいよ」

確かにそうかも知れないとは思ったが、香苗は何か腑に落ちなかった。今日《きょう》の芙美子は、どこかおかしい。いつもと違う……。

二時間ほどで、車は伏砂の町に入った。

静かで小さな町だった。高い建物など殆どなく、山路が大学への道を尋ねると、山の方だと店の前に水を打っている婦人が教えてくれた。

駅前から折れて大学へ向かおうとした時、芙美子が思い出したように言った。

「社長、あの電話ボックスで停めて下さい」

「どこに掛けるんだ？」

「東陵農大の獣医学部に知っている人がいるんです。いきなり部外者が訪ねて行っても、研究資料なんて見せて貰えないかも知れないし、連絡してみます」

「ああ、そうか」

電話ボックスを少し行き過ぎたところで、車が停まった。芙美子は車を降りて、ボックスの方へ歩いて行った。山路と香苗も車から出た。

「ああ、さすがに疲れるな」

山路はそう言って背伸びをした。香苗は、ボックスの中で電話帳を調べ、番号をメモしている芙美子に目をやった。芙美子がダイヤルを回し、話し始めるのを見ていて、奇妙なことに気付いた。

芙美子には、東陵農大に知人などいない筈だ……。

以前、『ラップタイム』で刑事の来訪を受け、初めて柿沼事件を知った時、芙美子は「東陵農大なんて大学、あったんだねえ」と言っていたのである。その存在すら知らなかった大学に、知人がいる訳はない。

香苗は芙美子を見た。真剣な表情で何か話している。あの電話の相手は誰なのだ……？

山路を見た。山路は何も気付いてはいない。車の屋根に凭《もた》れ、通りの向こう側を眺めながら、ぼんやりと煙草をふかしている。

やがて、芙美子が電話を終え、二人のところへ戻って来た。

「弱ったわ。今、出てるんですって。昼過ぎでないと戻らないって言うの。訊いてみたけど、やっぱり学外の人間だけで研究室へ入ることは出来ないって言うし……」

香苗は恐れるような気持で芙美子を見ていた。

「昼過ぎに戻るというなら」と山路が言った。「それまで、どこかで食事でもするか。このへんにドライブインでもあるかな」

そう言って通りを見渡した。

「少し行ってみるか、大学の近くなら、ものを食わせるようなところもあるだろう」

山路が運転席に着き、芙美子は反対側から乗り込んだ。その時、香苗は芙美子がドアの外に紙を丸めたものを落としたのに気付いた。電話番号をメモしていた紙だと思い当たった。香苗は車に乗り込みながら、さりげなくその丸めた紙を拾い上げた。車が動き出すのを待って、こっそりと、紙を拡げた。

何も書かれてはいなかった——。

芙美子は、大学に電話を掛けたのではない。そんな気など、始めから無かったのだ。大学へ寄ろうと主張したのは芙美子だ。彼女は何のために、山路と香苗をここへ来させたのか？　香苗の中で次第に不安が拡がっていった。聞き糺《ただ》してやりたかった。だが、そうするのが恐ろしかった。

左手に、こんもりした小山があった。小さな鳥居から長い石段が上へ伸びている。

「ああ、この神社だな……」

山路が言った。

この小山のどこかで、柿沼は殺された。柿沼も隆一も、深町からの電話で、吸い寄せられるように死の現場へ向かったのだ。柿沼は伏砂神社へ、隆一は幕良牧場へ——。

小さな交差点の信号で、車が停まった。前方の坂の上に、大学の門が見えていた。バイクに乗った若者が、その門を入って行った。車の斜め前に郵便局がある。ああ、新聞記事に載っていたのは、この郵便局に違いない。柿沼は研究室を出て郵便局へ寄り、そして神社に向かったのだ。

まてよ……。柿沼は何のために郵便局へ寄ったのか——。

香苗の動悸が速くなった。興奮を抑えながら、郵便局の建物を見返した。

「山路さん、東京——東京へ帰って下さい」

「え？」山路は運転席から振り返った。

「判ったんです。検査結果のある場所が」

「判った？　どこだ」

芙美子が振り向き、言いかけた言葉を呑み込んだ。恐怖とも苦痛ともつかないものが、彼女の目に浮かんでいた。

車の後ろで、トラックが警笛を鳴らした。山路は慌てて車を出した。交差点を抜けたところで、道の脇へ車を寄せた。

「何が判ったんです？」

「血液検査の結果は東京にあります。『ヤマジ宝飾』の事務室に」

「何だって……」

「郵便なんです。柿沼さんは、深町場長に呼び出されて神社へ行く途中、郵便局に寄っているんです。そこで速達を出したんですよ。『パーフェクト・ニュース』の大友隆一宛てに」

「………」

「芙美子、事件の起こったあの日、あなた、隆一宛てに届いた郵便物を、私のところへ持って来てくれたわね。あの中に、たぶん柿沼さんからの手紙が入っていたのよ。私は今まですっかり忘れていた。あのあと事件の報せが入ったり、幕良へ行ったりしていたものだから、あれはずっと店のロッカーに入れっ放しになっているんだわ」

「よし、分かった。東京へ帰ろう」

山路はそう言って車の流れを見ながら、クラウンをUターンさせた。車が速度を上げた。

香苗は、芙美子が前からそれを知っていたのではないかと疑った。芙美子は何かを隠している……。

車は一度土浦に出た。そこから国道6号線を東京へ向かう。

「ちょっと遠回りをしてしまったな」山路が言った。「この分だと、東京に着くのは三時頃になる。社にも連絡を入れておかないと……」

しばらく行ったところで、山路はドライブインを見つけ、その駐車場に車を入れた。

「会社に少し遅れるからと電話を入れてくるよ。ここで食事を済ませよう。君たち、先に行って何か注文しておいてくれないか」

山路が車から降りた。香苗はドアを開け、ふと芙美子を見て、ぎょっとなった。

山路が降りたのを見すまして、芙美子は座席の前のダッシュボードを開けた。中から細長く光るものを取り出し、それをこっそりとベルトの間に挟み入れたのである。

香苗は山路を呼ぼうとしたが、彼はすでに向こうの煙草屋へ行き、赤電話の受話器を取り上げていた。

香苗は急いで車を出た。芙美子が降り、香苗の前に立ち塞がった。

「香苗……」

思わず後退《あとずさ》りした。

「芙美子、ベルトの間に何を入れたの?」

「え? ——ああ、見てたのか」

「何のために、そんなことをするの? あの電話は、誰に掛けたのよ?」

芙美子が一歩踏み出し、香苗の腕を摑んだ。

「香苗、話を聞いて。時間が無い」

「何の時間よ」芙美子の手を振り解《ほど》いた。

「香苗、向こうへ行こう。一緒に来るのよ」

芙美子が迫り、また香苗の腕を取った。そこへ、山路が血相を変えて戻って来た。

「どういうことだね」山路は香苗を睨みつけて言った。「どこへやった?」

香苗は、訳が分からず山路を見返した。

「今、家内に電話を掛けた。あなたの封筒のことを訊くと、それなら『ラップタイム』のマスターが香苗さんに頼まれたからと言って、持って行ってしまったと言うじゃないか」

「え……？」

真岡が、私に頼まれたと言って封筒を……。

芙美子を見た。彼女の顔色が変わっている。

「芙美子、あなたね。さっきの電話は……」

「なに？」と山路が芙美子に目を向けた。「綾部君、君……」

山路が芙美子に歩み寄った。

突然、芙美子は大声で喚《わめ》き立てながら、ベルトの間の物を振り上げ、山路に向かって投げ付けた。

うわっ！と声を上げ、山路は顔を押さえてしゃがみ込んだ。地面に銀色のスパナが転がっていた。香苗は悲鳴を上げた。

凄い力で、香苗は芙美子に腕を摑まれた。

「早く！来るのよ」芙美子が怒鳴った。

「厭よ、放して！」

香苗は必死にもがいた。山路がよろよろと起き上がった。額から血が流れていた。

ドライブインの中から二人の若者が走り出て来た。芙美子に飛び掛かり、香苗から引き離した。

「違うのよ！」

芙美子が叫ぶ。

「その男よ。その男を摑まえて！　そいつは人殺しなんだ！　警察を、誰か……」

香苗は啞然《あぜん》として、山路と芙美子を見比べた。

山路の形相が変わったのはその時だった。車へ走り、運転席へ飛び乗ったかと思うと、ドアも閉めずにエンジンを掛けた。

「摑まえて、早く！」芙美子が叫んだ。

その時すでに、山路の車は猛スピードで通りへ走り出していた。

46

「人の気も知らないで」

芙美子が脹《ふく》れっ面《つら》をして言った。

土浦から乗り込んだ上り列車の中である。隣合って座席に腰を下ろし、火の付いていない煙草を指の間に挟んだまま、芙美子は香苗を睨みつけていた。

「冗談じゃないよ。こっちは必死になって社長に知らせまいとしてるのに、いい気になってベラベラと、血を採ったんだわ！　だって。泣かせてくれるよ、まったく」

「許してよ、芙美子。お願い。だって、私、知らなかったんだもの」

「知らぬが仏もいいとこだわ。おまけに、私を疑ってさ。あーあ、そんなに私、信用無いのかね」

「信じてたわ。ほんとよ」

「どうだか……」

「ねえ、お願いだから勘弁して。でも、芙美子だっていけないのよ。何にも教えてくれないんだから」

「教えたくったって、ああべったり社長にひっ付かれてたら、教えられるわきゃないじゃないさ」

「私、まだ分からない。どういうことなの？　今度の事件は山路さんが犯人なの？」

芙美子は、焦《じ》らせるようにゆっくりと煙草に火を付け、ふう、と煙を香苗の顔に吹きつけた。

「もう……！」

香苗は煙を追い払いながら、怒った顔をしてみせた。

実際のところ、香苗は先ほどドライブインで起こった出来事が、まだ信じられないでいた。芙美子の投げたスパナを額に受けて、顔に血を滴《したた》らせながら棒立ちになっていた山路。芙美子の叫び声に、突然車に飛び乗って走り去って行った。

そのあと芙美子は、幕良警察の七尾に電話を入れ、事件の要点を説明していたが、その間、香苗は訳も分からず、ただぼんやりと立っているだけだった。

「芙美子、教えて。なぜ、山路さんが犯人なの？」

「どうしても分からないことが、まだ幾つかあるんだけどね。でも、犯人は山路亮介以外にはいない。昨日《きのう》、フィールドラップの骨折が深町場長のやったことだって聞いた時、そう確信したんだ」

「フィールドラップで、どうして？」

「深町は、何のためにフィールドラップの脚を折ったんだと思う？」

「……分からない」

「目的があった筈だよね。馬が病気になると、何日でも馬房に泊まり込んで看病するほどの深町が、何の必要も無く馬の脚を折る訳はない。じゃあ、何のためだったのか。フィールドラップが怪我をしたために起こったことって何だろう」

「薬殺された……」

「違うよ、香苗。フィールドラップが怪我をした結果、社長が幕良へ行くことになったんだ」

「…………」

「社長はね、馬の脚を折らせることで、幕良へ行ってもおかしくない口実を作ったんだ」

「でも、芙美子。山路さんがあの日幕良へ着いたのは夜中よ。事件が起こったのは夕方の五時頃だわ。その山路さんが犯人である訳がないじゃないの。芙美子、覚えているでしょう？　山路さんは夕方まで東京にいたのよ」

「覚えてるよ。でも、よく思い出してごらん。私たちは、社長からの電話を聞いただけで、会ってはいないんだ。四時頃に社長は『ヤマジ宝飾』の事務室に電話を掛けてきて、夫人に車を持ってこいと言ったんだよ。東京にいる社長を見ている訳じゃないんだ」

「でも、牧場ではフィールドラップが怪我をしたあと、東京の山路さんに連絡をしているわ」

「連絡をしたのは誰？」

「深町場長……」

「社長はね、アリバイ工作をやったんだよ。事件の起こった九月六日――あの日は月曜日だった。だから会社は休み。家にいたと言っても不自然ではないね。ところが、社長は日曜日の夜のうちに、東京を発って幕良へ向かったんだ。そして、深町としめし合わせておいた場所からライフル銃を取り出し、ある場所で電話が掛かってくるの

「ある場所って?」

「それは分からない。幕良のどこかだと思うけどね。電話は深町から掛かってくることになっていた。内容はフィールドトラップが怪我をしたってことだけど、その意味は、準備OKという合図だったんだよ。深町は自分まで殺されるとは思わずに、せっせと社長のアリバイ作りをやってたんだよ。さも、東京に電話してるという格好を装ってね」

「………」

「社長は深町からの電話を受けて、『ヤマジ宝飾』へ電話を掛けた。その電話を先に取ったのは私だけどね。とにかく山路夫人以外なら誰でもよかった。要するに、社長本人からの電話だということを聞かせればよかったんだ。ところが、私はこの電話でちょっと引っ掛かるところがあった」

「引っ掛かる？」

「うん。社長の家には、私何度も電話したことがあるけど、音の感じがいつもと違うんだ。私も社長は家から掛けてるって先入観があったから、その時は模様替えでもしたのかなと思ったんだけどね」

そう言えば——芙美子はそんなことを頼子に訊いていた。

「待って。山路さんの車はどうなるの？　私たちはあの日、山路ビルの駐車場でクラウンを見ているわ。それを私は幕良でも見ているのよ」

「だから、それがアリバイ工作なのさ。表向きには、社長が夫人に家まで持って来させ、それに乗って幕良へ行ったことになってる。しかし、社長は別の車ですでに幕良に行ってるんだ」

「別の車？」

「レンタカーとかね。警察が調べりゃ、すぐに判るよ。夫人は山路ビルを出て、家へ帰ったのではなく、幕良へ向かったんだ」

「頼子夫人が……」

「内助の功というやつね。一方、社長は電話の後、牧場へ行き、南側の雑木林で深町が隆一さんを連れて来るのを待ち構えた。そして、二人と二頭の馬を撃ち殺し、逃げた。社長はレンタカーで高速道路を南下する。一方、夫人のほうはクラウンに乗って北上して来る。二台の車は、どこかあらかじめ決めてあった場所で落ち合い、社長と夫人は車を交換して、じゃあまたね、ということになる訳よ。社長はクラウンに乗って幕良へ現われ、事件を知ってびっくりする。ま、こんな具合だろうね」

「芙美子……あなた、フィールドラップの骨折が深町場長のやったことだと知っただけで、それだけのことが判ったの？」

「うん、と言いたいところだけど、実は前々から、社長はちっとばかし怪しいなと思ってたんだ」

「どうして？」

「ひとつは、社長、織本の汚職にずいぶん熱心だったからね。隆一さんが幕良へ行ったきっかけは、パステルの写真だった。それと汚職とはどうしてもつながらないのに、社長は事件の動機が汚職隠しにあると言い続けていた。とうとう額田プロダクションの社長まで引っ張り出してきたからね」

「つまり、山路さんは動機がパステルの血統にあるってことを隠したかった訳なのね」

「だと思う。うまいこと別の動機らしきものがあったものだから、すり替えようとしてたんだね。――それとね、社長は、あの隆一さんの五枚の写真を見せた時、リュウホウとズイウンを知らないと言ったろ？　ダイニリュウホウの持ち主が、その父馬と母馬を知らないというのはおかしいね。まあ、プロでも馬の見分けが付かないということはあるけど、それにしたって、リュウホウとズイウンが青毛だってことは知ってるんだから、想像ぐらいは付いてもいい筈だよ」

車内販売の声を聞いて、芙美子は弁当とお茶を二つずつ買った。朝から何も食べていなかったことに、香苗は初めて気が付いた。

「幕良で白い車につけられたろ？」

カマボコを口の中でモグモグやりながら、芙美子は言った。

「あれ、社長だよ、たぶん。やっぱりこれもレンタカーか何か借りてさ。だって、私たちが幕良へ行くのを知ってたのは、勇次郎さんと、あと山路夫人だけだからね。幕良の連中は知らない筈なんだ。ところが『川向こう』へ行った時から、もうつけられてたろ？　宮脇に会ったのも、牧場で鶴見に見られたのも、その後だもんね。とすると、社長しかいないよ」

芙美子は話を中断し、またたく間に弁当を平らげた。お茶を啜りながら続けた。

「まあ、決定的だったのは、社長がドライブインで夫人に電話したことだね。予定より遅れるから社へ連絡を入れると言ってたろ？　あんなの嘘っ八さ。柿沼講師からの手紙を始末させようという気だったんだね。社長の筋書きとしては、私たちが行ってみると、予想は外れて、そんな速達なんかどこにもありませんでしたってことになる筈だった訳だ。良かったよ、良ちゃんに頼んどいてさ」

「芙美子、でも、それだけのことが判ってるのに、あなた、なぜそれを七尾さんに言わなかったの？　山路さんが横にいたって、警察の人が側にいるんだから大丈夫だったのに」

「自信が無かったんだよ。確かに、犯人は社長しかいないように思える。でも、肝心なところはまるで分からないんだもの」

「肝心なところ？」

「なぜ、社長がそんなことをやったのかってことさ。それが、今になっても分からない」

言われてみると、その通りだった。あの山路が、三人もの人物を、どうして殺さなくてはならなかったのか……。

「事件が起こったのは、パステルの血統が偽られていたからだ。でも、そんなことで殺人事件が起こる必要なんてどこにも無い筈なのよ。実際、毎年何頭かは、血統の違う馬が発見されているんだからね」

「毎年？」

「うん。でも、それがこんな事件になったことは一度も無い。血統の正しくない馬が出来るのには二通りの場合が考えられる。ひとつは、不測の事故によるものだ。例えば、放牧中、牧夫の知らない間に、馬のほうが勝手にひっついて恋愛ゴッコを始めちゃったとかね。管理の手落ちはあっても悪意は無かったって場合。もうひとつは、故意に血統を誤魔化す場合ね。ただ、これは殆どアラブ馬の場合なのよ。競走馬にはサラブレッドとアラブがいるんだけど、競走能力から言えば、サラブレッドはアラブより数段上なのね。だから、アラブのレースにサラブレッドが一頭混じっていれば、その馬はずば抜けた成績を残せるの。つまり、賞金が稼げるという訳ね。馬の血統を誤魔化すのは、大抵サラブレッドをアラブとして登録するような、そういうものなのよ。だからアラブのほうは全ての馬に血液検査がなされている訳ね。ところがパステルはサラブレッド。血統を誤魔化す必要なんかどこにも無いのよ」

「でも、ダイニリュウホウの仔として売れば高くなる……」

「パステルはモンパレットの仔だよ。織本の馬だったんだ。名義は宮脇に移ったけどね。どっちにしても、社長の馬じゃない。第一、動機が金銭的な利益にあるんだったら、四千万もするフィールドラップを殺してしまうのはおかしいよね」

「そうか……」

「それに、モンパレットに違う種を付けることが出来るのは、幕良牧場にいる人間さ。パステルの血統が違っていた責任は牧場にあるんだ。社長には無い。それなのに、どうして社長はそれを隠さなきゃならなかったのか。深町にしても、何でそんなことで人を殺し、共犯者になったりしたのか。まるっきり分からない。社長も、深町も、する必要のない犯罪をやったとしか思えないんだ」

# 47

香苗と芙美子は、列車を降りたその足で、真直ぐ山路ビルへ向かった。

二人とも、真岡の無事が気に懸かっていた。あの後の山路の行動を考えれば、車を東京へ向け、真岡の持っている血液検査の結果を奪いに来ることが充分に考えられたからだ。山路は牧場で隆一の鞄を盗み、アパートに忍び込んでいるのである。

山路ビルに着いたのは四時前だったが、『ラップタイム』はすでに「準備中」の札を掛けていた。隣の『ヤマジ宝飾』にもシャッターが下りている。

「良ちゃん……」

鍵の掛かったドアをノックして、芙美子が呼んだ。

しばらくして、閉じていたカーテンが揺れ、「どなたですか」と真岡の声がした。

芙美子と香苗はほっとして顔を見合わせた。

「私よ、良ちゃん。芙美子。香苗も一緒」

「本当に芙美ちゃんであるという証拠は？」

「良太郎、開けろ、こら。怒るよ」

「怒る人は、入れてあげない」

「お願い。開けて頂戴。キスしてあげるから」

「ほんと！」

同時にドアが開いた。ニコニコしながら真岡が立っていた。

「お帰りなさい」

「ただいま」

芙美子と香苗は店の中へ入った。見慣れた店の中を見渡し、香苗は救われたような気分になった。ほっとしてスツールへ掛け、カウンターの上へバッグを放り出した。

ふと気が付くと、後ろで真岡と芙美子が抱き合っていた。長い長いキスだった。香苗は、まるで自分がそうしているかのように、身体が火照《ほて》ってくるのを感じていた。何だか、とても嬉しかった。

抱擁を解き、身体を離した時、真岡の目に涙が滲《にじ》んでいた。

「心配だったんですよ、僕」

「泣くな、バカヤロ」

そう言って芙美子は上気した顔で香苗の隣に腰掛けた。真岡がいつもの習性でカウンターの中へ入った。コーヒーを入れ始めた。

「山路夫人にロッカーの中を探して貰ったんだけど、『パーフェクト・ニュース』の大封筒なんて、まるで見つからなかったんですよ」

「あ……」香苗は気付いた。「そうだ、ロッカーを替えたんだわ」

「ええ、それで困っちゃってるところへ、直子さんってパートの女の子がいるでしょ。あの子が、ああそれならってロッカーの後ろから引っ張り出してくれたんです。でも、そのあとが大変でしたよ。山路夫人が血相変えてやって来ましてね、封筒を返せと言うんです。半狂乱になってね。でも、芙美ちゃんに誰にも渡すなって言われてたから……」

「店が閉まってたわ」

「そのあと閉めちゃったんです。まるで逃げるみたいにして出て行きました。僕のほうも、客はいなかったし、森下を帰して今日《きょう》は臨時休業にしました」

真岡は二人にコーヒーを出し、そして店の奥から大封筒を持って来た。

中の封書は八通あった。

「これだ……」

芙美子が一通を取り出した。速達便で、差出人の名は無く、「東陵農業大学・獣医学部」というゴム印が捺されていた。消印は九月四日——。柿沼はこの速達を郵便局で出し、その後で伏砂神社に向かったのだ……。

「いい？」

芙美子が香苗に訊き、封筒を開けた。中身は大学の名の入った用箋が二枚だった。

まず、芙美子が文面に目を通した。

「え……？」

芙美子が声を上げた。

「そんな……」

「どうしたの？」

香苗が訊くと、芙美子は黙ったまま、二枚の用箋を渡した。真岡が覗き込んだ。

大友君——

大変なことになった。まず、この結果だけは早急に知らせておかなければならないと思い、これを書いている。

検査法は、最善を期すために、赤血球型、血清蛋白質型、酵素型のそれぞれから選んで行なった。血液型の詳細など、君には不用かも知れないが、一応その結果だけ記しておく。

○ダイニリュウホウ（牡十一歳・父）

$Pf_1$・$Pf_3$・$Pf_4$・$Pf_5$・$U_1$・$U_4$・$U_5$・$Tf^{AB}$・$Alb^{BB}$・$Es^{II}$・$Pre^{LL}$

○モンパレット（牝八歳・母）

$Pf_1$・$Pf_3$・$U_1$・$Tf^{BE}$・$Alb^{BB}$・$Es^{II}$・$Pre^{FL}$

○パステル（牡当歳・仔）

$Pf_1$・$Pf_3$・$U_1$・$U_4$・$U_5$・$Tf^{BE}$・$Alb^{BB}$・$Es^{II}$・$Pre^{FL}$

結論だけ言うことにしよう。

この検査による以上、パステルの血統には何の疑いもない。親子関係を否定する材料は全くない。

但し、現在の検査方法は否定材料を捜すためのものであり、そのため否定されなかったものが、そのまま肯定とはならない。だが、十中八九、パステルはダイニリュウホウの仔であると考えて間違いないと思う。

このことが何を意味しているかは、君にもわかるだろう。今、僕はこの結果を公表すべきかどうか迷っている。君は山路亮介氏に、パステルの血統についての疑問を記事にしてはと相談したようだが、その時点と今では、事情がまるで違ってしまった。山路氏にしても、このような結果は想像すらし得ないと思う。これは、競馬界全体の問題ですらあるのだ。

ただ、君と山路氏が、それでも記事にすべきだと考えるなら、僕は敢えて反対はしない。しかし、それが果して何になるだろうか。何にでも黒白を付けることが、必ずしも正義ではないと僕は思うのだが。

このことについて、もう一度話し合いたい。連絡を待つ。

柿沼幸造

追伸　たった今、幕良牧場の深町さんから電話があった。火急の用件で、僕に会いたいと、わざわざ伏砂まで出て来られたらしい。この手紙を出した後、彼に会って話をしてみる。おそらく、君のほうへも行く話だとは思うが。

パステルは、ダイニリュウホウの仔だった――。

香苗は頭が混乱した。これはどういうことなのだろう。パステルがダイニリュウホウの仔でなかったからこそ、事件が起こったのではないのか？

「そうだったのか……」

芙美子が、放心したように言った。

「芙美子、どういうことなの？　柿沼さんが競馬界全体の問題と言っているのは、何のこと？」

「何もかも、全て判ったよ……」

「だから、何なの？　毛色では、パステルとダイニリュウホウの親子関係が否定されたのに、血液検査では逆に肯定されているわ。一体どっちが正しいの？」

「どっちもさ、香苗。どっちも正しいんだ」

芙美子はカウンターに肘をつき、両手で頭を抱え込んだ。

「どっちも？」

「問題はね、パステルじゃなかったんだ。ダイニリュウホウだったんだよ」

「ダイニリュウホウ……」

「パステルは間違いなくダイニリュウホウの仔だったんだ。血統に偽りがあったのは、ダイニリュウホウのほうだったのよ」

「…………」

「隆一さんは気付いてはいなかった。彼はパステルの毛色に疑問を持ち、あくまでもパステルの血統を疑っていた。それで、社長に記事にしようと持ちかけたんだ。社長はさぞ驚き慌てたことだろう。なぜなら、パステルは紛れもなくダイニリュウホウとモンパレットの仔だったからさ。しかし、パステルは黒鹿毛だった。ダイニリュウホウが青毛同士の親から生まれた栗毛とされている以上、パステルは、あってはならない毛色の馬だったんだ。社長は、それに気付いちゃいなかった。仔馬の毛色からダイニリュウホウの秘密が発覚するなんて、想像もしてなかったんだと思うよ。ところが、隆一さんは血液検査をしてみると言った。東陵農大に友人がいるから、手伝って貰うとね。そんなことをさせてはならないと社長は思った。血液検査をすれば、ダイニリュウホウとパステルの親子関係が証明されてしまう。そうなったらダイニリュウホウの血統詐称が明るみに出る。駄目だ、それは喰い止めなくてはならない――それが、この事件の動機だったのさ。

ダイニリュウホウは偉大な馬だった。四冠馬ダイニリュウホウ――。もし、それが血統詐称となったら、おそらく競馬界全体が大混乱を起こすよ。血統の正しくない馬はサラブレッドとは呼ばれない。そんな馬はレースにも出しては貰えないんだ。ところが、ダイニリュウホウは四冠馬になった。その業績は一体どうなるのだろう。四冠を取り消して、それぞれのレースの二着馬を繰り上げれば、それで済むことだろうか？　レースに勝ったという事実を消し去ることなんて出来やしないんだ。関係者もファンも、そんなこと受け入れられる訳ないじゃないか。

問題はそれだけじゃない。すでにダイニリュウホウの産駒の活躍が始まっているんだ。今年、ウラジはダービーを取った。でも、ダイニリュウホウの血統が偽られていたとなると、ウラジも、――おそらく今では、百頭を超える産駒の全てが、血統不詳の馬とされてしまう。サラブレッドとは認められなくなるんだ。金銭的な損害を考えたって、これは厖大なものだよ。産駒一頭が仮に五百万としたって、百頭では五億になる。社長の受け取った種付料だけでも二億ぐらいは軽く超えているに違いない。いやいや、金銭面で最も大きな損害を受けたのは、競馬ファンたちだ。例えば、ダイニリュウホウが四冠を達成した六年前の有馬記念では、二百億円近い馬券が全国で売られたんだ。今では、ダイニリュウホウは、競馬界の全てに関わっているのさ。ダイニリュウホウの血統を信じて種付けを申し込んだ牧場主。その仔馬を買った馬主。預った調教師。そして、レースで馬券を買ったファンたち——。柿沼講師が公表すべきかどうかと言っているのはそのことさ。ダイニリュウホウの血統詐称が公《おおやけ》になったら、一体どんなことになるだろう。私にも想像がつかない。社長は取り返しのつかないことをやっちまったのさ。それを必死になって隠そうとしたんだ。ダイニリュウホウを守るためなら、たかだか四千万のフィールドラップを犠牲にすることぐらい何でもなかった。パステルじゃない。社長の守ろうとしたのはダイニリュウホウなんだ。

モンパレットまでが殺された意味も、これでやっと判ったよ。もし、パステルの血液検査を避けることだけが目的なら、パステルだけを処分すればいい。でも、社長はモンパレットまで殺した。いや、つまり、モンパレットのお腹にいる仔を殺したのさ。モンパレットは今年もダイニリュウホウの仔をみごもっていた。社長は第二のパステルが生まれることを恐れた。もしまた、黒鹿毛が生まれたら……。柿沼講師を殺し、隆一さんを殺し、共犯者の深町まで殺した。それが真相だったんだ……」

「深町場長は、……どうして共犯になったのかしら？」

「深町は七年前から秘密の収入を得ていたでしょう」

「ああ……」

「七年前っていうのはね、ダイニリュウホウが初のクラシックレース——つまり皐月賞を取った年よ——」

「じゃあ、深町場長はずっと前からダイニリュウホウの秘密を知っていて……」

「と言うより、深町自身が、そもそもダイニリュウホウの出生に関わっていたんじゃないのかな」

香苗は、牧場で見た巨大な栗毛馬を思い浮かべていた。

「ダイニリュウホウの……」と真岡が言った。「本当の父親は、何だったんだろう……」

自分で言い、そして、はっとして芙美子と香苗を見た。誰からともなく、壁の写真に視線が集まった。

尾を振り上げて駆けるラップタイムが、そこにいた——。

「そうか」真岡は写真に目をやったまま、しんみりと言った。「ダイニリュウホウが生まれたのは十年前です。その頃、幕良牧場はまだ田島のオヤジさんのものでした。もちろん、ラップタイムもね。オヤジさんは頑固な人だったから、ラップタイムの種付けは、全部自分一人で決めていました。気に入らない肌馬には絶対に種付けをしなかった。中には倍額払うから種付けをしてくれという牧場主や馬主もいましたけど、オヤジさんは承知しなかった。山路社長も、その中の一人だったのかも知れませんね」

「そこに深町は目を付けた訳ね。社長に話を持ちかけ、金を貰ってこっそりズイウンにラップタイムの種を付けた。もちろん、そんなことをやってラップタイムの仔として登録する訳にはいかない。だからリュウホウの仔として登録したんだわ。『ダイニリュウホウ』という名前を付けたのも、リュウホウの仔なんだという証《あか》しのつもりだったのね、きっと。

そうやってダイニリュウホウは生まれ、そしてたぶん、社長や深町さえもびっくりするほどの馬になっていった。ダイニリュウホウがクラシックを取った時、深町に欲が出た。分け前をよこせと言ったのね。深町に秘密を知られている以上、社長は払うしかしようがなかった。

隆一さんや柿沼さんを殺そうと社長が決意した時、共犯者として深町ぐらい適切な人物はいなかった。深町のほうとしても、事が公《おおやけ》になれば罪に問われる。しかも、ダイニリュウホウは彼の大事な金蔓《かねづる》だった。社長は、この時とばかりに、深町まで一緒に始末したのね。——何とも、やり切れないわ」

しばらくの間、三人は黙っていた。

芙美子は煙草に火を付け、真岡は新しいコーヒーを入れた。

香苗は記憶の中で、隆一の背中を見ていた。痩《や》せた背中。その背中が机に向かっていた——。

突然、電話が鳴った。

何かの予感があって、思わず三人は顔を見合わせた。

「はい」真岡が受話器を取った。「はい、おられます。少々お待ち下さい」

真岡は香苗に受話器を差し出した。

「七尾刑事さんです」

香苗はカウンターを回り、深呼吸をひとつしてから、受話器を取った。芙美子が受話器の反対側に耳を付けた。

「はい。お電話替りました」

「ああ、奥さん。一応、お報せだけしておきます。つい先ほど、幕良牧場で山路亮介が死にました」

「え……？」

「牧場へ押し入って銃を奪ったのです。その銃でダイニリュウホウを撃ち殺し、厩舎《きゅうしゃ》に火を放ち、自分もそこへ飛び込みました。誰にも手の付けられないような状態だったそうです。――それと、これも今、東京から入ったばかりの情報なんですが、頼子夫人も自宅で睡眠薬を多量に服用して自殺を図ったそうです。病院へ運ばれたということですが、容体はまだ判っていません」

「………」

「織本市長に関しては」と七尾はいくぶん声を落として言った。「新たに、汚職事件として追及が続けられることになりました。狩猟会のメンバーたちが崩れ始めていましてね。市長や鶴見はずっと黙秘を続けていますが、全てが明らかにされるのも、もう時間の問題と見ていいようです。マスコミの連中がすでに騒ぎ始めていますからね。少なくとも社会的な問題として、大きく取り上げられることになるでしょう」

七尾刑事は、短い間を取った。急《せ》かされたように付け加えた。

「近いうちに、奥さんや綾部さんにも、またお話を伺うことになると思います。取り敢《あ》えずご報告だけしておきます」

日の暮れるまで、三人は黙ったままそこへ腰掛けていた。

「良ちゃん、レコードかけてよ」

不意に芙美子が言った。

「レコード？　いいですけど、何の？」

「何でもいいよ。踊れるやつ。踊ろ？」

真岡はレコードを用意した。テーブルを全部隅に寄せ、小さなダンスホールをこしらえた。

タンゴのリズムに乗って、芙美子と真岡は踊り始めた。二人は頬を合わせ、尻を突き出し、まるでアヒルのような格好で足を動かした。香苗はそれを見て笑い転げた。

笑いながら、香苗はふと、血統って何だろうと考えた。

柿沼の手紙を取り上げた。何だか、それが、とても薄っぺらなもののように感じた。今はもう、ダイニリュウホウにしろ、パステルにしろ、その血統を証明するようなものは何も残っていない。この紙切れにしたって、同じことだ。意味なんかまるで無い。

残ったものがあるとすれば、それは四冠馬というダイニリュウホウの足跡だけだ。ダイニリュウホウは走ったのだ。たとえ、彼がどんな血を受けた馬であろうとも、ダイニリュウホウは駆けたのだ。

香苗は、柿沼の手紙を指から滑らせた。二枚の紙は、まるでタンゴを踊るかのように、くるんくるんと床に落ちた。

「香苗、おいで!」

芙美子が呼んだ。

精一杯の笑顔を作って、香苗は二人を振り返った。

# 解説

杉江松恋

まずは歴史的事実を。

第二十八回江戸川乱歩賞は一九八一年に募集が行われ、翌年一月末の締切までに二百三十という、当時としては空前の多数の応募があった。その中から、岡嶋二人「焦茶色のパステル」、須郷英三「長い愛の手紙」、高沢則子「ローウェル城の密室」、中津文彦「黄金の砂（刊行時『黄金流砂』と改題）」、深谷忠記「ハーメルンの笛を聴け」、雪吹学「ミスターXを捜しましょう」の六編が最終候補に残り（これも異例で多い）、岡嶋・中津両氏が栄誉に輝いた。深谷は同年に別の作品で作家デビューを果たすし、応募時十六歳ということで話題になった高沢は後年に別の名義でやはりプロになっている。現在の名前は小森健太朗である。こうした顔ぶれを見れば充実の回であったことがわかるはずだ。

岡嶋の作品は満場一致で選考委員から授賞を認められたらしい。少し長くなるが、各委員の選評を抜粋して紹介しますね。

生島治郎「焦茶色のパステル」は新人らしからぬ見事な作品である。ストーリイの展開の仕方と言い、伏線の張り方と言い、申し分がない。(中略)他の銓衡委員から、あまりにも手なれすぎているという意見も出たが、この作者は自分の世界をちゃんと持っていて、その世界はこの作者独自のものであり、既成作家の作品のどれにも似ていない。(後略)

多岐川恭「焦茶色のパステル」の作者については、達者さになにかをプラスしてもらいたい。漠然とした言い方だが。

都筑道夫 (前略)娯楽のための読物だからといって、読みやすく、わかりやすく、おもしろいストーリイが語られているだけで、いいものだろうか。予選通過六作品とも、英米でいえば二流、三流のペイパーバックス・オリジナル、といった書きかたをしている。いちおうのイメージが、こちらにつたわるように書いているのは、岡嶋二人さんだけで、その作品がすんなり選に入ったのも、当然だったろう。つまりデッサン力があるわけだから、岡嶋さん、十分やっていけるに違いない。あとは色彩に工夫をこらして、タブローをかく努力をしていただきたい。

西村京太郎（前略）トリックあり、意外などんでん返しあり、活劇場面もありで、うまく出来すぎているのが、難といえば難であるが、とにかく、この人は書ける人である。
山村正夫　その中で選考委員全員が一致して推したのは、岡嶋二人氏の「焦茶色のパステル」である。競馬の知識のない者にも面白く読ませる巧みな構成と達者な筆力は、他の候補作を圧倒していた。昨年度は惜しいミスが祟って賞を逸したが、将来性という意味では技量に一番安定感のある作者のように思われる。（後略）

「たしかに巧いのだが達者すぎるのが難」とでも言いたげだ。『焦茶色のパステル』は岡嶋の最初の乱歩賞挑戦作ではなく、第二十三回、第二十五回、第二十七回にそれぞれ応募を行っている。第二十七回に最終候補まで残って受賞を逃したのが、八三年に刊行された『あした天気にしておくれ』である。このときはトリックの前例と実行可能性について欠点が指摘されたのだが、岡嶋は後に同作の文庫版が刊行された際にそのいずれもが選考委員の誤解、もしくは不幸な取り違えであると指摘している。

選評の中では生島と都筑のものに注目していただきたい。生島が『焦茶色のパステル』を指して「既成作家の作品のどれにも似ていない」と評したのは慧眼《けいがん》であった。この作品は後続の作家にも大きな影響を与え、現代ミステリーのありようを規定したといっても過言ではないほどの里程標的作品に「なった」からである。また都筑が、エンターテインメントに徹するだけでいいのだろうか、という趣旨の疑問を評言の中で提起していることも、一九九〇年代以降にミステリー定義が拡散した歴史的事実を踏まえて考えると先見の明があったといえるでしょう。「読みやすく、わかりやすく、おもしろい」だけではないものを都筑はミステリーに求め、それが実現された作品こそを「タブロー（完成された絵画）」として認めると発言しているのである。ただ私は、『焦茶色のパステル』を単なる優秀なデッサン画ではなく、完成の域に達したタブローであると考えるのだが。

では、どこが画期的であり、どう「完成」しているというのか。

本文を読む前にこの解説に目を通す人も多いと思うので、『焦茶色のパステル』のあらすじを簡単に紹介しておこう。

喫茶店『ラップタイム』で寛ぐ主人公・大友香苗を、見知らぬ二人の男が訪ねてくる場面から話は始まる。二人は刑事である。競馬評論家の夫・隆一の居場所を確認し、話を聞こうとしているのだ。前週の月曜日、隆一は茨城県にある東陵農業大学に柿沼幸造という講師を訪ねていた。その柿沼が、二日前に殺害されたのだ。隆一は不在であり、香苗に話せることは何もなかった。

『ラップタイム』と香苗が嘱託契約で働く『ヤマジ宝飾』は、同じ山路ビルの一階にある。その四階に入っている競馬予想紙発行の『パーフェクト・ニュース』で働く綾部芙美子は、香苗にとって気のおけない友人だ。彼女は本作で異常な事態に巻き込まれた香苗を補佐する重要な役割のキャラクターである。ちなみに『パーフェクト・ニュース』の主筆であり、社長でもある山路亮介と、『ヤマジ宝飾』の店主・頼子は夫婦である。これに『ラップタイム』のマスター・真岡良太郎を加えれば東京側の登場人物はほぼ勢揃いする。

東京側、と書いたのには意味がある。開幕ほどなく、幕良市《まくら》（東北地方の架空都市）の警察署から電話がかかってきて、隆一が撃たれたことが伝えられるのである。現地にかけつけると、隆一はすでに死亡しており、幕良牧場の場長・深町保夫も銃弾を受けて死亡していた。そして奇妙なことに二頭のサラブレット、モンパレットとパステルも。

香苗は現地に赴く。以降物語は、殺人現場のある幕良と香苗の住む東京の二箇所を主な舞台として進んでいくことになるのだ。『焦茶色のパステル』が先人から形式を借りただけの小説でないことは、香苗が幕良を訪れる最初の場面で早くも証明されることになる。実は彼女は、気持ちを通わせることができなくなった隆一との生活に疲れ、最後に別れたときに離婚を切り出していた。いわば他人への第一歩を踏み出しかけていた男の遺体に直面した香苗は、しかし「自分の顔が涙で濡れているのに気付く。「なぜ、泣くのだ」と自分に訊き、自分が「大友隆一の妻」という役割に支配されていることに彼女は驚く。

このエピソードは、主人公に奥行きを与えるための重要なものだ。隆一との別れを決断していたにも拘わらず、当人の突然の死によって決定的な瞬間を迎える機会を永遠に奪われた香苗は、宙ぶらりんのままの状態で取り残される。彼女は、哀しみや怒りといった、強いが一面的な感情によって動くのではないのである。実際には香苗が事件へと巻きこまれていく過程は、何者かに撒き餌《まえ》を与えられたかのように段階的なものである。だが、そうした段階を香苗が踏んでしまうのは、彼女の中心に「隆一」という欠落があるからなのだ。しろうと探偵が事件に巻きこまれるタイプのミステリーとしては、これはほぼ完璧な設定です。

さらに人物設定について書くと、「配置」にも隙がない。作劇のセオリーの一つに、四角形に主要人物を配置するというものがある。「主人公」に対し「反‐主人公(主人公の対抗者)」、「協力者」、「妨害者」という三者を置く。この三者はあるときには主人公の背中を押す役割を務め、別のときには主人公に影響を与えて進む方向を変えさせる。物語はプロットの要請によって前に進んだり横に逸《そ》れたりするのだが、表向きは三者が主人公に対して働きかける形でそれが行われるのである。この四者は極めて早い時点で紹介される。そのため小説には最初から枠が存在しているように見える（今風に言うと、世界観が明示されているということです）。無論小説は大きくうねり、事件の推理のために必要な証人が後から登場したり、はじめは真意がわからなかった人の本音が開陳されたり、といった具合に絶えず動き続けているのだが、この枠があるがゆえに導線が常に読者の前に開示された状態になっている。強いキャラクターを作るとはこういうことであり、プロットの中で登場人物が生きているというのはこういう書き方を指して言うのである。

こうした強固な小説の構造について、まずは指摘しておくべきでしょう。

次にミステリーの部分だが、本作の肝は最前から書いているように香苗が事件について不審に思い、調べ始めて抜き差しならない事態へと巻き込まれていく過程にこそある。調査の間に浮かび上がってきた事実の一つは、隆一が死んだ二頭の競走馬について なんらかの疑念を抱いていたということである。幕良牧場の競走馬を撮った写真を見た隆一は、ある言葉を呟く。その言葉の意味がわかると事件の背後関係はある程度明白になるのだが、当然のことながら容易には判明しない。真相に至る道筋はこれ一本ではなく、複数の線を同時に辿りながら進んでいけるようになっている。

この小説にミステリーとして足りない要素がもしあるとすれば、それは「名探偵」

だ。「謎解き」役は存在するのだが、読者と歩を合わせるようにして前に進んでいく推理のやり方なので、その人物が「探偵」であることを意識する瞬間は少ないはずだ。作者は「謎」それ自体が魅力であることを重視し、それが解かれる形式にはこだわらなかったのである。

少し脱線する。乱歩賞の選考委員にも名を連ねている都筑道夫が評論『黄色い部屋はいかに改装されたか？』（晶文社／増補版はフリースタイル社刊）で名探偵復活論を唱えたことに対して佐野洋がキャラクターとしての名探偵は不要であると反論し、いわゆる「名探偵論争」が起きたのは一九七七〜七八年のことだ。つまり当時はまだ、「名探偵」の必要性を主張する者のほうが少数派だったのである。都筑・佐野の論争は結果らしい結果を出せずに終結するが、そこで論議された内容は一九八〇年代の終りにデビューした〈新本格〉の書き手たちに大きな影響を与えた。その先輩格であった岡嶋は、当然のことながら「名探偵論争」の存在も、その議論が持つ意味についてもよく理解していたでしょう。だからこそ『焦茶色のパステル』で岡嶋は、「探偵」を一個の人格に付随した役割としてではなく、謎の解決のために必要不可欠な「機能」としてとらえたわけです。

探偵は存在することが大事なのではなくて、謎解きを段階的に、読者にとって理解のしやすい形式で行うためにある。機能が果たされるのであれば、形式にこだわる必要はまったくない。本書執筆にあたって岡嶋がとった戦略はそういうものである（一個の人格として探偵があるということにこだわらないというのは、探偵に魅力がなくてもいいということではない。むしろその逆で、超越的な位置にはいないからこそ、謎解きに関わる登場人物は、人間としての魅力を持っていなければならない）。

読者に対して強固な視点を提供するということと、この謎解きの形式の問題とは深いところで結びついている。一言で表すならば、それは読者と誠実な契約を取り交わすということだ。開かれた窓が確かで揺るがないと信頼していればこそ、読者は安心して謎解きに取り組むことができる。ミステリーのフェアプレイの精神をそうした形で読者の側からの論理で再構成し、確立してみせたのが、一九八二年の時点における岡嶋二人の最大の功績だった。岡嶋の小説作法は「本格」と呼ばれるタイプの謎解き小説が備えていた既存の型にはとらわれず、その理念や要素を現代的にアレンジしたものである。小説を形式から解放し、さまざまなバリエーションが書かれる糸口を作ったものとして『焦茶色のパステル』は高く評価されるべき作品だ。宮部みゆきを筆頭格として現代ミステリーの第一線で活躍している書き手たちは、みな岡嶋作品からなんらかの影響を受けているのである。

謎が解かれる過程だけではなく、謎そのものの分析もこの作品では行われている。いくつもの着想から成り立っている謎であり、その中身はだいたい三層に分けて考えることができる。一つは、事件の起源である。二人と二頭が射殺されるという事件は、そもそもなぜ起きてしまったのか。第二は、犯人の作為である。どのようにして事件を起こし、そしてそれを隠蔽《いんぺい》したか。いわゆるトリックと呼ばれる謎は、ここに含まれるだろう。そして最後に、事件を謎めいたものに見せている状況はいかにして作り出されたか。状況は必ずしも作為の結果ではなく、偶然の産物としても生み出て来る。先に挙げた隆一の不可解な言葉などは、こうした偶然の産物に数えることができるだろう。こうして因数分解のようにして混合物を解きほぐし、それぞれの際立った特徴を読者の前に開陳してみせる作業こそが、本書における「謎解き」なのである。

本書よりも刊行は後になるが執筆順では先行する『あした天気にしておくれ』が、乱歩賞応募作では珍しい殺人の絡まないミステリーであることにも注目してもらいたい。現在では当たり前になったが、主要な題材として殺人事件を扱わない作品が低く見られた時代がかつては存在したのです。デビュー後の岡嶋は、たてつづけに誘拐テーマの作品を発表し「ひとさらいの岡嶋」なる、ありがたくない異名を奉られた。殺人と謎解きとを一揃いで考えるような硬直した思考ではなく、まず「ミステリーにおける謎とは何か」という前提を疑う思考が、この作家にはあった。岡嶋という解放者がいなければミステリーというジャンルには、現在のように百花繚乱《りょうらん》の華やかな状況が訪れることはなかったのではないだろうか。

まだまだ書きたいことはあるのだが、与えられた文字数をすでに大幅に超えてしまった。書誌と作者の情報について、必要最小限のものになるが、記しておこう。

本書は作家・岡嶋二人のデビュー作であり、単行本は一九八二年九月に講談社から刊行された。その後一九八四年八月に講談社文庫入りし、二〇〇二年九月には同じ講談社文庫の〈江戸川乱歩賞全集14〉にも収められた。乱歩賞の同時受賞作である中津文彦『黄金流砂』との合本である。新装版の今回が、三度目の文庫化ということになる。本書以外の岡嶋作品については、巻末に著作リストがあるので参考にしていただきたい。

なお、これまで岡嶋二人と一人であるかのような書き方で作者をご紹介してきたが、これは井上夢人（本名・井上泉）と田奈淳一（本名・徳山諄一）の共同筆名である。ニール・サイモン原作の戯曲・映画「おかしな二人」をもじったものだ。井上は一九五〇年生まれ、福岡県出身、田奈は一九四三年生まれ、東京都出身である。二人は一九七二年に初めて出会い、田奈の呼びかけで合作を開始した。ユニット岡嶋二人誕生から解散に至るまでの軌跡は井上が回想記『おかしな二人』（講談社文庫）にまとめているので、ここでは敢えて繰り返さない。簡単にいえば二人の役割分担は、田奈がもっぱらアイディア創出で、井上がその文章化であったという。チームプレイの実際に関心がある人は『おかしな二人』を読めばいいのだが、残念ながら同書では本の性質上、岡嶋作品のネタばらしが行われているので、未読の人は注意が必要である。

すでにチームが解散して二十年以上の歳月が経ったが、現代ミステリーを語る上ではその足跡を無視することはできない。本書の刊行を機に一人でも多くの新しい岡嶋二人の読者が増えることを、そしてその功績に倣ってさらなる才能がこのジャンルから生まれることを、解説者としては切に祈るものである。

〈岡嶋二人著作リスト〉

1『焦茶色のパステル』（第二十八回江戸川乱歩賞受賞）講談社（82・9）／講談社文庫（84・8）新装版（12・8）
2『七年目の脅迫状』講談社ノベルス（83・5）／講談社文庫（86・6）
3『あした天気にしておくれ』講談社ノベルス（83・10）／講談社文庫（86・8）
4『タイトルマッチ』カドカワノベルズ（84・6）／徳間文庫（89・2）／講談社文庫（93・12）
5『開けっぱなしの密室』講談社（84・6）／講談社文庫（87・7）
6『どんなに上手に隠れても』トクマノベルズ（84・9）／徳間文庫（88・9）／講談社文庫（93・7）
7『三度目ならばＡＢＣ』講談社ノベルス（84・10）／講談社文庫（87・10）／増補版・講談社文庫（10・2）
8『チョコレートゲーム』（第三十九回日本推理作家協会賞受賞）講談社ノベルス（85・3）／講談社文庫（88・7）／双葉文庫（00・11）
9『なんでも屋大蔵でございます』新潮社（85・4）／新潮文庫（88・5）／講談社文庫（95・7）

10『5W1H殺人事件』双葉ノベルス(85・6)/改題『解決まではあと6人』双葉文庫(89・4)/講談社文庫(94・7)
11『とってもカルディア』講談社ノベルス(85・7)/講談社文庫(88・6)
12『ちょっと探偵してみませんか』講談社(85・11)/講談社文庫(89・3)
13『ビッグゲーム』講談社ノベルス(85・12)/講談社文庫(88・10)
14『ツアラトゥストラの翼』講談社スーパーシミュレーションノベルス(86・2)/講談社文庫(90・5)
15『コンピュータの熱い罠』カッパ・ノベルス(86・5)/光文社文庫(90・2)/講談社文庫(01・3)
16『七日間の身代金』実業之日本社(86・6)/徳間文庫(90・1)/講談社文庫(98・7)
17『珊瑚色ラプソディ』集英社(87・2)/集英社文庫(90・4)/講談社文庫(97・7)
18『殺人者志願』カッパ・ノベルス(87・3)/光文社文庫(90・11)/講談社文庫(00・6)
19『ダブルダウン』小学館(87・7)/集英社文庫(91・11)/講談社文庫(00・1)
20『そして扉が閉ざされた』講談社(87・12)/講談社文庫(90・12)
21『眠れぬ夜の殺人』双葉社(88・6)/双葉文庫(90・12)/講談社文庫(96・7)
22『殺人! ザ・東京ドーム』カッパ・ノベルス(88・9)/光文社文庫(91・3)/講談社文庫(02・6)
23『99%の誘拐』(第十回吉川英治文学新人賞受賞) 徳間書店(88・10)/徳間文庫(90・8)/講談社文庫(04・6)
24『クリスマス・イヴ』中央公論社(89・6)/中公文庫(91・12)/講談社文庫(97・12)
25『記録された殺人』講談社文庫(89・9)/再編成により改題『ダブル・プロット』講談社文庫(11・2)

26『眠れぬ夜の報復』双葉社(89・10)／双葉文庫(92・4)／講談社文庫(99・7)
27『クラインの壺』新潮社(89・10)／新潮文庫(93・1)／講談社文庫(05・3)
28『熱い砂――パリ～ダカール11000キロ』講談社文庫(91・2)

この作品は一九八二年九月、講談社より刊行されました。
この文庫は一九八四年八月に刊行した文庫の新装版です。

|著者| 岡嶋二人　徳山諄一（とくやま・じゅんいち　1943年生まれ）と井上泉（いのうえ・いずみ　1950年生まれ。現在、井上夢人で活躍中）の共作筆名。ともに東京都出身。1982年『焦茶色のパステル』（本書）で第28回江戸川乱歩賞を受賞。1986年『チョコレートゲーム』で第39回日本推理作家協会賞を受賞。1989年『99％の誘拐』で第10回吉川英治文学新人賞を受賞。同年、『クラインの壺』が新潮社から刊行されるのと同時にコンビを解消する（詳しくは、本書巻末の著作リストおよび井上夢人『おかしな二人』をご覧ください）。井上夢人氏の近著に『ラバー・ソウル』がある。岡嶋二人と井上夢人作品は電子書籍でも配信中。すべての作品の著者本人のライナーノーツも読める特設サイトは「電本屋さん」(denponyasan.com)。

焦茶色《こげちゃいろ》のパステル　新装版《しんそうばん》
岡嶋二人《おかじまふたり》

2012年8月10日第1刷発行
2024年7月23日第3刷発行

講談社文庫
定価はカバーに
表示してあります

KODANSHA

発行者──森田浩章
発行所──株式会社　講談社
東京都文京区音羽2-12-21　〒112-8001
電話　出版（03）5395-3510
　　　販売（03）5395-5817
　　　業務（03）5395-3615
Printed in Japan

デザイン─菊地信義
本文データ制作─講談社デジタル製作
印刷───株式会社KPSプロダクツ
製本───株式会社KPSプロダクツ



ISBN978-4-06-277316-4

# 講談社文庫刊行の辞

二十一世紀の到来を目睫に望みながら、われわれはいま、人類史上かつて例を見ない巨大な転換期をむかえようとしている。

世界も、日本も、激動の予兆に対する期待とおののきを内に蔵して、未知の時代に歩み入ろうとしている。このときにあたり、創業の人野間清治の「ナショナル・エデュケイター」への志を現代に甦らせようと意図して、われわれはここに古今の文芸作品はいうまでもなく、ひろく人文・社会・自然の諸科学から東西の名著を網羅する、新しい綜合文庫の発刊を決意した。

激動の転換期はまた断絶の時代である。われわれは戦後二十五年間の出版文化のありかたへの深い反省をこめて、この断絶の時代にあえて人間的な持続を求めようとする。いたずらに浮薄な商業主義のあだ花を追い求めることなく、長期にわたって良書に生命をあたえようとつとめるところにしか、今後の出版文化の真の繁栄はあり得ないと信じるからである。

同時にわれわれはこの綜合文庫の刊行を通じて、人文・社会・自然の諸科学が、結局人間の学にほかならないことを立証しようと願っている。かつて知識とは、「汝自身を知る」ことにつきていた。現代社会の瑣末な情報の氾濫のなかから、力強い知識の源泉を掘り起し、技術文明のただなかに、生きた人間の姿を復活させること。それこそわれわれの切なる希求である。

われわれは権威に盲従せず、俗流に媚びることなく、渾然一体となって日本の「草の根」をかたちづくる若く新しい世代の人々に、心をこめてこの新しい綜合文庫をおくり届けたい。それは知識の泉であるとともに感受性のふるさとであり、もっとも有機的に組織され、社会に開かれた万人のための大学をめざしている。大方の支援と協力を衷心より切望してやまない。

一九七一年七月

野間省一

## 講談社文庫　目録